Une saison
de granit

Florian Ferrier

Ouvrage publié avec le concours
de Jack Chaboud

Une saison de granit

ÉDITIONS
FRANCE
LOISIRS

Édition du Club France Loisirs,
avec l'autorisation des Éditions Plon.

Éditions France Loisirs,
123 boulevard de Grenelle, Paris
www.franceloisirs.com

ISBN : 978-2-298-08870-0

À Gilberte, héroïne ordinaire.

1

La mer est agitée, le bateau fend la houle, secouant les rares passagers. Sa coque blanche, écaillée, lance sous son étrave des gerbes d'écume. Une jeune fille se tient debout à la proue, laissant les embruns lui claquer au visage. Au loin, la petite île de Sainte-Kristen se découpe sur l'horizon, relief de granit emprisonné entre la mer et les nuages bas. C'est là qu'elle est née, c'est là que se cramponne sa maison battue par les vents et le petit café-tabac de ses parents.

Le printemps est à peine là mais il règne déjà une douce chaleur en ces derniers jours de mars 1943.

Le bateau franchit l'étroit passage marquant l'entrée du port, s'engage entre les pans abrupts de la jetée. Sainte-Kristen possède un quai minuscule, protégé par deux môles de pierres noires. Une poignée de petits bateaux s'y blottissent à l'abri des vagues.

La jeune fille observe à la dérobée le matelot qui prépare les amarres. C'est encore un gamin, avec ses cheveux courts en brosse et ses oreilles décollées. Il lui sourit franchement, jette un regard oblique à la robe bleue qui se soulève un peu sous les bourrasques.

— Tu habites ici ? demande-t-il en enroulant un cordage sur son avant-bras.

Elle paraît gênée, cherche un moyen de s'esquiver, ses joues s'empourprent car elle est là, coincée à la proue, sans aucun moyen de fuir. La mer la terrifie plus encore que les garçons. Elle ne voit dans cette surface miroitante qu'une mince pellicule qui masque un abîme. Un vertige la prend, elle se ressaisit, puis finit par répondre :

— Oui, sinon, qu'est-ce que je viendrais faire ici ?

Elle se tourne vers lui un instant. Le mousse est frappé par la couleur de ses yeux, un marron si clair qu'il en est ocre. Lorsque le soleil y pénètre, ils s'illuminent à un point tel que ça semble surnaturel. C'est stupéfiant et troublant à la fois. Un regard de chat. Le garçon sourit encore et hausse les épaules.

— C'est vrai que personne ne vient ici par hasard. C'est le bout du monde. Je ne t'avais jamais vue à bord, c'est pour ça que j'ai posé la question. Histoire de causer.

— J'étais en pension.

— Oh, je vois.

La jeune fille tente un sourire qui s'efface aussitôt. Elle n'est pas certaine qu'il imagine de quoi il s'agit, mais elle le trouve amusant, avec ses grandes oreilles roses. Il reprend, audacieux :

— Comment tu t'appelles ?

— Ninne.

Le garçon écarquille les yeux.

— Jamais entendu ça ! D'où ça sort ?

— C'est comme ça qu'on m'appelle ici, c'est un surnom.

— Brigitte ou Madeleine, encore..., marmonne-t-il pour lui-même.

— Mon vrai prénom, c'est Léonie.

— Ah, c'est déjà mieux.

Il s'interrompt puis reprend le fil de sa pensée :

— Les nouvelles sont pas bonnes. Paraît que les Rosbifs bombardent à tout-va. Ça pleut l'enfer dans toute la région. Ils s'en prennent même aux civils. Y feraient mieux de viser les Boches au lieu de nous autres... Qu'est-ce qu'on leur a donc fait ?

Aussitôt, il regarde autour de lui pour s'assurer que personne d'autre n'a entendu. Ce n'est pas prudent de parler des événements tragiques, surtout depuis que les Alliés donnent du fil à retordre à l'occupant. Trois Messerschmitt 109, reconnaissables à leur capot jaune, passent en rase-mottes dans un fracas de tonnerre, provoquant un début de panique. La population a appris à s'en méfier. On ne sait jamais ce que les pilotes allemands ont dans la tête. La petite escadrille s'éloigne vers le large, à la chasse aux bombardiers ennemis. Sur le quai, chacun reprend ses activités.

Léonie esquisse un pâle sourire.

— Vous continuerez malgré tout à assurer le passage ?

— On sait pas, y paraît qu'ils réquisitionnent tout le carburant. Plus rien pour nous autres, plus une goutte ! Du coup, on devra trouver un bateau à voile si on veut continuer la liaison.

Léonie grimace. C'est encore une mauvaise nouvelle. L'idée d'être coincée sur ce caillou déchiqueté la tétanise. Cette île est pour elle une prison, comme le château d'If du comte de Monte-Cristo. Oh, bien sûr, il n'y a pas de mur d'enceinte ni de barreaux aux fenêtres, mais qu'importent ces détails.

Le garçon saute sur le quai et arrime le navire. Le panache de fumée rabattu par le vent l'enlace un instant puis se disperse. Le moteur toussote et s'arrête.

Une poignée de soldats allemands prennent position le long du quai, contrôlant les passagers. Léonie n'en a pas vu beaucoup depuis qu'elle est en pension, sauf à la gare ce matin. Son père en parle souvent, lui qui a fait la Grande Guerre... Il y a laissé une jambe sur la Marne, ainsi que sa joie de vivre.

Se détachant d'un groupe de curieux, le préposé des Postes et Télégraphes attend le sac de courrier. René Pilvin, le garde champêtre, est là aussi. En tant que seule véritable autorité de l'île, il se prend pour un gendarme, ce qui en agace quelques-uns au village, mais c'est un brave type.

Il est temps de débarquer. Le père Anselme, le curé, est le premier à quitter le bord. Il attend Léonie sur le quai, échange un mot avec René. Le mousse aimerait bien qu'elle reste encore un peu. Hélas, il ne trouve aucun prétexte pour la retenir. À peine les quelques marchandises déchargées, il faudra repartir.

Léonie relève ses cheveux en un chignon, les attache solidement. Elle n'aime pas lorsqu'ils bouclent sous l'effet de l'air marin. Son gracieux visage s'est refermé. Elle paraît nauséeuse. Elle salue le garçon qui lui porte sa valise et l'aide à franchir l'espace entre la coque et le quai. Elle accepte volontiers sa gentillesse et sa prévenance, c'est sûrement la dernière fois avant longtemps.

Tant qu'elle sera prisonnière ici.

Le soir tombe et personne ne l'attend sur le quai. Le père Anselme décide de l'accompagner, ils vont dans la même direction. C'est un solide gaillard, avec des mains immenses, une face large et rougeaude surmontée de cheveux blancs coupés en brosse. Il porte des godillots cloutés et une ceinture de cuir enserre sa taille de titan.

Tous deux traversent le village. Les nuages sont si bas qu'ils s'appuient sur les toits d'ardoise. Sainte-Kristen, c'est un petit bourg, les maisons blanches sont jetées de chaque côté de l'unique rue en pente douce. La mère Le Créac'h, l'épicière, se tient sur le pas de son négoce et les regarde passer sans un mot. C'est une femme sans âge, une vieille fille sèche avec qui la vie s'est montrée avare. Elle le lui rend bien. Son visage fermé, tendu, presque hargneux, a l'expression d'un chien juste avant qu'il morde.

La vieille sait ce qui attend la pauvre fille, là-haut. Entre mal-aimés, on se reconnaît. Elle baisse la tête et ferme les panneaux de bois sur sa vitrine.

Le père Anselme veut porter la valise. Léonie refuse.

« Tu as encore grandi », lui fait-il remarquer. Puis il embraie, prévenant : « Comment s'est passé ton voyage, Ninne ?

— Affreux. Les trains peinent à circuler, il y a des soldats partout, c'est la cohue. Et vous ?

— Oh, moi, tu sais, je me suis juste rendu à l'évêché. J'avais à faire. » Il marque un temps, puis reprend : « J'ai su pour le bombardement, ça a dû être une terrible épreuve.

— Plus terrible encore qu'on peut l'imaginer. Une bombe a éventré le réfectoire et une partie de la cour. C'est à cause de ça que je suis obligée de rentrer. Le lycée et l'internat sont fermés jusqu'à nouvel ordre.

— Je sais, c'est bien triste, ma fille. Il faudra que tu viennes me voir en confession durant ton séjour, ça fait bien longtemps que je ne t'y ai pas entendue. »

C'est déjà le bout du village, où la route devient plus raide. Le père Anselme voudrait ajouter quelques mots d'encouragement, sans y parvenir. Il bifurque alors en direction de l'église, dont le clocher est happé par la nuit. Il se hâte. Sans doute Mme Hervé, sa vieille servante, lui a-t-elle préparé un succulent potage ?

Léonie s'avance sur le chemin raide, rectiligne et blanc, qui monte vers la maison. Elle compte ses foulées, à rebours. Il en faut sept cent soixante-quatre pour arriver jusqu'au portail de la cour, et encore vingt-sept jusqu'à la porte de la maison. Lorsque le décompte arrivera à zéro, elle se retrouvera devant sa mère.

Le père Anselme a raison, Léonie a grandi. Depuis les dernières vacances, ses jambes se sont allongées, comme indépendantes du reste de son corps. Elles sont longues, fines, presque maigres, interminables. Elle se trouve difforme, disproportionnée, à tel point qu'elle a l'impression d'être juchée sur des échasses.

Soudain, elle prend conscience que, avec de telles jambes, il lui faudra faire moins de pas pour arriver devant la maison. Cette contraction de distance l'effraie. Elle s'arrête au milieu du chemin, lâche sa valise. Un vertige la prend. Elle chancelle, se redresse. Il faut gravir cette rue, marcher vers le portail de bois peint, traverser la cour pavée, enjamber la rigole.

Déjà, la lumière des fenêtres transperce le soir pour venir jusqu'à elle. L'horizon se teinte de rose un instant, puis la nuit l'avale.

Cette foutue guerre est responsable de son malheur ! Le bombardement anglais a détruit des quartiers entiers. Des colonnes de fumée noire s'entortillaient dans le ciel de Rennes. La directrice a jugé plus prudent de renvoyer les jeunes filles dans leurs foyers… Plus prudent ? Pour qui ?

En apprenant la nouvelle, Léonie s'est vidée de son sang, il a reflué tout au fond d'elle, s'est tapi dans des recoins inconnus.

Elle tremble. Elle hait les Anglais autant que les Allemands.

Léonie aurait préféré mourir sous les bombes ou les gravats plutôt que de rentrer à la maison. C'est aussi sinistre qu'un cimetière, chez elle, aussi froid qu'un tombeau.

Pourtant, elle est là, sur le chemin, angoissée à l'idée que le nombre de ses pas ne corresponde plus à ses souvenirs. Compter les pas, c'est ce qui la tient en vie. Par exemple, au pensionnat, il en faut quatre de la porte de sa chambre à son lit, dix-huit de la chambre aux lavabos. Trente-six marches pour rejoindre le réfectoire… Elle compte, jusqu'à s'en étourdir. Ça lui occupe l'esprit.

La nuit l'enveloppe, le vent joue avec sa robe. Ses pieds aussi ont grandi, ses bottines à lacets la font souffrir.

Elle avance encore, elle compte. C'est comme un chemin de croix, le portail apparaît, sa petite silhouette dentelée se découpant sur la clarté des fenêtres. Le grand aubépinier de la cour, fierté de son père, répand son ombre immense et griffue sur les pavés.

Cinquante-deux, cinquante-trois, cinquante-quatre, Léonie est devant la porte. Le rideau blanc, opaque, masque la cuisine. Des ombres s'agitent à l'intérieur.

Après avoir pris une grande inspiration, la jeune fille entre. Son père est assis à la table, il y a deux couverts. Son visage s'illumine soudain, sa fine moustache s'étire dans un sourire. Il tend les mains vers ses béquilles posées contre une chaise, les empoigne maladroitement. Il trébuche. Léonie lâche sa valise et le soutient. Elle l'embrasse à peine, ses lèvres effleurent la joue blanche, un peu piquante. Ce rituel du baiser est chaque fois une torture.

Depuis son plus jeune âge, aussi loin que remontent ses souvenirs, elle n'est jamais véritablement parvenue à embrasser ses parents. Lorsque c'est obligatoire, qu'il n'est pas possible d'y déroger, comme au jour de l'An, elle en perd le sommeil. Elle se retourne dans son lit, une boule dans l'estomac, déroulant inlassablement le scénario dans la pénombre. Puis, le matin fatidique, elle descend tôt à la cuisine et prépare le petit déjeuner, arpentant la pièce en se tordant les mains. Lorsque les parents se lèvent, elle attend la question qui, chaque fois, la glace d'effroi : on ne dit rien, ce matin ?

Alors, comme on se jette d'un pont, elle se dépêche de dire : bonne année, bonne santé ! Puis dépose en hâte un baiser à chacun, et ouf, ça y est ! C'est terminé jusqu'à l'année suivante.

Jamais elle ne leur a récité les petits poèmes qu'on lui a appris à l'école pour l'occasion. La terreur l'a toujours emporté.

Sans attendre, Léonie sort un troisième couvert et le dépose sur la toile cirée.

— Laisse, dit son père, je vais le faire.

Elle lui sourit, mais ne parvient qu'à tordre la bouche dans une grimace pathétique. Il baisse les yeux, s'excusant déjà en silence de lui rouvrir les portes de l'enfer.

— Tu vas rester longtemps ? demande-t-il.

— Ça dépendra de la guerre, lui répond sa fille en haussant les épaules. Et des réparations. On verra bien.

Le père claudique jusqu'au poste de radio posé sur le plateau du vaisselier et tourne l'interrupteur de Bakélite. Une chanson où il est question d'une femme qui voudrait tout effacer et revenir en arrière retentit en crachotant, suivie d'une réclame vantant les pâtes du père Lustucru qui, prétend le message, permettent de cuisiner six plats au lieu de quatre, « car les pâtes Lustucru ont cette qualité unique de tripler à la cuisson ». Ils en ont l'eau à la bouche. Un speaker annonce les informations en une litanie monotone : « Il était deux heures de l'après-midi, soudainement, Rennes comptait deux cent soixante-deux morts, dont soixante-quinze femmes et quarante-trois enfants, et cinq cents blessés. La cité bretonne en deuil fait aux victimes de l'aviation américaine d'émouvantes obsèques. Il y a quelques instants, Mgr Roques, archevêque du diocèse, déclarait : "Devant tant de cercueils groupés, il est impossible que nous ne fassions pas entendre notre souffrance et notre indignation." Et le prélat ajoutait : "Avec un acharnement furieux, les monstres ont semé la ruine et la mort…" »

— On dirait que la Terre entière nous en veut, marmonne le père en éteignant le poste. Quand ils auront fini de se battre, ils nous laisseront un pays en ruine. Qu'est-ce qu'on y peut, nous, pauvres gens ?

Ninne acquiesce, sans savoir véritablement à qui elle en veut le plus : aux Allemands qui se cachent parmi les populations civiles ou aux Alliés qui décident malgré tout de les déloger ? Peu lui importe, ils sont responsables de son retour à la maison, le seul endroit au monde où elle priait chaque jour de ne jamais revenir. Et la voilà prise au piège.

C'est la guerre, et la guerre, c'est toujours moche, avec son lot de misère et de vies brisées.

— Tiens, la voilà, celle-là !

Léonie se retourne lentement. Elle n'a pas entendu sa mère entrer. C'est une très belle femme, d'une beauté suffocante, à la stature de déesse grecque. Grande et voluptueuse, sa seule présence impose le respect. Son visage à la peau soyeuse offre une parfaite symétrie, une harmonie de traits que l'on ne trouve que dans les contes pour enfants. Ses longs cheveux, d'une blondeur nordique, sont tressés en une natte qui lui descend jusque dans le bas du dos. Léonie en a peur, elle y voit depuis toujours l'image de la Gorgone, avec sa chevelure mouvante faite de serpents emmêlés. Un être mythologique redoutablement cruel. Comme toujours, la mère porte une robe à la mode, de coupe élégante. Elle se tient droite, les épaules en arrière, ses gestes sont lents, mesurés, elle bouge presque au ralenti. Tout en elle respire la perfection, et cette apparition irréelle contraste avec la simplicité rustique de l'île.

Ses yeux bleus aux reflets d'acier se posent sur Léonie et la transpercent comme la pointe d'une lance. Ce regard est animé par la haine, une haine glacée que Léonie reconnaît depuis toujours, et dont l'origine reste une énigme. La jeune fille frissonne.

Il ne fait aucun doute que la mère a transmis une part de sa beauté à sa fille. Pourtant, malgré ses prunelles dorées, Léonie conserve quelque chose de fragile et rassurant, une forme d'humanité encore emprisonnée dans un corps hésitant, recroquevillé. La mère, en revanche, semble tombée du ciel par accident, comme si elle avait été promise à un autre destin que celui d'être mariée à un infirme sur cette île austère et rocailleuse.

Chacun de ses mots, de ses gestes, trahit le poids de cette absurde réalité.

Elle dépose près de l'évier de grès un panier d'où dépassent une laitue et des fanes de carottes. Ici, on trouve encore de quoi survivre sans avoir toujours recours aux tickets de rationnement.

— Va donc chercher de l'eau au lieu de rester plantée là, gronde-t-elle en arrachant les fanes de la botte de carottes.

Le père s'est ratatiné, la moustache triste. Léonie lui lance un regard épouvanté. Malgré ses dix-sept ans, elle a horreur d'aller jusqu'au puits lorsque la nuit a englouti le paysage.

— Eh bien, s'emporte aussitôt la mère en direction de son mari, dis-lui, toi ! Si elle veut rester, elle doit faire sa part. Manquerait plus qu'on la nourrisse à rien faire. On n'en a pas les moyens.

— Tu sais que je déteste ça, l'implore Ninne.

— Que veux-tu que ça me fasse ? réplique sa mère. Obéis.

Quarante-sept pas la séparent du puits. Léonie s'avance dans le noir, un seau à la main. La couche de nuage ne laisse filtrer aucune clarté. Elle sent presque l'anse de métal se tordre sous ses doigts tant elle la serre. Ses pas la guident jusqu'à la margelle de pierre enserrant le trou noir, profond, insondable. Elle se souvient d'y être tombée lorsqu'elle était petite, la tête la première, alors qu'elle puisait de l'eau... Deux heures d'angoisse qui lui semblèrent des jours.

Depuis, elle ne peut maîtriser sa peur lorsqu'elle s'en approche. Elle fait chaque fois un détour, laissant trente pas entre le boyau sombre et elle, même de jour.

Elle a beau se raisonner... À son âge, on doit vaincre ce genre de phobie enfantine, ces souvenirs déchirés qui s'estompent aussi sûrement que la photographie du grand-père encadrée au salon. Mais non, chez Léonie, la peur reste intacte, tapie au fond d'elle, lui murmurant des histoires de noyade.

Quarante-trois, quarante-quatre, elle s'approche du puits. Derrière elle, les carreaux illuminés sont les seuls vestiges de l'existence du monde. D'une main tremblante, elle accroche le seau au crochet et le fait descendre. Le grincement de la poulie résonne dans le boyau. Léonie se sent irrésistiblement attirée par le gouffre ; elle se penche, bascule presque. L'écho du clapotis l'appelle.

Ça y est ! Le seau remonte lentement, lourd des litres d'eau puisés de haute lutte. Léonie tire sur la corde de toutes ses forces, s'arc-boute, s'épuisant à la tâche. L'effort la laisse pantelante, elle s'accroupit, reprend son souffle.

Léonie secoue la tête, elle serre les dents puis se met à pleurer, serrant le seau entre ses genoux. Des larmes perlent sur ses joues. Dans les brèves images qui se bousculent dans son esprit, elle voit sa mère qui la pousse dans le vide.

Sa mère la hait, elle le sait bien, mais elle ignore pourquoi. Cette question l'obsède. Les mots blessants, les coups, les tortures, elle n'en parle plus, même avec ses rares amies de l'internat. Ça lui semble à ce point dépourvu de sens qu'elle enferme son secret tout au fond de son cœur. A-t-elle pu inventer cette histoire de puits, imaginer cette main ferme qui la précipite dans le vide ? Ses souvenirs se mélangent en un kaléidoscope cauchemardesque.

Le jour du drame, Léonie avait bien raconté l'incident à son père à son retour du travail, puis au garde champêtre, avec ses mots d'alors, ses mots d'enfant, lorsqu'ils l'avaient tous deux tirée de l'eau où elle s'épuisait, où son corps tout entier s'engourdissait de froid. Personne ne l'avait crue. Sa mère avait nié, l'avait accusée d'affabuler. Tous avaient mis l'histoire de la gamine sur le compte du choc. Et la correction qui avait suivi lui avait fait comprendre qu'il valait mieux se taire. Le sujet était enterré à jamais. Léonie n'avait alors que cinq ans.

Elle essuie ses larmes, se relève enfin et prend le chemin de la maison, son seau à la main. Elle compte encore ses pas, ça la rassure.

Cette conviction la mine, il ne s'agissait pas d'un accident : sa mère, dont le premier des actes devrait être de chérir son enfant, l'a poussée dans ce puits délibérément.

Le repas se passe sans un mot. Le père, qui boit bruyamment à même le bol, a une guirlande de soupe sur le bord de sa moustache. La mère mange en silence, droite et raide, sans même faire tinter sa cuillère. Le regard de Léonie passe alternativement d'un parent à l'autre. Elle se tait.

— Et tes études ? demande le père.

— J'ai de bonnes notes, le bachot, c'est pour l'année prochaine.

Le père hoche la tête, satisfait.

— Tu seras la première de la famille à l'avoir.

La mère jette un regard mauvais à son mari, qui hausse les sourcils.

— Elle ne l'a pas encore. C'est bien toi de l'admirer pour ce qu'elle n'a pas encore accompli. Dis-lui plutôt qu'elle ne peut pas rester, qu'elle n'est pas la bienvenue chez nous.

Un silence étreint la pièce, puis la mère ajoute, hargneuse :

— Qu'est-ce qu'elle croit ? Que c'est une auberge ? Qu'elle va pouvoir se la couler douce ?

— Nous allons trouver une solution, n'est-ce pas ? Ninne n'est pas fainéante.

La mère fusille son mari du regard et il baisse les yeux.

— Toi et tes idées sur l'instruction, voilà où ça nous mène ! Elle ne sait rien faire de ses doigts. Il va falloir qu'elle travaille si elle veut rester. Déjà qu'elle est laide à faire peur, il ne manquerait plus qu'elle devienne un poids pour nous.

— Tais-toi donc, l'interrompt enfin le père. Tu dis des sottises.

— Ah, vous êtes bien pareils tous les deux, une belle paire de bons à rien. Vous pourriez faire un numéro à la sortie de la messe pour récolter deux sous. En tout cas, je ne veux pas la voir au café. Elle restera ici pour s'occuper de la maison.

— Si tu veux, ma douce, si tu veux.

Il glisse à Léonie un clin d'œil qui se veut rassurant. Cette décision l'arrange car il ne veut pas la voir circuler entre les tables. C'est presque une femme et les clients ont parfois les mains baladeuses.

Ce café-tabac, *Le goéland qui fume*, est situé dans la grand-rue, à deux pas de la place et de sa fontaine.

Avant la naissance de Léonie, le bistrot appartenait à Gaston, un natif de l'île bien trop porté sur la bouteille pour faire de vieux os. Chaque soir, il fallait l'aider à fermer boutique tant il se cramponnait au chambranle, tremblant de tous ses membres. Son gros nez rouge et poreux brillait autant qu'une lanterne. C'était un brave type. Un matin, il est tombé raide mort sur le plancher et l'affaire fut à vendre faute d'héritier.

C'est dorénavant la propriété des parents de Léonie, ou plutôt celle de sa mère. Tenir ce café, être la patronne, se tenir au centre de la vie du village, c'est ce dont elle a toujours rêvé. Tout est sous son autorité, chacun se rend à son charme et à sa volonté. C'est ainsi. L'infirme, lui, n'est bon qu'à essuyer les verres, appuyé sur ses béquilles.

L'unique fierté du père, un coucou suisse, sonne neuf heures. C'est une pièce magnifique, peinte de couleurs vives, avec sa tête de cerf ornant le faîte du toit, des barrières fleuries et un bûcheron brandissant sa hache au-dessus d'un billot. Le balancier représentant une feuille de vigne en bois sculpté, est encadré par deux chaînettes où pendent de gros poids de fonte figurant des pommes de pin. Le père adore voir le petit oiseau articulé sortir de sa cachette. Il lui arrive de le guetter de longues minutes, surtout lorsqu'approche midi.

Léonie sursaute. Elle n'a jamais aimé ce fichu coucou qui la réveille chaque nuit en égrenant les heures. Alors que la maisonnée dort à poings fermés, elle perçoit depuis sa chambre jusqu'au cliquetis des engrenages précédant la sortie de l'oiseau. Le mouvement du balancier lui donne des insomnies.

Après avoir avalé un morceau de pain et de fromage, Léonie débarrasse la table, fait la vaisselle et s'esquive dans sa chambre sous les combles. Elle ne peut s'empêcher de compter les marches de l'escalier qui y monte, pour s'assurer que chaque chose est à sa place. Les marches, c'est plus concret que les enjambées, leur nombre ne varie pas selon l'âge.

Léonie n'a pas le courage de défaire sa valise et se débarbouille avant de se mettre au lit. Elle s'endort en entendant le murmure lointain des voix de ses parents, le tic-tac du coucou et, plus loin encore, le grondement du ressac s'acharnant sur les falaises.

2

Avant même le lever du soleil, Léonie descend à la cuisine en silence. Elle trépigne d'impatience à l'idée d'aller se promener sur la plage, pas trop près de l'eau, ou, pourquoi pas, de juste y tremper les pieds. Son désir d'être seule est si grand qu'elle rase les murs, frôle les maisons et se glisse sur les sentiers rocailleux.

L'île de Sainte-Kristen a grossièrement la forme d'un croissant de lune, dont le côté concave est bordé sur toute sa longueur d'une plage de sable clair semée de dalles sombres qui entrent dans la mer en pente douce. L'autre côté est un chaos de hautes falaises déchiquetées, comme façonnées par des dieux en colère. Excepté l'ancienne carrière désaffectée et le phare d'Arz, planté tout au bout, il n'y a rien sur cette partie de l'île prêtant le flanc aux intempéries.

Léonie franchit les dunes semées de hautes herbes salées et découvre l'océan, gris au loin, d'un vert crayeux le long du rivage. Le fort vent des derniers jours a soulevé la houle qui brasse les hauts fonds, mélangeant le sable, les algues et l'eau. La plage s'étend à perte de vue, décrivant un immense arc de cercle qui prend naissance le long de la digue protégeant le port et va mourir au pied des premiers contreforts noirs et tranchants des falaises. Les nuages effilochés teintés de rose s'allongent et se déchirent. La journée sera belle.

Léonie écarte les bras, laisse le vent lui ébouriffer les cheveux. Elle s'élance jusqu'à la limite du sable et de l'eau, où une fine couche de mousse s'est déposée et s'éparpille en petites boules duveteuses. Ses souliers à la main, elle entre prudemment dans l'océan, jusqu'à mi-mollets seulement, puis revient sur ses pas et longe le rivage alors que le soleil embrase l'horizon. Sous ses pieds, le sable humide est sculpté de mille vaguelettes figées. C'est marée basse et la mer, en se retirant, a laissé des myriades de trous d'eau sur les dalles polies et gluantes, piégeant crustacés et petits poissons. Le soleil rasant du matin s'y reflète comme dans autant de miroirs. Des oiseaux marins, mouettes et huîtriers, arpentent cette étendue avec gourmandise. Des filaments d'algues noires s'étirent sur la plage où des mouches minuscules s'agglutinent par centaines.

Soudain, Léonie sursaute, un corps est allongé à une centaine de mètres, contre un rocher. Dans un réflexe, elle regarde autour d'elle, cherchant de l'aide ou un témoin. Mais elle est seule. Elle hésite, recule, puis s'avance.

En s'approchant, elle reconnaît l'homme inanimé. C'est Malgorn, le vieux gardien du phare. Sa barbe immense et hirsute s'agite dans les tourbillons du vent. C'est un inextricable fouillis de nœuds gris où se perdent encore quelques poils sombres. Son visage est crevassé, sa peau recuite par le soleil et le sel, et les doigts de sa main droite sont jaunis par le tabac. Léonie l'observe avec inquiétude. Est-il en vie ? Aucune trace de sang ne macule ni son corps ni ses vêtements. Une bouteille de gnôle vide est posée là, à deux pas du bonhomme. Lorsque l'ombre de la jeune fille passe sur lui, un petit crabe se glisse dans le sable, sous le pantalon. Le crabe sait qu'il faut se méfier des ombres. Soudain, l'homme renifle et pousse un ronflement rauque, accompagné d'une toux sèche. Léonie sursaute. Malgorn est tout simplement ivre, et dort sur la plage. Une fanfare viendrait à passer qu'il n'ouvrirait pas un œil.

— Il est dans un bel état.

Léonie se retourne d'un coup. Elle plisse les yeux pour reconnaître le garçon qui vient de lui parler et sourit timidement. C'est Karadeg, un vaurien, fils de pêcheur.

Lui aussi a grandi et la regarde des pieds à la tête.

— Ah ben, la vache, Ninne, je t'avais pas reconnue !

Il porte un panier de fil de fer tressé où s'entassent des couteaux fraîchement pêchés et un pot de gros sel. Ce n'est pas un garçon costaud, il flotte dans une salopette dont il a retroussé le bas, dévoilant ses mollets blancs et ses pieds nus. Bien qu'il soit de deux ans son cadet, il dépasse déjà la jeune fille de quelques centimètres. Il sourit franchement, ce qui fait ressortir ses dents de rongeur.

— On s'embrasse pas ?

Léonie secoue la tête. Embrasser un garçon fait partie des choses qui lui sont insurmontables.

— Ben, c'est pas grave. Je suis content de te voir.

Puis il s'avance vers Malgorn, toujours endormi.

— Encore à cuver celui-là. Il foutait déjà pas grand-chose, mais là, avec les Boches là-haut, il en a encore moins à foutre!

Léonie encaisse la nouvelle.

— Il y a des Allemands au phare? Qu'est-ce qu'ils font là?

— Ils ont installé un radar cette année, pour intercepter les bombardiers. Mais on les voit pas beaucoup. Ils descendent de temps à autre au village, par petits groupes, juste pour boire un coup ou nous casser les oreilles avec leur fanfare. Le gros de leur ravitaillement, ils le reçoivent par bateau, tous les mois.

Malgorn maugrée dans son sommeil, chasse une mouche d'un revers de main.

Voyant la crainte dans les yeux de Léonie, Karadeg la rassure:

— T'inquiète, ils sont pas méchants ceux-là. Juste quelques soldats qui veulent pas d'ennui. Y disent même bonjour.» Puis, désignant le ronfleur, il ajoute: «J'ai bien une idée qui me vient...

Il sort une boîte d'allumettes de sa poche et la secoue pour en vérifier le contenu.

— Avec ça, il va se réveiller, je te le garantis.

Léonie comprend ce qu'il prépare et le retient. Karadeg, c'est le genre à pousser les conneries jusqu'au bout, rien ne l'arrête, pas même les roustes de son père.

— Allez, plaide-t-il, ça va être marrant. À trois, on décampe!

Déjà, il gratte une allumette et la jette dans la barbe. Le feu prend aussitôt.

— Trois ! crie le garçon efflanqué en filant vers les dunes.

Léonie reste immobile une seconde, puis le gardien de phare se redresse d'un coup, les yeux écarquillés. Sa barbe flambe en dégageant une affreuse odeur de brûlé.

— Cours ! lui conseille encore Karadeg.

Elle détale alors sur ses longues jambes, poursuivie par un torrent d'insultes.

— Petits salopards ! hurle Malgorn en tapant sur sa barbe.

Il tente de les poursuivre, titube, perd l'équilibre et s'étale dans le sable. Son poing vengeur se dresse en direction des deux adolescents qui sont déjà loin et disparaissent derrière les dunes. Les oiseaux marins s'envolent en criant, dérangés par le raffut.

Hors d'haleine, Karadeg se laisse tomber, riant aux éclats. Il a perdu la moitié de ses crustacés dans sa course, mais il s'en moque.

— T'as vu la couleur de ses yeux ? À mon avis, on va pas tarder à le retrouver cané pour de bon un de ces matins. C'est à croire que le bon Dieu n'en veut pas.

— Ce n'est pas une raison pour le traiter comme ça, rétorque Léonie, indignée.

Karadeg la considère un moment, déçu par son manque d'enthousiasme.

— Oh, ça va, si on peut plus rigoler. De toute façon, entre la gnôle et la solitude, il est mûr pour le cimetière. C'est le père Anselme qui va être content, ça va lui faire une messe en plus à servir !

Le garçon se relève, frotte le sable collé à ses coudes. Dans un dernier geste de défi, il se hisse sur un rocher et observe le vieux Malgorn titubant au loin sur le rivage. Léonie lace ses souliers et s'éloigne dans l'autre direction, vers le chemin, fendant les hautes herbes. Elle n'a plus envie d'arpenter la plage. Karadeg lui emboîte le pas, nonchalant.

— On peut savoir pourquoi t'es revenue ?

Léonie ignore la question et laisse ses pas la mener où ils veulent. Elle compte.

— Enfin merde, reprend le garçon, tu peux m'expliquer ? Quand t'es partie, t'étais tellement couverte de bleus, ça faisait pitié !

— Et toi ? Ton père passe son temps à te flanquer des raclées, tu n'es pas parti.

— Ouais, mais moi, je les mérite. Et puis, que veux-tu que j'aille foutre à terre ? Je pêche avec mon vieux. C'est ici chez moi.

— Pour moi, c'est pareil, rétorque la jeune fille. Je n'ai nulle part où aller.

Karadeg s'immobilise un instant, puis murmure :

— Pourtant, je me souviens que, sur le quai, t'avais l'air soulagée ce fameux jour. Heureuse de partir en pension, de foutre le camp d'ici.

— Tais-toi un peu, rétorque la jeune fille. C'est comme ça, on ne peut rien y changer pour l'instant. Parlons d'autre chose, ça me fiche le cafard.

La pension, Léonie y était inscrite depuis six ans. Une idée de son père, bien sûr, pour l'éloigner de l'île, pour la mettre à l'abri des raclées. Une décision terrible mais nécessaire.

Au loin, les cloches du village sonnent sept heures.

— Je vais au fort, dit Léonie. Ça me fera du bien de marcher.

— Je peux t'accompagner ? Avec le vieux en rogne, je ne peux pas continuer ma pêche.

— Pourquoi pas.

Tous deux s'engagent dans les bruyères, coupent par la lande. Karadeg marche un peu en retrait, balançant les bras dont il ne sait que faire.

— Tu te souviens, quand on était petits, on allait traîner du côté de la baraque d'Émile ?

— Le monstre ?

— Y en a qu'un, d'Émile.

— Il est encore vivant ? Je me demande quel âge il a.

Léonie se souvient que, dans son enfance, elle avait une peur terrible de ce personnage dont elle ne savait pas s'il était réel ou imaginaire. Tous les gamins en avaient peur. Aucun n'osait jamais s'approcher de sa maison de crainte de ne plus jamais en repartir. Il était l'ogre, celui qui mange les enfants. Elle se souvient aussi de leur méchanceté. Ils chantaient d'affreuses chansons, pas trop près de sa maison tout de même, s'enhardissaient les uns les autres, se poussaient en avant. Certains jetaient des pierres dans ses carreaux. Mais il suffisait à Émile d'apparaître sur le pas de sa porte pour faire fuir les plus hardis. Une haute silhouette crachée des ténèbres.

— Tu l'as déjà vu de près ?

— Non, il sort qu'à la nuit tombée, explique Karadeg. Mais il fiche quand même la trouille. Mon père dit qu'il a la tronche complètement bousillée.

— C'est tout ?

— Oui, mon vieux, il aime pas parler de lui, il dit qu'il a droit au respect et tout le saint-crépin. Moi je dis qu'il faudrait le foutre dans un tonneau et le balancer à la mer.

Léonie secoue la tête sans répondre.

Ils traversent la lande moelleuse et fumante, encore noyée de rosée. Ils aperçoivent le vieux moulin dont les bras sont immobiles. Il reprendra du service pour les moissons.

Sainte-Kristen a toujours vécu en autarcie, la guerre n'occasionne pas à sa population de quatre cents âmes plus de privations que d'ordinaire. C'est le privilège des pauvres. Il n'y a pas d'électricité ni d'eau courante, on s'éclaire à la chandelle. Les fougères, les racines de bruyère, la tourbe et les épaves servent de bois de chauffage. La toison des moutons est filée puis transformée en d'épais lainages, et le moulin réduit en farine les épis de l'unique carré de blé. Le poisson et les coquillages abondent sur ses côtes, chaque habitant complète ses réserves en élevant un cochon ou quelques volailles. C'est l'art de la survie dans ce pays austère. Il n'y a pas non plus d'arbres sur cette île, excepté ceux que les hommes ont plantés près des habitations, rien d'autre qu'une lande salée qui la recouvre d'une extrémité à l'autre.

Une fauvette s'envole alors qu'ils arrivent sur la route. Le grincement du pédalier d'un vélo se fait entendre. Gus déboule d'un virage encaissé, les genoux écartés, soufflant sur sa monture trop petite pour sa carcasse. C'est le cousin de Léonie, un grand gars de presque trente ans aux bras immenses terminés par des mains calleuses. Le bon Dieu a oublié de se pencher sur son berceau. Il est un peu lent, il faut tout lui répéter. Le plus remarquable, chez lui, c'est son nez, un appendice triangulaire démesuré en forme de nageoire caudale. Léonie l'aime bien, le cousin Gus, Gustave de son vrai nom, il est doux et rêveur, mélancolique parfois. Il vit seul dans une masure dont il ne sort qu'en de rares occasions. Au village, les gosses se moquent de lui, à cause de sa tête d'épouvantail qui ne tourne pas rond. Les plus hardis lui montrent leurs fesses avant de détaler.

Il ralentit en reconnaissant Léonie et fronce les sourcils en la voyant flanquée de Karadeg. Ce n'est pas le dernier à se moquer de lui. Il s'arrête et feint de l'ignorer.

— Alors, Ninne, c'est donc vrai que te revoilà ?

La jeune fille répond en lui déposant un rapide baiser sur la joue. Gus a tant de choses à lui raconter, mais la présence du mauvais garçon à l'air goguenard l'en empêche.

— Je vais au village emprunter une pelle, j'ai cassé l'autre et il m'en faut une nouvelle pour creuser mes trous.

Karadeg ricane :

— On s'en doute que c'est pour creuser des trous, qu'est-ce que tu pourrais en foutre d'autre ?

— Te la mettre en travers de la gueule, réplique Gus, soudain enhardi par la présence de Léonie.

L'autre recule, il se méfie des réactions du cousin. Quand il rôde avec ses copains, c'est facile de le taquiner, mais, là, il est seul et certain de ne pas faire le poids en cas de bagarre. Gus enfourche de nouveau son vélo et fait signe à Léonie de l'accompagner quelques pas.

— Si tu veux, tu peux venir habiter chez moi. Je te ferai de la place.

— C'est gentil, mais je vais rester à la maison.

— Je comprends, chez moi, c'est sale, mais je peux nettoyer.

— Ce n'est pas ça…

— Et pourquoi pas chez grand-mère ? C'est sale aussi, mais elle t'adore. Et tu y serais à l'abri…

— Je ne peux pas laisser papa.

Gus en soupire d'incompréhension. Chaque coup qu'elle endure, il le ressent aussi vivement que s'il le recevait lui-même.

— Tu vas encore souffrir, ta mère, c'est une teigne. Si elle lève la main sur toi, viens me trouver. Tu promets ? Je te cacherai ! J'ai des cachettes ! » Puis il répète à voix basse : « Plein de cachettes.

Léonie acquiesce tout en sachant qu'elle n'en fera rien.

Gus s'éloigne sur la route sinueuse à travers la lande.

— Quand même, il a un sacré tarin ! s'exclame Karadeg. Ça chante quand le vent lui rentre dans les narines !

— Tu peux essayer d'être gentil avec lui ? Tout ça, ce ne sont que des moqueries de gamin. Toi et tes copains, vous avez passé l'âge.

— Si on peut plus rigoler…

Léonie l'affronte un instant du regard.

— Si tu veux m'accompagner, tu dois essayer d'être plus gentil.

Karadeg se renfrogne et emprunte le sentier qui mène au fort.

Les ruines de l'ancienne forteresse se dressent sur une butte, au centre de l'île. C'est une vieille sentinelle harassée par les siècles. Une grosse tour carrée surplombe tout l'édifice, de part et d'autre sont blottis deux petits bâtiments plus trapus, aux toitures depuis longtemps disparues. Les murs y sont percés d'étroites fenêtres et de meurtrières, toutes munies de barreaux rouillés. Les redoutes et les fossés en éperon, ajouts de Vauban, évoquent des étraves de navires grignotés par une végétation dense et obstinée. Les fortifications, construites sur le modèle d'une étoile, sont ponctuées d'embrasures où pointaient jadis des canons, et laissent voir par des effondrements leurs entrailles de sable et de pierre.

Les habitants de l'île prêtent depuis longtemps main-forte à la nature et à son œuvre de destruction en prélevant sur les murailles quantité de pierres pour leur propre habitation et les boiseries pour se chauffer.

Cette ancienne enceinte, transformée au XIXe siècle en prison, renfermait des cohortes de forçats en attente d'un navire en partance pour un bagne des tropiques. Abandonnée, c'est aujourd'hui le royaume des ronces.

Léonie traverse le pont de bois vermoulu jeté sur l'ancien fossé et s'arrête sous l'arche de la porte principale. De là part une rampe de pierre montant vers la place d'armes, encaissée entre deux murs inclinés. Léonie sait qu'il faut vingt-trois pas pour la franchir. Elle s'avance.

Les pavés sont toujours recouverts d'un lichen grisâtre, alors que les parois des murailles, des bâtiments, sont piquées de broussailles griffues.

Karadeg observe Léonie à la dérobée.

— Qu'est-ce que tu fais ?

— Chut, je compte, répond-elle machinalement.

Le garçon veut demander pourquoi, mais juge plus prudent de se taire.

Dix-huit au lieu des vingt-trois pas attendus, c'est un choc pour Léonie. Elle préférerait croire que c'est la forteresse qui a rétréci, que l'île tout entière se recroqueville. Mais non, ce sont simplement ses jambes qui lui jouent encore un sale tour.

Elle pense alors au tunnel.

C'est un long couloir sombre qui traverse l'édifice de part en part. Elle sait où se dissimule l'entrée, un long escalier vertigineux qui plonge dans les profondeurs de la terre. À cinquante-neuf pas de l'endroit où elle se trouve. Elle s'avance et commence à compter.

Toute petite déjà, elle venait jouer ici avec ses camarades pour échapper au calvaire quotidien. Elle se rêvait princesse, revenant prendre possession du château de ses véritables parents.

Quatorze, quinze, elle avance à pas mesurés pour ne pas se tromper.

Toujours, elle imaginait que cette mère n'était pas la sienne, ne pouvait pas être la sienne. Sinon, pourquoi ce déferlement de haine ?

Vingt-huit, vingt-neuf, son pas se règle seul et elle aperçoit la bouche noire à demi masquée par un entrelacs de ronces. Sa peur d'enfant renaît aussitôt, mélange d'angoisse et d'exaltation.

Avec ses amis, elle escaladait les façades meurtries, chassait les êtres imaginaires installés dans les murs, les refoulait au bas des remparts en poussant des cris sauvages. Le combat sans cesse renouvelé durait des heures.

Trente-cinq, trente-six, il va falloir se frayer un passage et relever le défi.

C'était elle qui avait découvert le tunnel la première et qui avait décidé que pour prouver sa valeur, faire partie de la bande, il fallait le traverser. Tous avaient refusé. La peur était trop grande.

Quarante-sept, quarante-huit, Léonie sait que le moment de vérité approche. Les êtres imaginaires ont disparu avec l'enfance, il n'y a plus que sa propre peur à affronter. Mais c'est un monstre terrifiant.

Léonie y était entrée seule, bravant l'inconnu. Les êtres maléfiques détenaient ses parents, loin, très loin, là ou brillait le minuscule point de lumière à l'autre extrémité du tunnel. Elle l'avait traversé, le cœur battant, à petits pas. Elle en avait déjoué tous les pièges.

Cinquante-deux. Elle est à l'angle du bâtiment de droite, là où il prend appui sur la tour. L'escalier, invisible, est dissimulé derrière un treillis de ronces.

Léonie chancelle. Ses longues jambes la trahissent encore. Sa foulée a changé et, avec elle, ses repères. Elle maudit ce corps, fourbe et étranger, qui triche et la dupe, devient son ennemi. Ces sept pas de différence équivalent pour elle à la distance qui sépare la Terre des astres lointains.

Elle glisse soudain et tombe au milieu des ronces. Karadeg se précipite pour l'aider. La robe est prise dans les épines, ce sont des griffes qui la retiennent. Léonie gémit, son mollet se zèbre de rouge, du sang perle sur le sol, aussitôt bu par la mousse qui couvre les pavés disjoints.

Karadeg écarte les ronces, saisit la main de Léonie et la relève. Elle détourne les yeux du sang qui s'écoule et pâlit. Un étourdissement la surprend, elle cherche où reprendre ses esprits, trouve un amas de briques crachées du mur et s'y assied.

— Laisse-moi regarder, demande le garçon.

— Non, ça ira.

— Je vais pas te manger.

Sa remarque fait brièvement sourire la jeune fille. Karadeg s'agenouille devant elle, soulève précautionneusement sa jambe blessée. Léonie n'oppose aucune résistance. Le garçon sort un mouchoir de sa poche, le roule en boule et tamponne les plaies. Lorsqu'il est rouge, il le retourne et recommence. Léonie grimace chaque fois qu'il effleure les griffures. Karadeg sourit.

— Tu me fais mal, vas-y doucement, dit-elle en serrant les dents.

Il noue ensuite le mouchoir autour du mollet, et sa main s'y attarde, remonte sous la robe vers la cuisse. Léonie le repousse. Karadeg insiste : cette fille, c'est un trésor. Il s'enhardit, dépose un baiser maladroit sur la jambe, se redresse pour chercher la bouche, empoigne la jeune fille par la taille et l'attire à lui.

Léonie le gifle si fort qu'il en tombe à la renverse. Sans attendre, elle force le passage, s'engouffre dans l'escalier, déchirant sa robe dans les ronciers.

— Ninne, arrête ! crie Karadeg. Reviens, je sais pas ce qui m'a pris ! Reviens, je te dis !

Lui n'a jamais aimé ce boyau. C'est dangereux de s'y aventurer. Il reste à l'entrée, se balançant d'une jambe sur l'autre, hésitant et inquiet.

— Je m'excuse ! braille-t-il encore pour la faire sortir. C'était stupide !

Il attend encore quelques instants, scrutant la bouche obscure derrière l'entrelacs d'épines. Léonie ne sort pas. Le pauvre garçon s'en veut terriblement, se frappe le front.

Oh, il le sait que cette fille n'est pas pour lui. Elle est bien trop gracieuse, fragile et instruite. Elle n'a pas le teint rouge des filles du pays. C'est la seule à être allée plus loin que le certificat d'études, sur le continent. Eux ne sont que des paysans ou des pêcheurs.

Karadeg recule, s'en retourne vers la lande et le village. Il jette un dernier regard en arrière, devinant que Léonie est là, tapie dans l'ombre, l'observant en silence.

— Je dois y aller ! s'écrie-t-il encore, les mains en porte-voix. Pour le baiser et tout ça, on n'en parle plus. Il faut que tu me pardonnes. Promis ?

Léonie, assise sur les marches usées, attend qu'il soit loin pour se relever. Elle décide de descendre, boitille dans l'escalier voûté et suintant où résonne l'écho de sa respiration saccadée. Elle veut aller au bout du défi, en avoir le cœur net.

Se tenant à la rampe rudimentaire, elle s'enfonce en ligne droite vers l'accès du tunnel. La lumière s'estompe et, lorsqu'elle arrive en bas, le noir est total. Une odeur de putréfaction salée l'enveloppe.

Traverser le tunnel n'est rien, il faut déjouer les pièges. Elle se souvient du trou effrayant et de son emplacement. Sans doute dans le passé était-il recouvert d'une trappe, d'une grille ou d'un moyen quelconque de le traverser sans danger.

Plus jeune, elle l'avait observé à la lueur d'une chandelle. C'est un carré de trois mètres de côté, barrant toute la largeur du boyau, à bonne distance de l'entrée, un piège dont le fond est jonché de gravas, de morceaux de fer rouillés et pointus. C'était sûrement un accès secret au fort, que l'administration pénitentiaire avait comblé durant la période où elle était maîtresse des lieux.

Léonie connaît les deux moyens de franchir ce trou : le premier consiste à longer la paroi sur une minuscule margelle où l'on ne peut poser que les orteils. Il faut s'aplatir contre le mur, en épouser les aspérités et progresser à tâtons, centimètre par centimètre, sans basculer en arrière.

L'autre moyen, celui qu'elle a toujours préféré, c'est le grand saut. Il faut prendre son élan depuis le bas de l'escalier, en ayant préalablement compté le nombre précis de foulées jusqu'au trou, courir puis sauter pour s'arracher du sol, tout au bord, et atteindre l'autre côté. La moindre erreur est fatale. Son ami Marcus y était tombé étant jeune, il s'en était tiré avec une jambe cassée, un véritable miracle.

Il avait tant hurlé de douleur que les autres avaient renoncé à relever le défi. Mais pas Léonie.

Léonie cherche ses repères, c'est un métronome, la rigueur et la concentration sont la clé. Elle ôte ses souliers, les noue par les lacets autour de son cou. Elle colle ses talons contre la première marche de l'escalier, faisant face au boyau.

Son cœur bat et s'emballe. Si ses jambes la trahissent encore ? Et si son pied d'appui ne trouve que le vide ? Combien d'enjambées doit-elle retirer aux quarante-six qui lui étaient nécessaires à l'époque pour le franchir sans danger ? Deux ? Trois ? Davantage ?

C'est le moment de vérité.

Elle s'élance, haletante.

Trente-six, trente-cinq, les pas résonnent.

Elle serre les poings, respire par le nez.

Vingt-huit, vingt-sept, elle étire sa foulée.

Le compte à rebours s'affole. Surtout ne pas ralentir, ne pas hésiter.

Douze, onze, les flaques explosent en gerbes sous ses talons.

Cinq, quatre, elle fléchit les jambes et saute.

Léonie ferme les yeux. De toute façon, elle n'y voit rien. Le souvenir du premier frisson est intact, le sang bat à ses tempes.

Son corps reste suspendu un instant, une éternité, elle entend des gravillons ricocher au fond du trou, elle devine la gueule béante prête à l'avaler.

Soudain, elle retombe, son pied touche brutalement le sol, Léonie exulte. Elle est passée.

— Je l'ai fait ! hurle-t-elle à pleins poumons.

Une fois encore, elle a dominé sa peur. Une joie intense jaillit du fond de son être. Son corps a obéi, il s'est plié à sa volonté. Léonie arrête de courir pour s'adosser un moment au mur lépreux et reprendre son souffle. Puis elle poursuit son chemin jusqu'à l'autre extrémité du tunnel.

Elle débouche au pied de la muraille, dans l'ombre des remparts, à l'opposé de la porte principale. Loin devant elle, la lande semble se jeter dans l'océan par-dessus les falaises. Il est encore tôt, Léonie veut en profiter pour déambuler dans la citadelle abandonnée.

Comme lorsqu'elle était enfant, Léonie flâne maintenant sur les remparts et les chemins de ronde. Elle connaît chaque escalier, chaque échauguette.

Ce point culminant offre un panorama idéal sur Sainte-Kristen. Le paysage est d'une beauté époustouflante, primaire. Pourtant, cette île, Léonie l'exècre. Elle lui évoque un navire à la dérive, et la pente qui la traverse des falaises aux plages, de l'autre côté, ne fait qu'accentuer cet effet de gîte. Sainte-Kristen penche, sombre.

Elle distingue le village au loin, et sa maison. Elle pense à son père, ce pauvre homme qui se traîne sur ses béquilles, souffre au-dehors comme au-dedans. Il se recroqueville, se ratatine, étouffe dans cette misérable vie de soumission. Il penche comme cette île. Sa femme le courbe, le plie, lui rappelle chaque jour rien qu'avec des silences qu'il n'est plus que la moitié d'un homme avec sa jambe en moins. Et que dire de la présence des Allemands ? Non, vraiment, ce morceau de terre est à l'agonie et sa propre mère en est le capitaine.

C'est le repère de la Gorgone et son pouvoir y est immense.

Tout là-bas sur le chemin sablonneux, la minuscule silhouette de Karadeg s'en retourne au village.

Léonie pleure, ses doigts se crispent sur la pierre. Sa victoire sur le tunnel est brève, dérisoire. Elle pourrait en finir maintenant, il suffirait pour ça d'enjamber le parapet, entre deux créneaux, et de sauter. Son corps tout entier l'implore de le libérer. Il ne sait pas s'il pourra endurer davantage de souffrances.

Elle imagine les différentes positions que le hasard de la chute lui ferait prendre. Elle voit son corps ensanglanté, disloqué sur les moellons, comme si déjà c'était son fantôme qui pleurait sur les remparts.

Et puis non, assez d'idées morbides. Elle sautera une prochaine fois. Il faut lutter, ou du moins essayer.

Elle se redresse alors, laisse ses pas la guider sur le chemin de ronde.

Elle compte.

3

À la tombée de la nuit, les hommes de l'île se rendent au *Goéland qui fume*. C'est autant pour reluquer la patronne que pour boire quelques verres. La mère de Léonie est très populaire à Sainte-Kristen. C'est comme si la Marianne de la République s'était réfugiée derrière le bar.

Sa beauté troublante envoûte même les moins portés sur la chose. Vêtue d'une robe à fleurs qui semble cousue à même sa peau, elle godille entre les tables, gracieuse, ses longs cheveux blonds rassemblés en une natte qui lui descend jusque dans les reins. La boutonnière du haut est ouverte, laissant deviner la naissance de sa poitrine et, lorsque la femme passe un coup de chiffon sur une toile cirée, des paires d'yeux y roulent comme des billes au fond d'un panier. Son mari reste derrière le comptoir. Inconfortablement appuyé sur ses béquilles, le regard mélancolique, il essuie les verres ballons puis les aligne sur le zinc scintillant. Il n'est plus bon à grand-chose ici. C'est un spectateur dans son propre établissement. Même porter un casier de six bouteilles est une tâche au-dessus de ses forces.

Le vieux Malgorn est là, assis dans un coin, à remâcher sa mésaventure du matin, et à prédire les foudres divines à l'encontre de ceux qui lui ont brûlé la barbe. Ses mains tremblent de colère, agrippées à son verre de blanc. Depuis le bar où ils trinquent déjà depuis une heure, deux de ses amis pêcheurs s'amusent de ses poils roussis dans de grands éclats de rire.

Le soleil décline sur l'horizon et les derniers clients affluent. Le café est bientôt bondé. Même le père Anselme est là, son verre à la main, à commenter la guerre que personne ici n'aperçoit. C'est une épreuve de Dieu, une de plus. Approbateurs ou sceptiques, ses auditeurs secouent la tête d'un air pensif.

Auguste Madec, le père de Karadeg, fait son entrée et salue à la cantonade. La patronne lui sourit affectueusement et lui sert un verre.

— Encore un que les Boches n'auront pas ! trinque-t-il en se l'envoyant cul sec d'un geste de conquérant.

Les autres applaudissent. Malgorn l'apostrophe aussitôt.

— Regarde donc ce que ton vaurien de fils a fait aujourd'hui !

Auguste tressaille, se tourne vers le vieux. Le père de Karadeg, c'est un sanguin, pareil à un pétard du 14 Juillet. Il passe de la placidité à la colère en un instant. Il suffit pour ça que quelqu'un le contrarie et là, il vire cramoisi !

— Nom de Dieu de nom de Dieu ! s'exclame-t-il dans sa grosse moustache.

Il traverse la salle en quelques enjambées, tire la chaise devant le vieux, s'y campe et regarde le désastre avec des yeux d'orage.

— Il a fait ça ? Le petit saligaud ne perd rien pour attendre. Je vais te lui retourner une sacrée danse, tu peux me croire !

— Ne soyez pas trop dur, tempère le curé, les joues déjà roses des verres descendus. C'est encore un gamin.

— Un gamin ? À quinze ans ? Faudra-t-il que j'en arrive à lui briser tous les os pour qu'il arrête ses conneries ?

Auguste se met alors à beugler, crachant à moitié, sur les méfaits que sa saleté de gosse sème dans le village, qu'il ne sait plus quoi en faire, du vaurien, qu'il finira en prison ou, pire, à la guillotine. Il ponctue chacune de ses phrases d'un formidable coup de poing sur la table. Ça fait tanguer les verres. La bouteille vacille, tombe et éclate sur le carrelage.

— Je vais payer, s'excuse-t-il alors du bout des lèvres, le regard encore embué de ses emportements.

L'épagneul de René Pilvin, le garde champêtre, gentil chien mais pas bien futé, accourt pour laper le liquide alcoolisé.

— L'est bien comme son maître, rigole Louis, le receveur des postes.

— Caporal, au pied ! ordonne René pour se donner une contenance.

Le chien ne bouge pas, tout à son plaisir, son maître rougit, toute la salle part d'un grand éclat de rire. Auguste se calme, l'atmosphère se détend et les conversations reprennent.

— Il paraît que les Allemands vont poser des mines sur notre plage, déclare René, toujours au courant des dernières injonctions du commandement militaire de Brest. On ne pourra plus s'y rendre.

Les clients s'étonnent, s'indignent à voix basse. Il vaut mieux baisser le ton quand on parle des Boches.

— Et de quoi qu'y z'ont la trouille ? demande Malgorn en se resservant un verre qu'il tient fermement, au cas où Auguste se remettrait à tempêter.

— D'un débarquement, annonce le maire en entrant.

Tous se tournent vers le petit homme replet qui pousse la porte derrière lui. Alphonse Morin s'avance vers le comptoir où la patronne lui sert déjà son habituel ballon de rouge.

— Je vais recevoir la confirmation officielle dans les heures qui viennent, l'officier du cantonnement est venu m'en informer en personne.

— Comment on fera pour aller pêcher des couteaux et tout le reste ? Ils veulent nous faire crever de faim, ces salauds ? s'inquiète Auguste.

— Tant qu'ils ne ferment pas le café..., déclare la patronne en débouchant une autre bouteille.

Alphonse boit une gorgée alors que René vient se mettre à ses côtés pour bien signifier qu'il est le deuxième homme qui compte à Sainte-Kristen. Il coince ses pouces dans le ceinturon à boucle de cuivre qui enserre sa bedaine.

— Du calme, mes amis. Monsieur le maire a raison. Nous devons nous conformer aux ordres des vainqueurs, c'est le maréchal qui le dit.

Léonie est dehors, devant la fenêtre, et observe l'intérieur du café-tabac.

Elle hésite à entrer, pas tant parce que le gardien du phare est là avec ce qui reste de sa barbe, mais parce que le commerce familial est le territoire exclusif de sa mère. C'est là qu'elle brille telle une attraction solaire.

Lorsqu'elle était plus jeune, Léonie s'y amusait souvent, aidant son père à aligner les bouteilles, astiquer le zinc venu spécialement – et à grands frais – de Paris, ou encore encaustiquer le bois des lambris qui garnissent la salle. C'était un jeu de petite fille.

Elle ferme les yeux un instant pour laisser monter à ses narines le souvenir des odeurs de cire.

La mère Le Créac'h passe dans la rue en poussant son vélo. Elle détourne les yeux du café. Femme pieuse, elle désapprouve la présence du père Anselme dans ce lieu de perdition. En ces temps de malheur, elle a la nostalgie du prédécesseur, le père Molaz, un rude Savoyard qui s'était toujours montré intransigeant avec ses ouailles, spécialement sur la boisson. Mais le vieil homme repose désormais dans le petit cimetière derrière le presbytère.

Léonie la salue, la vieille femme lui répond d'un bref signe de tête. Pas un mot ne franchit ses lèvres. Elle est aussi rêche et coupante que la pierre des falaises. Un brouillon de sourire l'anime un court instant, puis il s'efface tant cet exercice lui est pénible, étranger. Elle s'éloigne et disparaît dans l'obscurité.

Par les carreaux, Léonie reprend son observation. À l'intérieur, les clients rient, boivent, fument. Le *pop* caractéristique d'un bouchon de champagne qui saute résonne, aussitôt suivi par des acclamations. Les verres se tendent, la mousse jaillit sur le zinc. Seul l'infirme garde les lèvres serrées, recroquevillé derrière le comptoir, les épaules tombantes. Il sait ce que coûtent au ménage ces tournées offertes, hors de prix et indécentes en ces temps de disette. Comment peut-il s'y opposer ? Elle adore tellement ce breuvage.

Léonie en a le cœur serré. Son père l'inquiète, ses yeux sont ternes, d'un bleu délavé, sans joie ni lumière. Eux qui pétillaient tant jadis ! On dirait deux billes avec lesquelles on a trop joué.

Ils s'animent cependant dès que son père observe sa femme. Il est en adoration devant elle, esclave patient et soumis. Hélas pour lui, elle se comporte comme s'il n'existait pas. Son regard balaie la salle, passe sans le voir, sans accrocher ses prunelles qui quémandent un peu d'affection. La flambeuse est tout à sa clientèle, cintrée dans ses vêtements coûteux à la mode de la capitale, une broche scintillante épinglée au revers. Elle est le centre d'attraction et n'a que faire de l'infirme. Elle le tolère, c'est tout, le réduisant à l'état de spectateur impuissant. Et lui, bancal, perclus de douleurs, remâche son malheur appuyé au comptoir.

Le champagne coule à flots. Dans un coin, le père Anselme soupire, il réprouve les emportements de la patronne, ses manières de duchesse jurent dans le paysage. Cette île est fruste et ses gens sont modelés à son image.

Le curé sort et aperçoit Léonie.

— Bonsoir, Ninne, murmure-t-il gentiment.

Comme la jeune fille rougissante ne répond pas, il ajoute :

— N'aie crainte, Malgorn m'a tout raconté. Il sait bien que tu n'y es pour rien. C'est Karadeg qui va en prendre pour son grade.

— C'est plus fort que lui, mais, au fond, c'est un gentil garçon.

— Oh, je sais bien, sourit le géant en soutane, c'est ce qui m'inquiète ! Son père finira par le tuer à force de le corriger. C'est ton ami, si tu pouvais lui parler, le raisonner, je suis certain qu'il t'écouterait.

Il prend une grande inspiration d'air frais, regarde l'heure à sa montre.

— Ne dis rien, va. Il finira soldat ou brigand.

Léonie s'adosse au mur.

— Vous pensez que les choses ont changé en mon absence ?

Le père Anselme étire ses bras, fait rouler ses épaules tel un boxeur.

— Hélas, non, Ninne. C'est toi qui es différente, le regard que tu portes sur ce qui t'entoure. Tu as désormais plus d'instruction que tes camarades de la communale. Tu as de l'avenir et, je l'espère, de l'ambition. D'ailleurs, je souhaite ardemment que, là-haut, on entende mes prières. Car oui, je prie pour toi.

Il joint le geste à la parole et pointe son index vers le ciel étoilé.

— Je Lui demande de te renvoyer au plus vite sur le continent. Ce n'est pas bon que tu restes ici. Nous le savons tous. Ta vie est ailleurs, maintenant. Tu comprends ?

— Et papa ? Je m'en veux terriblement de l'avoir abandonné.

— Tu ne crois pas que ton père est bien assez grand pour se débrouiller tout seul ? Il a fait de son mieux pour te protéger en t'éloignant de la maison. Je peux t'assurer qu'il préfère te savoir heureuse là-bas que malheureuse ici.

— Peut-être, mais s'il meurt alors que je suis loin ? Je ne me le pardonnerai jamais.

— C'est donc ça qui te tracasse ? soupire le père Anselme en écartant les bras. Tu sais que Le Seigneur seul décide ces choses-là. Lorsque ça arrivera, il sera entre les mains de Dieu et de Lui seul. Ainsi vont les choses. Ni toi ni moi n'y pouvons rien changer.

Des lanternes trouent alors la nuit. Quelques enfants s'approchent en traînant des pieds.

— C'est l'heure de la soupe, s'exclame le père Anselme.

Selon la tradition locale, les mères envoient leurs enfants chercher le mari qui s'attarde au café, pour lui dire que le repas va être froid, qu'il ne faut pas manquer le couvre-feu.

Même si les Allemands restent d'ordinaire cantonnés au phare et ses alentours, il vaut mieux respecter les règles qu'ils ont imposées. On peut les lire à la porte de la mairie, sur le panneau d'affichage : « Le commandant des troupes allemandes de Brest fait connaître à la population de Sainte-Kristen que toutes les personnes doivent quitter les débits de boissons à 21 h 45 (22 h 45 heure allemande). Toute personne qui sera trouvée circulant après cette heure sera immédiatement arrêtée. »

Les uns après les autres, les enfants déposent leur lanterne sur le rebord de la fenêtre et poussent la porte. Le défilé commence.

Le père Anselme les toise d'un œil sévère mais bienveillant du haut de sa terrible carrure.

— Tu devrais en profiter pour raccompagner ton père à la maison, glisse-t-il à Léonie. La position debout le fait souffrir.

C'est en effet le moment pour elle d'entrer sans que sa mère l'intercepte, car les clients réglant leur compte la retiennent à la caisse.

La jeune fille longe les murs, se glisse derrière le comptoir et, soutenant son père qui se hisse sur ses béquilles, elle l'accompagne vers la porte au milieu des autres gosses.

Malgorn, qui n'a pas d'enfant, a bien du mal à trouver la porte et se cogne dans toutes les tables. Il râle que c'est pas une idée de les mettre ainsi dans le passage, déclenchant l'hilarité générale.

— Dépêchons ! Dépêchons !

René, qui a la lourde charge de faire respecter le couvre-feu, houspille les retardataires.

Il se fait envoyer promener par les autres qui prennent chacun le chemin de chez eux, guidés par le faisceau des lampes de leur gamin.

Léonie soutient son père dans la grand-rue, passe le monument aux morts en direction de la maison.

— J'aurais mieux fait d'y rester comme les autres, marmonne-t-il en faisant halte devant le poilu de bronze qui brandit fièrement une couronne de laurier. Au lieu de ça, c'est ma jambe que j'y ai laissée… Tu peux me dire à quoi ça ressemble, une vie pareille, à cloche-pied sur des béquilles ?

— Tais-toi donc, lui répond sa fille.

Gravée dans une plaque de marbre s'égrène une liste de quarante-deux noms, morts pour la patrie.

— Quarante-deux gars pour une si petite île, ça laisse rêveur, maugrée encore le père. Pas une famille n'a été épargnée. On en a tous bavé là-bas.

— Je sais, papa. Allez, encore un effort, on est bientôt arrivés.

Léonie entraîne son père vers chez eux.

— Ça me fait plaisir de te voir, Ninne. Mais il faut que tu repartes vite.

— Tu ne vas pas t'y mettre toi aussi, le gronde-t-elle.

La faible clarté de la lune projette sur la cour, en ombre chinoise, les branches que le grand aubépinier étire en coupole. La mère a bien tenté de le faire abattre, soi-disant qu'il gêne, planté là au milieu du passage. L'arbre résiste, mais pour combien de temps encore ?

Le père caresse un instant le tronc, puis se laisse guider jusque dans la cuisine.

À la lumière des chandelles, il remarque les mains de Léonie, toutes zébrées de griffures, et l'interroge d'un haussement de sourcil.

— C'est rien, des ronces.

— Tu es encore allée traîner du côté du fort, c'est ça ?

Sa fille répond d'un hochement de tête et pose la gamelle de soupe sur le poêle dont elle ravive le foyer.

— Tu devrais éviter ce tas de caillasses, reprend le père, ce n'est pas un endroit pour toi. Non mais regarde tes mains ! Tu as passé l'âge de ces enfantillages.

— Je ne sais pas de quoi j'ai passé l'âge, rétorque Léonie en sortant des assiettes creuses.

— Allons, tu le sais bien. Jouer dans les ruines comme quand tu étais petite. C'est dangereux là-bas. Un jour, il y aura un accident, tu verras. Et, ce jour-là, il ne faudra pas venir se plaindre.

Attisés par la lueur des chandelles, les yeux jaunes de Léonie flamboient. Les nerfs à vif, elle veut lui dire que, le matin même, elle a voulu sauter dans le vide, se fracasser sur les moellons, qu'elle aurait préféré mourir que de revenir à la maison. Face à ce père si résigné, elle ne trouve ni le courage ni la force de lui entrouvrir la porte de son âme. Depuis son départ, rien n'a changé. Il faut taire ses sentiments, les enfouir sous des tombereaux de silence.

Le coucou sonne la demie de neuf heures. Le père savoure le léger cliquetis du mécanisme, le grincement de la petite porte qui s'ouvre pour céder le passage à l'oiseau.

— Finissons de mettre le couvert, ta mère ne va plus tarder.

Léonie aligne avec soin les couverts que son père lui tend. La mère arrive. Ils l'entendent parler à quelqu'un qui l'accompagne jusqu'au portail. Puis ses pas résonnent dans la cour et elle pousse la porte. Elle rajuste une mèche blonde alors que son regard balaie la pièce. Une bonne odeur de soupe pimente l'atmosphère et ouvre les appétits.

— Qu'a-t-elle fait à sa robe ? Et ses mains ?

Le ton est sec et n'appelle pas de réponse. Léonie se tait. Un simple regard de sa mère lui fait perdre ses moyens, elle tremble de peur. Chaque fois, elle rapetisse, se recroqueville, retourne à ses premières années. Elle redevient petite fille, prisonnière de sa terreur d'enfant, une terreur qui pétrifie chaque infime partie de son être.

— Si elle croit qu'on a l'argent pour lui en acheter une autre, elle se trompe, continue la mère dont le front s'est barré d'une veine palpitante.

Elle va jusqu'au miroir, près du porte-manteau, et s'observe en déplissant son front du bout des doigts. Elle scrute le grain de sa peau, y traque le plus infime défaut.

— Tu veux que je sois vieille avant l'âge, c'est ça ? dit-elle en se plantant devant son mari. Pas deux jours qu'elle est là et déjà elle nous cause du souci. Dites-le si vous voulez me voir mourir !

— Il n'y a pas de raison de se mettre en colère, ma chérie, intervient le mari. Ninne se débrouillera pour repriser sa robe, n'est-ce pas ? Ça n'est pas si important.

— Qu'est-ce que tu sais, toi, de ce qui est important ?

— Tu es toujours aussi belle, ajoute le mari en la dévorant des yeux. Le temps n'a pas de prise sur toi.

— Alors fais en sorte que ça dure.

Sans attendre qu'on le lui demande, Léonie fait le service en silence. La soupe fumante réchauffe les corps, mais pas les âmes.

Après le repas, Léonie défait enfin sa valise. Elle étale ses maigres affaires sur l'édredon. Deux jupes droites, trois chemisiers blancs, deux chandails, une robe d'été de l'année passée et quelques sous-vêtements qu'elle range soigneusement dans les tiroirs de sa commode. Elle a aussi rapporté des cahiers et un vieux numéro de *Mode du jour*, donné par une amie de l'internat. Elle le feuillette encore une fois, admirant le dessin des modèles présentés, puis elle redescend à la cuisine. Son père claudique jusqu'au coucou et tire sur les chaînettes pour remonter les poids.

— Où est-elle ? demande Léonie à voix basse sans parvenir à dire *maman*.

— Couchée, répond son père.

— J'ai remarqué que…

Elle est gênée par ce qu'elle cherche à dire, se tord les doigts, regrettant déjà de se mêler de ce qui ne la regarde pas.

— Que nous faisons chambre à part ? complète son père. Ça fait déjà un moment que ça dure. Mais aide-moi plutôt à m'asseoir, mon moignon me fait souffrir.

Léonie installe un coussin sous le moignon coupé bien au-dessus du genou.

— Bon Dieu, que ça fait mal, gémit l'infirme. Parfois, tu sais, je me demande à quoi ça rime tout ça. Je suis las. Je perds le goût de la vie.

— Ne raconte pas de bêtises, l'interrompt sa fille. Tu ne penses pas ce que tu dis.

— Oh, j'ai encore la tête vaillante, c'est le corps qui ne veut plus. Il en a vu, le pauvre. J'ai l'impression que ma carcasse se dérobe. Je n'en peux plus de mettre tout le poids de mon corps sur ces béquilles. Je ne veux plus d'elles autant qu'elles ne veulent plus de moi.

Il s'arrête soudain, voyant les larmes couler sur les joues de sa fille.

— Allons, sèche-moi ça tout de suite, je suis encore là.

Il lui caresse le visage. Chacun à sa façon se sent trahi par son propre corps.

— Quand tu étais petite, tu me demandais toujours où était ma jambe…

— Et tu répondais : c'est rien, elle va repousser.

Le père sourit tendrement et, l'espace d'un instant, Léonie le retrouve tel qu'elle l'a toujours connu, bon, jovial et rassurant, identique à ses souvenirs de petite fille. Elle cesse de sangloter.

— Je te demandais tout le temps : mais quand va-t-elle repousser ?

— Et je répondais : au printemps prochain.

4

L'été approche dans une explosion de lumière.

Depuis un mois, Léonie a fort à faire avec les tâches quotidiennes. Elle s'occupe du ménage, du linge et de la vaisselle, de la bonne tenue de la maisonnée. Elle frotte, essore, racle, récure, astique, raccommode, en évitant soigneusement d'apparaître aux alentours du café-tabac. Bien qu'elle déteste cet ouvrage ingrat pourtant nécessaire, elle y trouve une forme de plénitude. Ses pensées s'engourdissent dans la répétition d'actes quotidiens et mécaniques, dans une somnolence réconfortante.

Son bras gauche est marqué par deux hématomes violacés causés par sa mère. La semaine passée, pour avoir cassé un bol en rangeant la vaisselle, Léonie a subi sa première correction du séjour. Cette cruauté, elle la connaît bien pour en avoir toujours été la victime. Sa seule présence semble être insupportable aux yeux de sa mère.

Aussi loin que remontent ses souvenirs, Léonie ne se rappelle pas avoir reçu de sa part une seule gifle, comme si lever la main sur elle était un acte dégradant. Lorsque la rage déborde, elle la frappe à coups de talons, la tire par les cheveux et la jette au sol pour la rouer de coups de pieds. La raison de cet acharnement reste une douloureuse énigme pour la jeune fille. Chaque bleu incrusté dans sa peau constitue une pièce d'un puzzle insoluble. Lorsque les coups pleuvent, Léonie rentre la tête, se tasse et attend la fin en gémissant. Bien qu'elle soit devenue presque femme, elle ne parvient toujours pas à résister, à vaincre sa peur. Elle pleure en silence, couvre ses bras pour ne pas ajouter la honte à la douleur. Elle se tait.

Léonie sait que tout va recommencer, que l'habitude va reprendre ses droits, que les coups vont tomber encore.

À la radio, Doriot, de sa voix vibrante, enchaîne les allocutions, en appelle au patriotisme du peuple français, loue le courage et l'abnégation de sa milice, enjoignant la jeunesse du pays à rejoindre ses rangs pour la grandeur du Maréchal et de la France.

Léonie coupe le son.

Cet après-midi-là, Léonie s'esquive pour rejoindre Louison, son amie d'enfance. Elles ont pour habitude de se retrouver au pied du calvaire, sur le chemin qui serpente vers le phare.

La route est soudain submergée par la masse compacte d'un troupeau de moutons. Les enfants du village s'y précipitent, se laissant rouler par la marée bêlante. Ils rient et s'y engloutissent avec des frissons de plaisir.

Léonie les imite, écarte les bras, ses doigts s'égarent dans la tiédeur des boucles noires qui tiennent si chaud l'hiver. Les animaux la frôlent, la cernent, elle se sent comme la proue d'un navire sur une mer duveteuse.

Tempête, le chien noir et blanc, court d'un bout à l'autre du troupeau et remet dans le droit chemin la première bête qui s'en écarte. Cramponnée à son bâton, soufflant dans sa corne pour éparpiller les enfants, la bergère s'approche de Léonie et la serre dans ses bras de vieille femme. C'est sa grand-mère.

— Grand-mère berger !

C'est ainsi qu'elle l'a toujours appelée.

Le visage fripé par les ans s'illumine.

— Ma petite Ninne ! répond la vieille dame alors que des larmes coulent sur ses joues pareilles à un désert de pierre. Je suis si heureuse.

Elle fait une moue réprobatrice.

— J'ai entendu dire que tu étais rentrée depuis plus d'un mois et tu n'es pas venue me voir.

Elle la serre de nouveau contre sa vieille carcasse et la jeune fille gémit de douleur. Le regard de la grand-mère s'assombrit. Elle n'a pas besoin de voir les hématomes pour les deviner sous les manches du chandail.

— C'est ta mère ?

La question est purement rhétorique, elle connaît déjà la réponse. Léonie se contente d'approuver.

— Je vais aller lui parler, gronde la vieille au regard tendre. Ça ne peut pas recommencer. Mon pauvre Achille n'aurait jamais dû épouser cette femme. Elle n'apporte que le malheur. Tu sais que ton grand-père et moi, nous n'étions pas d'accord. Mais que veux-tu, ton père n'a pas pu résister.

— S'il te plaît, n'y va pas, l'implore Léonie, tu sais comment ça finit. Dès que tu seras partie, elle s'acharnera deux fois plus.

— Bon sang, il a fallu que tu rentres ! Ce n'est pas de chance, ma pauvre Ninne. Tu dois t'en aller bien vite.

La grand-mère ferme les yeux. Ça la fait souffrir de devoir dire une chose pareille, elle qui adore sa petite-fille aux yeux de félin. Mais elle préfère mille fois être privée de sa présence que la voir souffrir. La venue au monde de cette petite, qui devait être une joie immense, s'est lentement muée en torture quotidienne.

Maintes fois la grand-mère a alerté Pilvin, le maire, et même, une fois, elle a pris le bateau pour se rendre à la gendarmerie, mais son ensorceleuse de belle-fille n'a pas d'égal lorsqu'il s'agit d'embobiner les hommes. Elle leur sert un verre, jure de ne plus recommencer, que c'est un égarement, qu'on exagère toujours, que ce n'est pas bien grave, et chacun rentre chez soi rassasié de promesses.

Les plaintes se terminent toujours de la même manière pour Léonie, par une sévère dérouillée qui invite au silence.

— Viens me voir, ordonne la grand-mère, ma porte t'est toujours ouverte. Si tu es triste, si tu as envie de parler, de me raconter tout ce tu as appris à l'école, ou ce qui te passe par la tête, viens. Si elle te menace encore, viens. Je saurai lui interdire l'entrée. Je suis encore chez moi à la bergerie !

— Promis, répond la jeune fille. Je viendrai te visiter dès qu'elle me laissera un moment de répit.

— Je m'en voudrais tant si elle finissait par te...

Elle suspend sa phrase, incapable de continuer. Tempête aboie pour attirer l'attention de sa maîtresse. Les moutons s'éloignent, indifférents au monde des humains, bêlant à tue-tête.

La vieille souffle dans sa corne, les enfants s'éparpillent et, après avoir tendrement embrassé sa petite-fille, elle reprend la route du village.

Assise au pied du calvaire qui marque le croisement entre la route du phare et celle du moulin, Léonie attend son amie Louison à l'ombre de la croix de pierre. Elle aperçoit alors trois soldats, un pot à lait à la main, qui s'en vont vers la ferme du père Colin, le seul paysan de l'île à posséder quelques vaches.

Depuis son retour, c'est la première fois qu'elle croise des Allemands d'aussi près. D'ordinaire, on les aperçoit faire de l'exercice physique sur la plage, ou passer en camion pour se rendre au port. Embarrassée, Léonie cherche un moyen de les éviter.

Trop tard, ils l'ont vue et l'un d'eux l'interpelle.

— Bonjour, mademoiselle, crie-t-il de loin dans un français impeccable.

Léonie rougit, se fige comme un animal pris au piège. Le soldat s'avance lentement, les mains écartées en signe d'amitié.

— N'ayez pas peur, on ne veut pas vous effrayer.

Le soldat s'approche encore et ôte son calot. Il est beau, semblable aux affiches de propagande placardées sur les murs de France. Ses yeux sont doux et bleus, son visage harmonieux paraît sculpté dans le plus noble des matériaux, le nez est droit, les sourcils clairs, et sa bouche aux dents blanches est un modèle de perfection. Il mâchouille un long brin d'herbe avec désinvolture.

Léonie aurait pu le trouver séduisant s'il n'avait pas le tort d'être allemand.

Comme elle reste muette, pétrifiée, il insiste :

— Vous êtes nouvelle ici ? Je ne vous ai jamais vue.

— C'est plutôt vous qui êtes nouveaux ici, parvient-elle à dire d'une voix à peine audible.

— Oui, pardonnez-moi, vous avez raison.

Lorsqu'elle relève la tête, le soldat croise son regard ocre et reste un instant stupéfait de cette étrange coloration. Les deux autres ricanent de loin, mais celui-ci est gentil, il a l'air de bonne humeur, en pleine santé et heureux de vivre.

— Je suis l'*Oberferldwebel* Engelmann, dit-il en tendant la main. Mais vous pouvez m'appeler Hans.

Léonie est immobile, comme statufiée. Ses muscles refusent de lui obéir. Ses pieds ne répondent pas alors qu'elle les implore de reculer, de partir à toutes jambes. Comprenant l'inconfort de la situation, le soldat reprend en tapotant les pattes d'épaulettes de son uniforme :

— *Oberfeldwebel*, adjudant-chef.

Léonie opine, cherche désespérément Louison du regard, mais la lande est déserte. Elle est seule sur le chemin poussiéreux écrasé de soleil, face à trois soldats allemands.

— Je comprends, reprend Hans sur un ton de complicité. On doit refuser de serrer la main à l'envahisseur. À votre place, j'en ferais autant. Ce n'était pas mon intention de vous mettre dans l'embarras.

Léonie n'en croit pas ses oreilles et reste prudente. L'aigle germanique a étendu ses ailes sur toute l'Europe, la foutue croix gammée relie les quatre points cardinaux, et voilà que se présente un sous-officier allemand qui s'excuse de déranger. Ce ne peut être qu'un fou ou un imbécile. Il n'a pourtant l'air d'être ni l'un ni l'autre.

— Vous avez des yeux absolument désarmants, dit encore Hans avec un sourire charmeur, et très beaux ! ajoute-t-il aussitôt.

— On me le dit souvent, vous n'êtes pas très original.

— Ce doit être parce que leur couleur est si singulière qu'on ne peut s'empêcher d'en faire la remarque.

Les deux autres soldats, impatients, reprennent leur route, les dépassent en interpellant leur camarade. Il soupire et les rejoint à reculons sans parvenir à quitter Léonie du regard.

— Je peux au moins connaître votre prénom, mademoiselle ?

— Je ne vois pas à quoi ça pourrait vous servir.

Il hausse les épaules d'un air navré, puis ajoute :

— *Ach*, je vais devoir me débrouiller seul pour l'apprendre !

Le trio descend vers la ferme d'un pas tranquille, laissant Léonie encore tremblante au milieu du chemin. Louison apparaît enfin, émergeant d'entre les dunes, rouge et ébouriffée comme après une course.

Louison, c'est la gaieté incarnée. Sa chevelure rousse et indisciplinée, tout en boucles ondulantes, est une véritable crinière où s'accrochent les herbes et les branches des buissons. Bien qu'elles aient le même âge, Louison conserve encore ses rondeurs enfantines et un sourire pétillant de candeur, jeu de funambule entre l'enfant et la femme. Son épiderme pâle refuse obstinément les bienfaits du soleil, et une trop longue exposition la fait virer au cramoisi.

Les filles s'embrassent et s'asseyent un moment sur le socle du calvaire. Un lézard déguerpit, incommodé par ces intruses qui lui disputent la pierre ensoleillée. Léonie et Louison, c'est une longue et indestructible amitié. Même si elles ne se sont pas vues depuis bien longtemps, elles se comprennent d'un regard, rient des mêmes choses en même temps. Pour leurs retrouvailles, Léonie est encore sous le choc de la rencontre avec les soldats et manifeste sa mauvaise humeur :

— Où étais-tu ? demande-t-elle. Je suis tombée nez à nez avec les Boches du phare, j'ai cru mourir.

— Lesquels ? Hans, Dieter et Alois ?

— Comment tu connais leurs noms ?

Louison rit de bon cœur.

— Ce sont les plus gentils. Je peux t'assurer qu'ils ne feraient pas de mal à une mouche.

— Là n'est pas la question.

— Si, justement, c'est toute la question. Hans, par exemple, est courtois et parle parfaitement notre langue. Dieter ne baragouine que quelques mots, mais il est drôle. Je ne crois pas qu'ils soient particulièrement heureux d'être ici, loin de chez eux.

— Ils n'ont qu'à y retourner alors, réplique Léonie. Ce n'est pas moi qui vais les retenir.

— Donc, selon toi, on devrait les détester juste parce qu'ils sont allemands ? Ils ne portent même pas d'arme quand ils vont à la ferme ou au village.

Léonie n'a pas remarqué ce détail.

— D'accord, mais ce sont quand même des soldats allemands. Je ne vais pas te rappeler pourquoi ils sont ici !

— Hou, tu es de mauvaise humeur ou quoi ? Je dis juste qu'on aurait pu tomber sur pire.

Léonie acquiesce enfin. Son amie a raison, il en existe de bien pires, elle en a aperçu à Rennes, des officiers autoritaires, suffisants et méprisants, qu'il vaut mieux ne pas regarder dans les yeux. De brimades en privations, de contrôles incessants en arrestations arbitraires, le vainqueur impose ses conditions au vaincu. Pour l'instant, se dit-elle, Sainte-Kristen tient le coup, suspendue entre deux mondes, épargnée par les atrocités. Et s'il n'y avait pas la présence au phare de ces soldats, elle pourrait penser que cette île n'existe sur aucune carte.

Radieuse, Louison entraîne Léonie vers la plage. Les dunes franchies, elles tombent sur une pancarte fraîchement plantée. Une tête de mort y est tracée à la peinture blanche.

— *Achtingue minant*, déchiffre péniblement Louison.

— *Achtung minen*, la reprend Léonie. Ça veut dire qu'ils ont miné la plage.

— On ne peut plus s'y promener alors ?

— Non, soupire Léonie, on risquerait de mourir déchiquetées.

— C'est dégoûtant ! De toute façon, toi, tu t'en fiches, tu n'aimes pas la plage.

— Si, j'aime la plage ! C'est la mer qui me fait peur.

Louison ne voit pas la différence et hausse les épaules. Les deux filles restent un moment immobiles et silencieuses, contemplant l'étendue de sable fin, les dalles tapissées d'algues se desséchant au soleil, et l'horizon infini. C'est triste de se voir soudainement interdire la jouissance de ses propres plages. Comme si les troupes alliées allaient débarquer ici, au milieu de nulle part ! Pourquoi pas sur la Lune !

Elles déambulent entre les dunes plantées d'herbes sèches en prenant bien garde de rester à distance du périmètre désormais interdit.

— C'est un beau garçon, non ? déclare Louison dont les joues s'enflamment.

— Qui ça ?

— Hans, bien sûr...

Léonie rougit à son tour. Louison exulte :

— C'est bien la première fois que je te vois sensible au charme d'un gars.

— Ne dis pas de bêtises !

— Tu as eu des aventures à Rennes ? insiste Louison avec malice. Allez, Ninne, raconte !

— Tu vas être déçue... J'ai passé tout mon temps à étudier. Même les heures de sorties autorisées, je suis restée assise à ma table ou à la bibliothèque. Je te rappelle que j'étais dans une pension de jeunes filles. Donc, question garçons, rien de bien nouveau. Je n'en sais pas plus que lorsque je suis partie.

Elle tait sa rencontre avec Karadeg qui ne mérite pas d'être évoquée. Le petit crétin empressé en a pris pour son grade ! Son premier baiser, Léonie l'imagine depuis longtemps. Ce sera avec qui elle l'aura décidé, lorsqu'elle l'aura décidé. Personne ne lui volera cet instant, et surtout pas ce vaurien de Karadeg. Et puisque la simple vue d'un jeune homme la tétanise, c'est qu'elle est encore loin d'être prête.

— À ce train-là, tu finiras bonne sœur, s'amuse Louison.

— Eh bien, vas-y, toi, puisque tu sembles en savoir long, raconte un peu tes conquêtes !

Ces histoires, Léonie les sait presque toutes, mais ne se lasse pas de les entendre. Elle se doute qu'une part de ces récits est imaginaire, sans en connaître la proportion réelle. Ça n'a pour elle que peu d'importance, tant que l'illusion reste intacte.

Depuis toujours, Louison est le principal sujet de conversation des garçons de l'île. Dès les bancs de la communale, dès les premiers regards, son enthousiasme naturel a su séduire ses camarades. Ce n'est pas qu'elle soit plus jolie que sa meilleure amie, ça non, mais Léonie a toujours eu un charme trouble, un air triste, grave et mélancolique, qui fait fuir les prétendants. En revanche, Louison est pétillante et débordante de vie, irradiant ceux qui l'entourent d'une onde de bonheur irrésistible. Léonie n'en éprouve pas la moindre jalousie, car, sans cette manne providentielle, elle aurait certainement déjà succombé à la terrible haine de sa mère. Cette gaieté, cette joie de vivre ont été ses seuls réconforts durant ses années de souffrance, jusqu'à son départ pour le pensionnat.

Les premiers baisers, Louison les collectionne. Elle fricote avec les garçons, se laisse parfois un peu tripoter, sans autre critère que celui d'explorer ses sens. C'est elle qui fixe les règles, les limites, sans jamais commettre l'irréparable. C'est une nature généreuse, et elle aime en faire profiter les autres.

— Adonis te fait encore des avances ? demande Léonie.

— Oh oui, plus que jamais... Ça devient difficile de le repousser davantage.

— Ne me dis pas que tu as cédé ?

Louison baisse les yeux, grimace puis sourit.

— Tu sais, Ninne, des gars, y en a pas beaucoup par ici. Je veux dire, des qui sont bons à marier. C'est pas comme si on avait le choix comme ailleurs. Adonis, c'est ce que je peux espérer de mieux. Il a une bonne situation.

— Son père a une bonne situation ! Lui, c'est juste un sale enfant gâté.

— Ne sois pas si dure, ça fait longtemps que tu l'as pas vu. Il a de bons côtés, crois-moi. Les gens peuvent changer.

— Vraiment ?

Léonie doute des paroles de Louison. Les gens sont ce qu'ils sont. Certes, ils grandissent puis vieillissent, leur aspect se modifie, leurs traits se ramollissent ou se racornissent, mais, au fond, ils restent les mêmes, comme au premier jour.

— C'est facile pour toi de critiquer, reprend Louison, tu as connu le continent, le vertige de la grande ville. Moi, je n'ai jamais été plus loin que le port. Ici, c'est le bout du monde, l'espoir d'y rencontrer le garçon de mes rêves est bien maigre. À tes yeux, on doit tous passer pour des arriérés.

— Pardonne-moi. Tu es mon amie et cette île, j'y suis née, comme toi, comme nous tous. On forme presque une famille.

Louison marque un temps d'arrêt puis répond :

— Pas la peine de t'excuser, je ne le prends pas mal. C'est toi qui es différente.

Léonie s'interroge. A-t-elle vraiment changé sans s'en apercevoir ? Cette sensation de nausée qu'elle éprouve à la seule idée de rester prisonnière de Sainte-Kristen n'est pas nouvelle. Elle la ressent chaque jour depuis son retour. C'est juste que, aujourd'hui, elle prend pleinement conscience d'être à l'étroit, que son corps est enserré dans un carcan. Ce caillou étriqué perdu au milieu de l'océan la terrifie. C'est une prison et cet océan est le plus patient des geôliers.

— J'étouffe ici, je suffoque rien qu'en regardant l'horizon. Je sais que c'est bizarre, que je devrais ressentir l'immensité, m'en imprégner, mais, au lieu de ça, j'ai l'impression qu'en tendant la main je vais toucher la limite, que le ciel et la mer tiennent dans une boîte d'allumettes.

— Je comprends. Maintenant que tu es partie voir ailleurs, tout ici te paraît étriqué, minuscule et minable. On n'y peut rien. Nous, on se contente de notre île parce qu'on ne connaît rien d'autre…

— S'il te plaît, je veux qu'on reste amies. Tu es la seule personne à qui je peux me confier.

Le visage de Louison rayonne.

— C'est gentil ce que tu viens de dire.

Les deux jeunes filles flânent entre les dunes, saluent un pêcheur aux bras chargés d'un panier débordant des fruits de mer ramassés dans les rochers. Louison s'agite, fait de grands gestes, éclate de rire à l'évocation d'un prénom, ou tord la bouche dans une grimace ironique à l'évocation d'un autre. Plus loin, d'autres habitants se sont regroupés autour d'une des pancartes interdisant désormais l'accès aux plages. Elles se mêlent à la conversation. Ces pancartes ne vont pas manquer d'alimenter celle qui se tiendra le soir au café et les jours suivants.

Quelques gamins sont là aussi, qui commentent la tête de mort ornant chaque panneau. Dans le ciel, une petite escadrille de « nez jaunes », les chasseurs allemands, file vers la côte. Les badauds lèvent les yeux, craignant de voir les appareils virer sur l'aile et revenir les mitrailler. Une fois les avions hors de vue, la conversation reprend.

— Qu'est-ce qu'ils vont encore inventer, s'exclame une femme en tablier.

— On n'est vraiment plus chez nous ! s'emporte une autre. Regardez-moi cette pagaille.

Un homme acquiesce :

— Mon cousin d'Avranches m'a dit qu'ils ont bétonné toute la côte. Depuis la Belgique jusqu'à Bordeaux, avec des murs, des blockhaus partout ! Vous allez voir qu'ils vont finir par en faire autant ici. Moi, je vous le dis, si c'te guerre s'éternise, même les cormorans y causeront boche.

— C'est sûr, renchérit un autre, y a que le Maréchal pour nous sortir de là.

Un troisième ronchonne :

— À mon avis, Pétain, y ferait mieux de nous trouver à bouffer, parce qu'on tiendra pas un an de plus comme ça.

— Ferme-la, Marcel ! Douter du Maréchal, c'est douter de la France !

Tous se tournent vers le jeune homme qui s'avance. C'est Adonis, le fils du maire, garçon courtaud, trapu et taciturne. Il porte un costume neuf et lisse sa fine moustache noire surmontant des lèvres sinueuses. Cet artifice pileux, il le porte pour se vieillir et ainsi créer une illusion de maturité.

— C'est comme ça que tu parles aux anciens ? rétorque un vieil homme. Qu'est-ce que tu as donc fait pour ce pays ?

Adonis se renfrogne.

— Ne t'inquiète pas de ça, le vieux, ce n'est plus ton affaire. La Grande Guerre est bien finie depuis longtemps. Place à l'ordre nouveau et à la révolution nationale !

Tous ici connaissent ses opinions, il ne les cache pas. Il est pour une France forte, qui affronte l'épreuve de l'Occupation avec dignité. C'est pour cette raison qu'il a répondu à l'appel de Darnand et s'est engagé dans la milice. Les communistes, les juifs, les francs-maçons et les intellectuels de gauche sont seuls responsables de la défaite. Il faut les combattre sans relâche, par tous les moyens, nettoyer le pays de cette chienlit. La guerre est une occasion inespérée de remettre de l'ordre. L'Allemagne est un modèle pour l'Europe et le monde, un phare pour les nations. L'ordre nouveau est en marche.

Un gros voilier double alors la pointe, en route vers le port. Le ravitaillement tant attendu arrive et chacun se détourne d'Adonis pour prendre le chemin du village. Le garçon semble déçu de ne pas avoir déclenché un débat enflammé. Il se retourne vers Louison, qu'il fusille du regard, puis vers Léonie.

— Alors c'est vrai ce qu'on dit, te voilà revenue.

Adonis toise la jeune fille. Elle a effectivement changé, la rumeur n'a pas exagéré. Elle est élancée, grande, presque trop. Son allure rappelle celle des citadines. Il n'a jamais aimé cette gamine maigrichonne et malheureuse. Il l'aime encore moins depuis qu'elle a étudié sur le continent. Elle jure dans le paysage maintenant qu'elle appartient à un autre monde. Le garçon enlace Louison qui se tortille pour échapper à son étreinte. Il insiste alors qu'elle se cabre davantage. Elle aime les caresses, mais a horreur de se donner en spectacle.

— Arrête, il y a du monde ! s'énerve-t-elle en le repoussant.

Léonie ne peut s'empêcher de sourire, ce qui n'échappe pas à Adonis.

Louison prend le chemin du port en rajustant son corsage. Léonie l'imite mais elle est retenue par le garçon.

— Ne t'approche pas d'elle, murmure-t-il, teigneux.

— C'est mon amie.

Adonis se crispe, se fait plus menaçant et l'empoigne par le bras.

— Je sais que tu vas encore lui mettre des idées dans la tête et je n'aime pas ça. Ton lycée et toutes ces conneries, c'est pas bon pour le pays. Regarde où ça nous a menés ! Les femmes, c'est fait pour rester à la maison élever les enfants. Toi, si tu sauves ta peau, tu repartiras un de ces jours, mais Louison, elle restera ici, avec moi, toute sa vie. Inutile de lui faire espérer des choses qui n'arriveront pas.

— Louison est assez grande pour décider seule ce qu'elle veut faire.

— Elle n'a rien à décider, c'est ça que t'arrives pas à te mettre dans le crâne. Alors fous-lui la paix. Même ta mère ne veut pas de toi ici. Personne ne veut de toi. T'es plus des nôtres.

D'un geste brusque, Léonie échappe à l'étreinte d'Adonis et part vers la route. Les yeux fixant la pointe de ses souliers, elle compte ses pas. Cette obsession la rassure, lui donne l'impression de maîtriser sa vie, son destin.

Alors qu'elle rejoint la route, Léonie aperçoit sa mère plantée en plein milieu, mains sur les hanches, un air de colère contenue crispant son visage. En la croisant, les autres femmes la saluent d'un signe de tête. Elle ressemble à une gravure de mode dans son tailleur vert et ses hauts talons vernis. Léonie compte de plus belle, focalisant toute son attention sur ses pas. Son cerveau se bloque, cesse de se projeter vers la seconde suivante, et la suivante encore. Le temps est suspendu. Cent quatre-vingt-deux, cent quatre-vingt-trois…

— Voilà des heures que je te cherche, dit la mère dès que sa fille est à portée de voix.

Elle remarque soudain que Léonie a retiré son chandail. Les ecchymoses sont visibles, trois taches violettes cernées de jaune.

Le reste du groupe se tait et poursuit son chemin sur la route poussiéreuse.

— Remets ton chandail, reprend la mère en fusillant sa fille du regard. Tu te donnes en spectacle!

— S'il te plaît, il fait trop chaud.

Malgré la chaleur à faire fondre les pierres, Léonie est parcourue d'un frisson glacé.

— Fais ce que je dis et accompagne-moi au bateau, il y a de l'ouvrage.

— Papa a dit qu'il y a le commis pour monter la carriole...

— Le commis? la coupe sa mère, hargneuse. Tu vas le remplacer, ce sera ça de moins à payer. Et ce n'est pas ton fainéant de père qui peut remonter la carriole jusqu'au café.

— Elle est trop lourde, murmure Léonie en tremblant.

— Elle est trop lourde, répète la mère en imitant le ton implorant de sa fille. Pas la peine de jouer les martyrs. Tu te prends pour le Christ? Et que je ne t'y reprenne plus à exhiber tes bleus. Maintenant couvre-toi et viens.

Le bateau a déjà accosté lorsque Léonie arrive sur le quai. Tout le village s'est réuni pour l'occasion. Comme l'avait prédit le jeune mousse, le vapeur a été remplacé par un vieux voilier. L'occupant réquisitionne tous les stocks de carburant pour ses troupes, il ne reste plus que la voile à l'armateur pour assurer la liaison entre l'île et le continent. D'ailleurs, le matelot est à bord, ses grandes oreilles rouges d'avoir grillé au soleil. Il salue Léonie d'un grand geste de la main. Elle s'empourpre aussitôt. Si elle pouvait disparaître sous les pavés, elle le ferait sans hésiter. Le sac postal passe dans les mains de Louis Ménel, le facteur, heureux d'avoir un peu de travail. Le père Anselme s'est joint à la population et, comme à l'accoutumée, se tient bien droit tout au bord du quai, les mains dans le dos. Il observe ses ouailles avec bienveillance, tel un envoyé du ciel. Curieuse, Louison accepte l'invitation du matelot qui la guide sur le pont parmi les marchandises en bombant le torse. Des sentinelles allemandes surveillent le déchargement du navire, ouvrent un cageot au hasard sans enthousiasme. Uniformes vert-de-gris, bottes de cuir et calots vissés sur la tête, les soldats plaisantent entre eux, encouragés par le temps clément et l'air adouci par un léger souffle de vent venant du large. Leur officier est replet, le visage glabre, la visière de sa casquette ornée de l'aigle nazie touche ses petites lunettes rondes. Il fume une cigarette et sourit à un gamin ébouriffé. Dès qu'il tourne le dos, l'enfant crache dans sa direction. Heureusement, aucun soldat ne le remarque, ce qui n'empêche pas la mère du vaurien de lui flanquer une claque sur le sommet du crâne.

La carriole déborde de casiers à bouteilles. Elles tintent au rythme des roues qui cahotent sur les pavés. Le buste incliné, Léonie tire la remorque en soufflant, vêtue comme en hiver. Elle sue à grosses gouttes. Sa mère suit, perchée sur ses talons, ombrageuse. La jeune fille compte ses pas. Combien déjà jusqu'au café ? Son pied glisse, elle trébuche. Les bras de la carriole heurtent le sol dans un entrechoquement de bouteilles. Tout vibre et résonne dans la rue en pente et se perd en écho entre les maisonnettes blanches noyées de soleil.

Soudain, Hans jaillit devant Léonie, un large sourire aux lèvres. Service oblige, il porte cette fois son fusil en bandoulière, le canon pointé vers le sol.

— Je peux vous aider, mademoiselle ?

Aussitôt, il appelle d'autres soldats qui accourent. Deux empoignent les bras de la charrette, deux autres poussent à l'arrière en plaisantant.

Le curieux équipage remonte la rue jusqu'au café en brinquebalant, puis, rappelés par leur officier, les soldats saluent d'un coup de calot. La mère se fend d'un sourire forcé, remercie de quelques mots que les Allemands ne comprennent pas. Ils s'en vont à reculons sur un « au revoir, mademoiselle » qui fait rougir Léonie. Hans et ses compagnons se poussent du coude, rajustent leur uniforme et redescendent la rue vers le port.

Sur le seuil du café, la mère est furieuse. Aucun soldat ne s'est intéressé à elle. Sa fille était l'unique centre d'intérêt des jeunes hommes.

— Le travail n'est pas fini.

Son visage est tendu, frissonnant de rage, ses dents grincent. Léonie se hâte de décharger les casiers et les entrepose dans la grande salle avant de les descendre à la cave. Douze marches plantées dans un escalier si étroit que son épaule droite s'accroche à la paroi irrégulière creusée dans la roche. Léonie fait de courtes pauses, essuie son front ruisselant de sueur, replace une mèche derrière une oreille. Son pied glisse sur une marche branlante, un casier s'échappe, roule dans l'escalier et se fracasse sur la terre battue. Quatre des six bouteilles sont brisées, le sol boit le vin blanc jusqu'à satiété. L'odeur d'alcool incommode la jeune fille qui s'assied un moment, le cœur au bord des lèvres.

— Quelle empotée ! crie la mère depuis la salle.

La furie dévale les marches dans un fracas de tonnerre. Pâle et tremblante, Léonie s'est recroquevillée au bas de l'escalier.

Les emportements de sa mère sont des orages, ils surgissent brutalement, les bourrasques se lèvent, les nuages menacent, aussi violents que soudains.

La mère serre les poings. La vue de sa fille la rend folle de rage. Sa seule existence est une absurdité, un terrible remords, une plaie ouverte sur sa vie ratée, ses espoirs engloutis. Elle s'apprête à frapper, puis se ravise.

— Puisque tu ne peux pas ranger les bouteilles sans rien casser, tu vas nettoyer cet escalier, il est noir de poussière.

La mère remonte vers la salle du café sans un regard en arrière. Léonie entend le claquement sec des escarpins aller vers le comptoir, au-dessus de sa tête, puis revenir.

— Prends ça et frotte bien, je veux que ça brille.

Léonie regarde les cristaux laiteux dans le bocal que sa mère lui tend. C'est de la soude.

— Il me faudrait des gants, implore Léonie.

— Des gants ? feint de s'étonner la mère. Pour quoi faire ?

Léonie est désormais seule dans l'escalier. Elle verse une poignée de cristaux dans un seau d'eau froide. La réaction chimique est immédiate, portant le mélange à ébullition. La bouillie corrosive dégage des vapeurs irritantes et dangereuses. Léonie rassemble son courage, noue un mouchoir sur le bas de son visage ; elle peine à respirer. C'est sa punition, elle le sait. Une de plus dans la longue liste des brimades et humiliations que sa mère lui réserve. Agenouillée sur la première marche, elle se demande si elle ne préfère pas les coups.

À l'aide d'un simple chiffon, Léonie étale le produit dans l'escalier, degré par degré. La soude attaque déjà le bois, dévorant la couche de crasse, lui ronge les phalanges, irrite la chair à vif. Elle pleure en silence, les émanations lui brûlent la rétine. Les vapeurs blanchâtres s'insinuent dans ses poumons, elle tousse, s'étouffe, finit par reculer dans la cave pour échapper à l'asphyxie, reprendre son souffle.

Il faut frotter davantage, décaper le bois jusqu'aux nervures, plonger ses mains dans le liquide bouillonnant. Rincer, recommencer, puis rincer encore à grande eau.

Lorsqu'enfin Léonie paraît dans la salle, les mains rouges et les yeux gonflés, sa mère s'admire dans un miroir de poche, passe l'ongle verni de son auriculaire droit à la commissure de ses lèvres, effaçant une trace de rouge à lèvres qui déborde. Puis elle penche la tête, change l'orientation du miroir pour s'assurer que le défaut de son maquillage est rectifié.

— Si tu as terminé ton ouvrage, passe à l'épicerie avant de rentrer. La liste est épinglée près de la porte.

La tête baissée, Léonie sort et s'en va à la fontaine, sur la place du village. Elle plonge les mains dans l'eau froide, s'asperge abondamment les yeux. Déjà, des clients entrent au café.

La douleur, Léonie la connaît sous toutes ses formes. Dès l'âge de six ans, elle l'a trouvée supportable. Le corps est une merveilleuse mécanique, capable d'endurer les pires souffrances. Les brimades et les coups sont une réalité indiscutable qu'elle peut mesurer aussi sûrement que ses pas, ce qui les rend presque acceptables. Son épiderme garde tout en mémoire, et s'installe déjà dans ces vieilles habitudes.

Dans quelques jours, Léonie sera redevenue une carapace de chair vide, désincarnée, un rempart de pierre aussi épais que ceux de la forteresse où elle se réfugie. Depuis sa plus tendre enfance, elle en a érigé les murs, son âme est devenue la prisonnière d'un corps étranger, meurtri. Un fantôme.

Seule la peur reste intacte, inaltérable.

Léonie traverse la rue déserte et entre dans l'épicerie pour acheter une livre de margarine en remplacement du beurre qui est devenu rare. La mère Le Créac'h surgit de l'arrière-boutique en entendant tinter la clochette de la porte d'entrée. Elle se fige, puis son visage s'étire en une expression funèbre. Elle sait d'où proviennent les traces rouges et boursouflées sur les mains de la jeune fille, c'est elle qui vend la soude.

— Ma pauvre fille, répète-t-elle en faisant le tour de son comptoir soigneusement épousseté. Viens par ici un moment.

Et elle l'entraîne à l'arrière, attrape une bouteille de vinaigre blanc et demande à Léonie de tendre les mains au-dessus de l'évier.

— Ça va te soulager, dit la vieille, je ne connais rien de mieux.

Lorsque la douleur s'estompe, Léonie remercie. Et il y a toujours cette honte. Honte de devoir montrer ses blessures, honte aussi de laisser paraître sa faiblesse.

Elles retournent dans l'épicerie, Léonie tend sa liste, et la mère Le Créac'h dépose les denrées sur le comptoir.

Il y en a pour onze francs. C'est une somme.

— Et du café ? demande Léonie à tout hasard. Ça ferait plaisir à papa.

— Tu sais qu'ici on n'en a pas vu depuis trois ans, du café, il faudra se contenter de la chicorée. Ou du café d'orge, je viens d'en recevoir, mais c'est encore pire.

— Tant pis, va pour la chicorée.

Le soir après le repas, Léonie entend ses parents se disputer depuis sa chambre. D'abord, ils chuchotent dans la cuisine, les assiettes tintent dans l'évier, puis le ton monte et le murmure se fait audible. Léonie sort de son lit et rampe vers le haut de l'échelle.

— Mais, nom de Dieu, s'emporte le père, tu as vu l'état de ses mains ? Ça ne peut pas continuer ainsi !

— Et pourquoi pas ? réplique la mère. Je ne la supporte plus ! Je ne l'ai jamais supportée ! Sa seule présence me rend folle de rage !

— Je ne comprends pas que tu t'acharnes…

— Mais bien sûr que tu comprends, Achille. Si tes parents et toi n'aviez pas été aussi lâches…

— Ce qui est arrivé était un accident.

La mère s'étrangle dans un rire carnassier.

— C'est comme ça que tu appelles ce que vous avez fait? Tu es pathétique.

— Tu sais à quel point je regrette. Mais Ninne n'y est pour rien. Ce n'est pas sa faute. Inutile d'être aussi cruelle envers elle.

— Ce n'est pas si simple, lâche la mère. Je n'en ai pas terminé avec vous.

Elle marque une pause, puis lâche comme une sentence:

— Chaque fois que je la regarde, j'ai le cœur qui saigne.

Les pieds d'une chaise qu'on tire grincent sur le carrelage.

— Tu n'aurais pas dû revenir, voilà ce que j'en dis, soupire la mère. Tout aurait été plus simple.

— Revenir?

— De la guerre. Tu n'aurais pas dû revenir de la guerre!

— Comment peux-tu dire une chose pareille? Si tu es malheureuse ici, tu n'as qu'à t'en aller.

— Ah, la belle idée! Si facile!

— Ce ne serait pas la première fois. Mais tu reviens toujours…

Un silence s'installe, rompu par le père.

— Tu ne dis rien?

— Tais-toi. Qu'est-ce que tu sais de l'amour, l'estropié? Au moins, ton père, il a perdu les deux jambes et il en est mort. Il a eu la décence de ne pas nous faire porter son fardeau.

— Tu es méchante, soupire le père.

— Et toi, tu es lâche.

Léonie bat en retraite car sa mère quitte la cuisine en claquant la porte.

À peine s'est-elle remise au lit que le petit miroir suspendu à son clou se met à trembloter. C'est d'abord imperceptible, puis, sous l'effet des vibrations grandissantes, un verre manque de tomber de la table de nuit. La fenêtre entrouverte tressaute sur ses gonds, un chien aboie.

C'est maintenant, la chambre, la maison tout entière qui tremblent, le plancher craque, de la poussière tombe du plafond mansardé. Léonie se lève, longe le mur jusqu'à la fenêtre et se penche pour regarder la rue au bout du portail. Des villageois inquiets sortent sur leur perron, les yeux rivés sur le ciel étoilé.

Soudain, le vrombissement assourdissant de centaines d'hélices s'abat sur le village. L'écho se propage dans les rues et les ruelles, ricoche sur les murs dans un tremblement effrayant. Une nuée de bombardiers envahit le ciel, lourdes silhouettes noires à peine visibles. Ils sont plusieurs dizaines qui foncent vers le continent en formation serrée. C'est l'île entière qui tremble alors sous le vacarme. Des habitants se précipitent hors de leur maison de peur que le toit ne s'effondre sur eux. Les autres sont au spectacle depuis leurs fenêtres ou leurs balcons.

Léonie ne peut s'empêcher de se remémorer Rennes et la soudaine pluie de bombes qui avait ravagé plusieurs quartiers en quelques minutes. Elle revoit distinctement les incendies, les colonnes de fumée noire, âcre et irritante, les immeubles éventrés déversant leur mobilier dans les rues. Le sifflement strident des sirènes, les gens courant, perdus, effrayés, certains se protégeant bêtement de leurs bras, et le ciel qui s'obscurcit, la poussière qui envahit l'air… Rien de tout ça n'est encore arrivé sur l'île.

Inquiète, Léonie attrape un châle et descend à la cuisine. Son père est accoudé à la table devant un jeu de cartes étalé en patience. Il est immobile, la tête dans les mains. Lorsqu'il se redresse, il essuie ses yeux humides. Le grondement s'estompe, puis la nuit reprend ses droits.

— Où vas-tu ? demande-t-il en reniflant.

— Vers la plage, j'ai un pressentiment.

Ses pupilles ocre capturent la flamme des chandelles et les emprisonnent.

— Il y a un petit morceau de soleil en toi, sourit son père. Je peux t'accompagner ?

— Tu es sûr ?

— J'ai bien assez de ta mère pour me rappeler que je suis infirme. Aide-moi et faisons comme si j'avais deux jambes. Une promenade à ton bras me fera du bien.

Il lui adresse un clin d'œil malicieux. Auprès de sa fille, il se sent revivre, un peu. Le coucou sonne la demie de dix heures. Léonie attrappe la veste de son père qu'elle lui jette sur les épaules.

— Allons-y.

Sur le chemin happé par la nuit, Léonie soutient son père qui peine à chaque pas. Son équilibre est précaire, il manque plusieurs fois de s'étaler dans les cailloux. Les dents serrées, la moustache frémissante, il se reprend, agrippe ses béquilles à s'en faire craquer les phalanges. Sa fille l'aide d'une main et de l'autre éclaire le chemin avec une lampe électrique.

Soudain, une silhouette surgit devant eux dans le rayon de lumière. Léonie pousse un cri. L'homme est grand et maigre, presque famélique, habillé de lambeaux de vêtements maladroitement raccommodés. Son visage n'est qu'une crevasse où brillent deux pupilles craintives. La vision glace la jeune fille d'effroi. Son sang se retire dans ses talons. Cette fois, c'est elle qui se cramponne au bras de son père pour ne pas tomber.

L'homme bafouille un mot et s'enfuit. L'apparition n'a duré qu'un instant et Léonie se demande si elle n'a pas rêvé.

— C'est Émile Leroy, la rassure son père.

— Vraiment ? bredouille sa fille, encore sous le choc.

Elle a presque dit *le monstre*, mais s'est abstenue. Il y a du respect dans la voix de son père.

— C'était un soldat, murmure-t-il. Nous étions tous soldats lors de la Grande Guerre.

— Que lui est-il arrivé ?

— Un obus a explosé à quelques mètres de lui. La moitié du visage arrachée, des éclats dans tout le corps. C'est un miraculé, tu peux me croire. Rien ne sert d'ajouter à sa douleur.

Léonie se retourne une dernière fois pour tenter d'apercevoir l'ancien soldat. La nuit a tout avalé, le village, la route et le fantôme.

Enfin, les dunes se profilent en ombres chinoises sur le ciel troué d'étoiles. Le vent agite les hautes herbes sèches dans un bruissement harmonieux.

Soudain, au loin sur l'horizon, un feu d'artifice explose dans le ciel. Des éclairs jaillissent, des faisceaux lumineux s'élancent vers la voûte céleste, puis ce sont des crépitements, des flashes successifs, des éclats brefs et aveuglants accompagnés de sifflements.

— C'est Brest, murmure le père, abattu.

Léonie a deviné, et ce spectacle la pétrifie et la fascine à la fois. C'est presque beau, cette éruption de lumières, ce roulement sourd et terrifiant qui couvre même le fracas du ressac. Ce spectacle, c'est celui de la mort.

Là-bas, sur le continent, la DCA allemande réplique, illuminant le ciel de gerbes éclatantes. L'écho des détonations vient mourir sur la plage de Sainte-Kristen.

Les bombes pleuvent et frappent la ville dans une succession de brasiers. Des colonnes de fumée rougeoyante s'élèvent vers le ciel qui s'embrase tout entier.

Puis le ballet se calme, les crépitements s'amenuisent, les flashes se dispersent et se taisent. Les derniers rayons des projecteurs balaient la nuit sans plus trouver de cible. Les tirs cessent, le silence retombe.

Les bombardiers repassent à haute altitude, moins nombreux qu'à l'aller. L'un d'entre eux, en flammes, décroche de la formation et s'abîme en mer.

Le père sort un mouchoir de sa poche et essuie une larme.

— De mon temps, on ne pouvait pas porter la mort aussi loin. La guerre restait une affaire de soldats. On en a bavé en 14, on ne peut pas dire le contraire. Mais les civils n'ont pas porté le fardeau des combats. Là, c'est autre chose, tout peut être écrasé en un instant et ça me fait peur. Chaque jour, je me dis que cette guerre ne finira que par l'anéantissement total d'un des deux camps. Reste à savoir lequel.

Léonie empoigne le bras de son père.

— Rentrons.

5

Il est presque midi lorsque Léonie achève de mettre le couvert. Les cicatrices sur ses mains ont disparu.

Comme chaque jour, apprêtée et maquillée comme pour aller danser, sa mère s'en est allée au café. L'atmosphère est calme, presque détendue. Le père, l'oreille collée à la radio, écoute les chansons crachées par le haut-parleur. Les fenêtres sont ouvertes, l'air doux de ce mois d'août 1943 fait voleter les rideaux brodés.

Du bout du pied, Léonie bat la mesure sous le regard attendri de son père qui reprend le couplet avec entrain. Les répits sont rares et chacun en profite. La maisonnée prend presque un air de fête. Une fauvette se pose sur le rebord de la fenêtre, plonge son bec dans la motte de margarine et file aussitôt. Léonie efface la trace du méfait de la pointe d'un couteau et dépose une salade de poireaux sur la table.

Le père se lève alors et claudique jusqu'au coucou. Il n'a pas sonné midi et le balancier est à l'arrêt. Sourcils froncés, l'infirme ausculte l'appareil.

— Voilà autre chose, grommelle-t-il. Les poids sont pourtant hauts. Quelqu'un y a touché ?

Léonie fait un signe négatif de la tête. Le père se triture la moustache, darde un œil inquisiteur à la mécanique par une minuscule trappe sur le côté, et pousse du doigt le balancier qui se remet en mouvement dans un tic-tac rassurant. Il l'observe encore un moment, soupçonneux.

— Le voilà qui fait des caprices, maintenant.

Le repas se passe en silence. Léonie débarrasse ensuite le couvert et fait la vaisselle. Son père rallume la radio et s'assied à côté sur le tabouret, sous la photo du Maréchal épinglée au mur.

— J'ai terminé la lessive et la serpillière est passée. Je peux aller me promener cet après-midi ?

Le père acquiesce en clignant de ses beaux yeux clairs, tristes et doux. Léonie lui trouve un air de bon chien, de ces bâtards qui dorment sagement devant la cheminée, guettant un geste de leur maître.

Le père Anselme frappe à la porte restée ouverte par cette chaleur et entre. Il a remonté la rue depuis l'église et transpire dans sa soutane. Il s'éponge le front, souffle comme un ours. La fournaise est suffocante, le vent brûlant n'apporte aucune sensation de fraîcheur. Remis en mouvement, le coucou sonne la demie. Léonie lui jette un regard agacé. Cette saleté d'oiseau scande avec obstination sa vie morne et douloureuse. Elle voudrait le faire taire, en finir avec les insomnies qui la portent au bord de l'épuisement, mais rien n'y fait, pas même les expéditions nocturnes où elle descend sur la pointe des pieds et stoppe le balancier du bout des doigts, arrachant ainsi quelques heures de sommeil à la mécanique implacable.

— Salutations, Achille ! tonne le curé de sa grosse voix.

— Entrez donc, répond l'infirme en lui indiquant une chaise.

Léonie salue d'une génuflexion et s'apprête à sortir. Le père Anselme se laisse tomber sur la chaise qui craque sous son poids. Ses sourcils se froncent.

— C'est toi que je venais voir, Ninne, si tu as un instant, bien sûr.

— De quoi s'agit-il ?

Elle se tient à la limite entre l'ombre et la lumière aveuglante de la cour.

— J'ai écrit un courrier à un ami pour te trouver une autre place dès la rentrée prochaine dans un nouvel établissement. Ce serait à Caen.

La jeune fille reste muette alors que le père Anselme la dévisage.

— Ça ne te dit rien ?

— Eh bien, Ninne ? l'interroge son père.

— C'est que vous me prenez de court. Je pense que c'est une idée formidable.

— À la bonne heure, déclare le curé. Je m'occupe de tout.

Le père reste songeur, tourne une de ses béquilles entre ses doigts. Léonie sent son trouble. L'infirme est mélancolique, se voyant déjà sur le quai au jour du départ. Il sait que celui-là sera le dernier, que Léonie partira pour toujours.

— Je vous remercie, ajoute la jeune fille en attrapant un livre.

À cet instant, Léonie rayonne de bonheur ; ses pupilles illuminent la pièce comme deux soleils. Elle s'apprête à sortir lorsque le colosse se lève.

— Attends, je vais faire quelques pas avec toi. Si tu n'y vois pas d'inconvénient.

Il adresse un geste amical au père et sort dans la cour comme on se jette dans une bataille.

Sa haute silhouette étend une ombre si noire et si immense sur les pavés qu'elle happe la jeune fille.

— Mon Dieu, il fait si chaud qu'on pourrait voir les pierres se fendre. Alors, que penses-tu de ma proposition ? Tu as beaucoup grandi, je reconnais à peine la petite fille si triste que j'ai tant fréquentée dans son jeune âge. Tu es presque une femme maintenant.

L'homme marque un arrêt, reprend sa respiration. Le vent soulève une poussière sèche qui irrite la gorge et les yeux.

— Ne dis rien, va, reprend-il. Pas encore. Tu n'es plus une enfant, cet endroit, aussi beau et rude soit-il, n'est plus pour toi. Ton destin est ailleurs, loin d'ici. Tu dois poursuivre tes études, coûte que coûte. Si je peux t'y aider, j'en serai ravi. Dieu ne peut pas souhaiter te voir dépérir davantage.

— Qu'est-ce que Dieu vient faire dans cette histoire ? S'il veillait vraiment sur moi, il serait déjà intervenu il y a bien longtemps, vous ne croyez pas ?

Les joues du curé se gonflent un instant.

— Oh, garde-toi du blasphème ! Personne ne peut savoir ce qu'Il a en tête, cependant, Il n'abandonne aucun d'entre nous. Même s'il est parfois bien difficile d'y voir clair dans ses desseins.

— Si je m'en vais encore une fois, qu'adviendra-t-il de papa ?

— Allons, la question n'est pas là. Je sais que tu aimes ton père, et il t'aime plus encore, c'est pour cette raison que tu rempliras son cœur de joie en trouvant un accomplissement dans tes études et ta vie future. Ni l'un ni l'autre ne t'attendent à Sainte-Kristen.

Léonie traîne des pieds, ses chaussures lui font mal. Elle grandit si vite que ses bottines sont trop étroites et lui meurtrissent les orteils. Elle s'arrête pour les ôter à l'ombre du curé.

Le café n'est pas loin, avec ses trois petites tables disposées sous l'auvent rayé afin que les clients puissent profiter du temps exceptionnel. La mère sort sur le pas de la porte alors que sa fille et le père Anselme descendent la rue chauffée à blanc. Le soleil la rend plus belle encore, jouant avec sa chevelure blonde, le vent léger soulève sa robe ajustée au décolleté largement ouvert. Léonie a honte de la voir ainsi s'exposer au regard des clients et presse le pas. Le géant fait un geste de la main pour saluer la femme et poursuit sa route.

— Dis-moi un peu, Ninne, comment ça se passe à la maison ?

— Avec elle ? répond la jeune fille.

— Oui, avec ta mère. J'ai su qu'on t'avait vue avec des marques sur les bras… Elle te bat encore ?

L'église se dresse sur le côté de la rue, son parvis irrégulier poli par les ans fait ricocher la clarté éblouissante. Le petit cimetière qui s'y adosse semble plongé dans une torpeur estivale.

Tous deux montent la volée de marches en suffocant et passent le porche. Une douceur salvatrice les enveloppe aussitôt. Le père Anselme se signe, imité par Léonie. L'eau du bénitier est si fraîche qu'elle pourrait la boire.

— Je comprends ton silence, reprend le curé. Ce sont des sujets dont il est difficile de parler librement. Mais sache que ma porte est toujours ouverte.

— Je n'arrive pas à trouver la force de parler de tout ça, répond Léonie.

— Tu peux me croire, ça viendra, car cette force est en toi. La vie est un long chemin semé de mises à l'épreuve. Dieu n'épargne personne, pas même ta mère.

Léonie ne peut réprimer un rire amer.

— Je sais qu'entre ta mère et toi les choses sont difficiles, sans doute irrémédiables. Trop de souffrance vous sépare. Cependant, j'ai un certain poids au sein de la communauté qui me permet de dire des choses que les autres n'osent pas formuler. Je peux tenter de raisonner ta mère jusqu'à ton départ et ainsi alléger ton fardeau.

— Vous savez comment ça finit.

— Les choses peuvent changer, Ninne. Tu n'es plus une enfant. Je peux lui faire entendre raison.

Si seulement c'était possible, pense Léonie. La haine que lui voue sa mère est profonde, semblable à celles des personnages qu'elle a rencontrés dans les textes des dramaturges grecs, Eschyle, Homère. Rien ne la fait jamais faiblir, les années passent et elle reste intacte, aussi dure qu'un diamant. Cette haine prend racine dans le ventre de sa mère et grandit telle une sœur jumelle. C'est celle d'une déesse, sans retenue, éternelle et infinie.

— Je n'en serai libérée que si je meurs, murmure Léonie, au bord des larmes.

Elle n'ose ajouter : ou si elle meurt.

Aussitôt, elle frémit à l'idée de cette disparition. Une fille peut-elle désirer secrètement la mort de sa mère ? La honte la submerge et, à cet instant, elle se demande si elle ne mérite pas son sort.

— Seul Dieu peut décider de rappeler à lui une de ses créatures, mon enfant. N'attends pas qu'il soit trop tard pour venir me trouver. Je veux que tu m'en fasses ici la promesse, devant lui.

Il désigne le Christ sur sa croix, tout au bout de la nef.

Léonie jure du bout des lèvres.

— J'aimerais croire que tu es sincère, soupire le père Anselme. Il ne faut pas tourner le dos à la foi, c'est un grand réconfort dans les moments difficiles. Ton père, lui, vient souvent.

— Et que dit-il ?

— C'est un secret entre Dieu et lui. Une chose est sûre, il t'aime et voudrait te savoir loin d'ici, en sécurité.

Il la sonde un instant du regard, pose sa grosse main sur son épaule.

— Allons, assez bavardé. Je te ferai savoir dès que j'ai une réponse de mon ami. Maintenant, va. Je prierai pour toi.

Léonie sort du village et, au-delà des maisonnettes, il n'y a plus un carré ombragé. La lande de buissons et de ronciers s'étend à perte de vue de part et d'autre du chemin. La plage est désormais inaccessible, cernée de barbelés et semée de mines. Il ne reste que les criques dangereuses et accidentées pour se tremper les pieds.

Avant de s'y rendre, Léonie décide de saluer Gus, juste pour tenir la promesse qu'elle n'a pas au fond envie de tenir, et emprunte le chemin bordé d'un muret bancal vers sa maison. Elle croise une petite bande de gamins excités par le soleil qui tape trop fort. Karadeg mène la troupe avec son habituel sourire malicieux. Les gosses soulèvent des pierres au hasard en riant. Le plus petit porte un seau rouillé.

— Tiens, là, y en a une grosse bien baveuse ! crie Karadeg.

Aussitôt, la troupe accourt et s'accroupit.

Léonie s'approche, piquée par la curiosité. Karadeg l'aperçoit et rougit. Il glisse quelque chose dans le seau, s'essuie les mains sur le derrière de sa salopette et disperse la bande.

— Allez, au boulot, il nous en faut encore ! Le seau doit être plein avant quatre heures !

Puis il se tourne vers la jeune fille.

— Hé, Ninne, ça fait plaisir de te voir.

Elle le salue de la main, gardant une distance polie.

— Qu'est-ce que vous faites ?

— On retourne les pierres pour trouver des limaces, des escargots. Tu vois, des bestioles, quoi.

— On se demande ce que vous voulez en faire…

— Viens pas trop fourrer ton nez dans mes affaires, je préfère garder le secret. De toute façon, ça ne te plairait pas. Rien de ce que je fais ne te plaît jamais.

— Si tu parles de tes blagues, c'est certain que je ne les trouve plus très drôles. Tu ne crois pas que tu as passé l'âge de jouer avec ces gamins ?

— Je ne joue pas, ce sont mes troupes. Ils font tout ce que je leur demande. Et puis, qu'est-ce qu'on peut bien faire d'autre ? Même les limaces crèvent d'ennui.

Plus loin, les gosses piaillent, rient et chahutent sur le chemin. Les lèvres charnues de Karadeg s'étirent en un sourire de contentement.

— Je voulais m'excuser pour l'autre fois, dit-il en posant la main sur le bras nu de la jeune fille.

Léonie sursaute et recule.

— Ça va, je ne vais pas te manger ! Tu sais, ça fait un moment que ça me trotte dans la tête, mais j'ai pas trouvé le courage de venir te le dire. J'avais un peu honte. Tu as traversé le tunnel finalement ?

— Oui, répond fièrement Léonie. Il est comme autrefois, rien n'a changé.

Elle ne dit rien de son propre corps qui s'allonge, qui la trahit, de ses foulées qui ne correspondent plus à ses souvenirs, brouillant ses repères, faisant de cette île une terre étrangère. Elle se tait car Karadeg la prendrait pour une folle. Lui est à la torture sous le soleil ardent. Ses épaules sont cramoisies.

— Je suis désolé pour le baiser, je ne recommencerai pas.

— C'est gentil. Moi aussi, je te dois des excuses, je n'aurais pas dû te gifler. On reste amis ?

— Et comment ! Du coup, on peut s'embrasser ! s'exclame le garçon en écartant les bras.

Léonie le menace avec sa paire de souliers qu'elle tient toujours à la main.

— Non, mais tu es vraiment impossible ! s'écrie-t-elle, rougissante.

— J'y peux rien si t'es belle à faire tourner la tête. Moi, au moins, je suis franc, pas comme certains qui zieutent tes guiboles et tout le reste dès que t'as le dos tourné et qui se vantent de choses qu'ils n'ont pas fait.

— Faites.

— Pourquoi tu me parles de fête ?

— Je te corrige, on dit : des choses qu'ils n'ont pas faites.

Karadeg pose son regard sur les pieds menus et poussiéreux de Léonie. Le dessin en est parfait, les orteils s'alignent en une courbe gracieuse. Il pourrait aisément les comparer à ceux d'une statue antique, mais il n'en a jamais vu.

— Je sais bien qu'on est tous des arriérés pour toi. En attendant, moi, je suis franc.

— Qu'est-ce que tu veux dire ? Qui n'est pas franc ?

Karadeg hésite, fourre ses mains dans ses poches. Il a l'air soudain ennuyé d'en avoir trop dit. Léonie le dévisage, cherche à capter son regard fuyant.

— Qu'est-ce qui se passe ? insiste-t-elle.

— J'ai entendu des choses, Ninne, les gens causent, s'excuse-t-il, maladroit. C'est qu'une toute petite île.

Il marque une nouvelle pause, hésite encore, puis reprend :

— Mais c'est pas à moi de te les dire, tu comprends ? Même si tu dois être la dernière à pas savoir.

Léonie brandit de nouveau ses souliers sous le nez du garçon.

— Qui doit me dire quoi ? Qu'est-ce que je devrais savoir ? Bon sang, Karadeg, tu vas parler ?!

— Pas la peine de t'en prendre à moi. C'est des histoires de famille ! Et ça se règle en famille, tu le sais aussi bien que moi.

Léonie se renfrogne, ses pupilles ocre flamboient d'une lueur sauvage.

— T'as qu'à demander à ton *cousin* Gus, se défausse Karadeg. Je suis sûr qu'il en a, des choses à te raconter. Tire-lui donc les vers du nez !

La volée de gamins, lasse d'attendre, revient vers le couple :

— Alors, crie le petit qui porte le seau, z'allez t'y vous embrasser ou pas ?

Les autres éclatent de rire, et scandent :

— Les amoureux, les amoureux, les amoureux !

— Fermez-la, bande de bons à rien ! s'écrie Karadeg en bondissant vers eux. Si j'en attrape un, je lui ferai passer le goût de la chansonnette en le foutant dans les ronces !

Les gosses s'éparpillent en hurlant de joie, poursuivis par Karadeg. Léonie reste plantée là, sur le chemin caillouteux, les bras le long du corps, un soulier dans chaque main. Une torpeur l'envahit, elle vacille, s'assied un moment à même les bruyères jaunies.

Lorsqu'elle relève la tête, ils sont tous hors de vue.

La maison de Gus est à peine plus grande qu'une remise, nichée dans un creux du paysage. C'est une très ancienne bâtisse, tout en pierres grises, surmontée d'un toit d'ardoises noires jetées en vrac sans souci esthétique. Elle ne possède qu'une porte, deux fenêtres dont une lucarne. Le vent a toujours soufflé si fort que la masure est un peu penchée. Léonie descend le chemin creux qui y mène et compte ses pas sans même y prendre garde. Au loin elle aperçoit le phare qui domine le relief accidenté. Les petites silhouettes des baraquements allemands sont blotties à son pied robuste, et une sorte de grand treillis métallique est pointé vers le ciel.

Dans cette partie de l'île, la végétation est plus rase encore qu'ailleurs, la roche coupante affleure en grosses masses sombres. Seul l'éclat jaune des grappes de fleurs de quelques bosquets d'ajoncs ponctue la lande pelée d'une touche de couleur. Tout autour de la maison, le terrain appartenant à Gus est criblé d'une multitude de trous de tailles différentes. Le sol est comme éventré par une pluie d'obus.

Léonie soupire. Il y en a bien plus que la dernière fois qu'elle est venue.

Ces trous sont la marotte du cousin Gus, son obsession. Il est convaincu qu'un trésor est enterré sur son terrain et ne ménage pas sa peine pour mettre la main dessus. Il en a usé, des pelles, sur la caillasse de Sainte-Kristen ! En vain.

D'ailleurs, Léonie le distingue déjà, à demi englouti par un trou, s'acharnant sous le soleil de plomb. Il est torse nu et abat sa pioche en soufflant à chaque coup.

Il relève la tête, plisse les yeux pour identifier l'importun. Il se fend d'un sourire, barré par l'ombre gigantesque de son nez, et s'extirpe de la cavité en se massant les reins.

— Ben, je t'attendais plus, Ninne !

— Ne me gronde pas, je sais que j'aurais dû venir plus tôt. Mais tu connais ma mère.

— C'est pas grave, t'as pas à t'excuser, je suis content de te voir. Bien content.

Léonie a noué ses lacets pour laisser pendre ses souliers autour de son cou. Elle met la main en visière pour éviter de grimacer tant la clarté lui meurtrit les rétines.

— C'est qu'il fait sacrément chaud. Tu seras gentille d'aller tirer un peu d'eau au puits.

Léonie pâlit.

— Tu sais bien que je ne peux pas.

Gus comprend son erreur. Il lâche un juron et se frappe le front à plusieurs reprises, y laissant des marques rouges.

— Je suis vraiment rien qu'un bougre d'imbécile. Bien sûr que tu peux pas. Je vais y aller moi-même.

Il s'éloigne, puise un seau qu'il rapporte jusqu'à la jeune fille. L'eau froide est un véritable délice. Chacun boit, s'asperge le visage, les cheveux, en étale sur ses bras.

— Je le sais pourtant qu'il faut que je réfléchisse avant de parler. Tout le monde me le répète : Gus, tourne sept fois ta langue dans ta bouche avant de parler. Même monsieur le curé, pas plus tard qu'hier ! Tout ce que tu voudras, j'ai un truc là-haut qui tourne pas rond.

— Ne te torture pas pour ça. Tu es le garçon le plus gentil que je connaisse.

— Vrai ?

— Bien sûr, acquiesce Léonie, je sais bien que tu n'as pas dit ça pour me mettre mal à l'aise.

— T'es gentille. Les autres, ils se foutent de moi dès qu'ils me croisent. Les pires, c'est les gosses.

— Justement, j'ai croisé Karadeg en venant.

— Ah, me parle pas de celui-là ! s'emporte Gus en battant l'air de ses bras immenses. L'autre jour, ma pelle toute neuve était sur le toit de la maison. Tu peux imaginer ça ? Sur le toit ! Bon Dieu ! J'ai failli me rompre le cou pour aller la récupérer.

Léonie sourit involontairement. Gus fronce les sourcils.

— C'est pas drôle, se renfrogne-t-il.

— Comment sais-tu que c'est Karadeg ?

— J'en sais rien, mais c'est bien son genre. À force d'emmerder le monde, un jour, ça finira mal. On le retrouvera crevé dans un coin, faudra pas s'étonner. C'est pas les candidats qui manquent pour le dérouiller !

Gus laisse retomber ses bras, puis accompagne Léonie vers la maison pour y trouver un peu d'ombre. Gus puise un nouveau seau et remplit deux verres.

— J'ai rien d'autre, s'excuse-t-il en tirant un tabouret pour Léonie.

Elle hausse les épaules. L'intérieur est spartiate. Tout est crasseux, jusqu'aux petits carreaux à travers lesquels on ne distingue pas le dehors. Le sol est en terre battue, la cheminée est noire de suie, encombrée par un tas de cendres froides. Le cousin Gus voue toute son existence à creuser, le reste ne l'intéresse guère.

— Gus, je peux te poser une question ?

— Dis toujours.

— Y a-t-il quelque chose que je devrais savoir au sujet de la famille ?

— Comme quoi ? rétorque Gus, soupçonneux.

— Je ne sais pas, c'est justement ce que je te demande.

— Où tu vas chercher des idées pareilles ?

— C'est Karadeg.

À peine a-t-elle prononcé le nom que Gus entre dans une nouvelle colère.

— Je t'ai dit de ne pas me parler de celui-là ! Ne l'écoute pas, c'est rien qu'un sale menteur.

Gus se calme et se laisse tomber sur un tabouret branlant. Des coups de feu retentissent au loin, à intervalles réguliers. Léonie interroge Gus du regard.

— C'est les Boches. Y passent le temps.

— À quoi faire ?

Pour toute réponse, Gus lui fait signe de le suivre. Ils gravissent la pente douce qui remonte du côté du phare.

Les soldats désœuvrés se tiennent sur la falaise, assis pour la plupart, les pieds dans le vide. Pour eux aussi les journées sont longues, il ne se passe jamais rien à Sainte-Kristen. Alors ils tirent sur des oiseaux marins pour tromper l'ennui.

À tour de rôle, les hommes épaulent leur fusil et visent les cormorans qui colonisent un immense rocher plongeant à la verticale dans la mer. Dérangés par le bruit des détonations, les animaux s'envolent en criant et tournoient au-dessus de leur territoire. Certains meurent en plein vol et tombent sans majesté dans les vagues. Après quelques minutes, les autres se posent de nouveau, et les tirs reprennent, provocant un nouvel envol, d'autres cadavres.

Léonie enrage, serre les poings. Elle se sent comme ces oiseaux, qui ne peuvent s'empêcher de revenir se poser au milieu du péril qui les guette.

— Ils sont quand même stupides, ces Boches, s'étonne Gus.

— Non, ce sont les cormorans qui sont stupides, lâche Léonie en retournant vers la maison.

Gus la rattrape à grandes enjambées. La jeune fille l'observe tout en comptant ses pas. Elle se demande comment tirer quelque chose de ce cousin taiseux. Sait-il quelque chose au sujet de la famille ? Garde-t-il un secret comme Karadeg l'a laissé entendre ?

— Qu'est-ce qu'il t'a dit ? aboie soudain Gus.

— Qui ?

— Karadeg, tiens ! Il t'a dit quoi, au juste ?

— Rien, justement, il a insinué des choses au sujet de la famille. Il a dit : demande à ton cousin Gus, en insistant bien sur cousin. Je me demande bien pourquoi.

— Oh, ça, marmonne-t-il.

Il s'arrête près d'un trou, ramasse sa pioche et se remet au travail. Il frappe avec une régularité obstinée, en silence.

Léonie s'assied dans l'herbe rase, près du monticule de terre qu'il a déjà arraché au terrain rocailleux. Elle ressent chaque coup dans ses mollets tant la terre vibre sous ses pieds.

— De quoi parlait-il ?

Gus renifle et poursuit son travail sans s'interrompre. Léonie s'impatiente.

— Allez, Gus, sois gentil. J'ai l'impression que tu me caches quelque chose.

Il plante sa pioche et souffle bruyamment.

— Je suis pas vraiment ton cousin. Voilà, tu es contente ?

Léonie écarquille les yeux.

— J'ai été adopté et élevé par tes grands-parents. Mais, pour moi, ça change rien. J'espère que ce sera pareil pour toi. C'est quand même comme si on était de la même famille, nous deux. Ça fait si longtemps maintenant…

La nouvelle laisse Léonie sans voix. Comment une chose pareille a-t-elle pu lui être cachée ?

Gus a repris sa pioche et s'acharne toujours sur la rocaille. Des étincelles crépitent chaque fois que la pointe de métal heurte le granit. Léonie l'observe d'un regard nouveau, se demande qui peut bien être cet homme armé de sa pioche.

— La carrière était encore en activité quand c'est arrivé. Mes parents sont morts de la grippe espagnole quand j'avais cinq ans. Viens, je vais te montrer quelque chose.

Il l'entraîne vers la masure et exhume une photographie pliée, d'un pot en fer embouti.

— C'est tout ce que j'ai. Si tu veux en voir d'autres, tu devras demander à ta grand-mère.

Léonie regarde l'image coupée en deux par une pliure craquelée. On y voit un groupe de personnages, des ouvriers, qui prennent la pose. Elle y reconnaît son père, plus jeune mais déjà appuyé sur ses béquilles. Sa grand-mère aussi, près d'un homme qui doit être son mari. Derrière eux, il y a un camion sur lequel repose un énorme bloc de granit. Sur son flanc est écrit : Carrière Roussel et fils.

— Là, c'est moi, dit fièrement Gus en montrant l'enfant le plus jeune serré contre la grand-mère.

J'avais huit ans. » Son doigt glisse sur la photo. « Là, c'est ton père Achille, et là, ton grand-père André. C'était à lui, la carrière. Et les ouvriers aussi. Une belle affaire. Ça en faisait du monde.

— J'ai souvent entendu papa en parler. Pourquoi a-t-elle fermé ? Je ne me souviens pas de tout ça.

— Quand ton grand-père est mort, tu étais à peine née. La carrière a fermé peu après. C'étaient des temps difficiles. Encore plus qu'aujourd'hui.

Léonie reste muette devant la photo. Elle la retourne machinalement et découvre une date au verso : septembre 1922.

— Comment est-il mort, grand-père ?

— Écrasé sous un bloc de pierre, répond Gus en grimaçant. J'en fais encore des cauchemars. Je l'ai vu au milieu de tout ce sang. Il hurlait comme un damné. Ça ne s'oublie pas, ces choses-là.

Son visage se crispe, le souvenir est encore vif. Gus se bouche les oreilles et balance son buste d'avant en arrière. Léonie l'enlace, le serre contre elle pour tenter de l'apaiser.

Ces absences, Gus en a de temps en temps, sans que personne sache de quoi il s'agit. Son âme quitte son corps un moment, puis revient. C'est pour cette raison qu'il est la risée des gamins.

Léonie le calme, lui murmure des mots gentils, comme à un enfant apeuré. Gus finit par se calmer. Sur la photo jaunie, un autre homme se tient à côté du grand-père, à l'opposé d'Achille. Il est beau, grand et bien bâti. C'est le seul qui détourne le regard de l'objectif.

— Et lui, qui c'est ? demande la jeune fille, intriguée.

Gus hésite avant de répondre :

— C'est ton oncle Hector.

Léonie scrute intensément le visage de biais, y cherche une ressemblance, un air de famille. Elle n'a jamais vu cet homme, n'en a même jamais entendu parler. Mille questions se bousculent alors dans son esprit sans qu'elle parvienne à en formuler une.

Seule sa mère ne figure pas sur la photographie.

Des bruits de pas résonnent dans l'air sec. Léonie essuie un carreau et voit des soldats approcher. Ils sont trois et Hans ouvre la marche.

— Ohé ! s'écrie le sous-officier. Il y a quelqu'un ?

Gus reprend la photo, la glisse au fond du pot et ouvre la porte sans ménagement.

— Qu'est-ce que vous voulez ?

Son ton est peu aimable, presque agressif.

— Bonjour, Gustave, on voudrait un peu d'eau, vous pensez pouvoir nous en donner ?

Gus montre le puits d'un coup de menton. Hans lui répond d'un clin d'œil et les soldats se détournent. Léonie reste en retrait, à l'abri de la masure. Elle se tait, immobile et attentive.

Le plus petit plonge le seau dans l'étroit conduit, aidé par son camarade. Hans regarde les trous en hochant la tête.

— Vous croyez vraiment qu'un trésor est enterré quelque part sur votre terrain ?

Les autres ne font pas attention à la conversation qui s'amorce, sans doute ne parlent-ils pas un mot de français. Gus bombe le torse, s'avance dans le soleil brûlant.

— Oui. Cette maison a appartenu à mon aïeul qui était soldat dans la Grande Armée. C'est là qu'il l'a caché.

Hans met les mains sur les hanches et continue de hocher la tête en embrassant du regard la lande cabossée. Depuis la maison, Léonie ne peut réprimer un soupir de lassitude. Cette fameuse histoire de trésor du grognard, tout le monde la connaît à Sainte-Kristen. Bien des gars se sont tués à la tâche sans jamais rien trouver. La légende, car c'en est une, Léonie en est certaine, raconte qu'un soldat de la Grande Armée serait rentré de la désastreuse campagne de Russie avec une part de la solde destinée à un régiment de la garde impériale. Il aurait enfoui son butin près de cette cabane où demeure aujourd'hui Gustave.

Hans dit quelque chose en allemand et les deux autres rient.

— Vous avez du courage, poursuit-il en français à l'intention de Gus. C'est une tâche immense à laquelle vous vous attelez.

Au loin sur la colline, un autre soldat appelle ses camarades en faisant de grands signes. Hans soupire, se verse le reste du seau sur la tête, puis salue Gus :

— Je crois que nous devons partir. Je vous remercie pour l'eau, monsieur Gustave.

Il tourne les talons pour rattraper les deux autres, puis s'arrête un instant.

— Saluez de ma part la jolie demoiselle qui se cache à l'intérieur.

Léonie sursaute lorsque Gus referme la porte. Les soldats ne sont déjà plus que des silhouettes pâles ondulant dans l'air troublé de chaleur.

— Ils ont des yeux partout, ceux-là, faut s'en méfier, grogne Gus.

— Je ne crois pas qu'il soit méchant, ce Hans, répond Léonie. Mais tu as raison, mieux vaut être prudent.

— Bon, Ninne, ça m'a fait plaisir de te voir, mais j'ai du travail.

Léonie lève les yeux au ciel, défroisse machinalement les plis de sa robe.

— Je sais ce que vous pensez tous, ajoute Gus, mais patience, je vous prouverai que j'ai raison de m'acharner. Ce magot, il est là, sous mes pieds, à me narguer. Et même si je dois tout faire péter, il sera à moi.

— Faire quoi ?

Gus frotte l'arête de son immense nez d'un air entendu.

— Je t'en ai déjà trop dit. Mais, crois-moi, ça fera un raffut de tous les diables !

Ils s'observent un instant, puis Gus rompt le silence :

— Prends ma bicyclette pour rentrer. Tu iras plus vite et ça t'évitera de mauvaises rencontres. Je viendrai la chercher demain, ou un autre jour.

Il sort en empoignant sa pioche ; la discussion est terminée. Léonie remet ses souliers et enfourche le vélo sans rien dire.

Sur la route, elle croise deux camions-citernes allemands roulant vers le phare. Ils viennent du port où un navire ravitailleur accoste chaque mois pour les remplir d'essence. Léonie descend du vélo et s'écarte sur le talus rocailleux tant la voie est étroite. Le cantonnement est le seul endroit de l'île alimenté en électricité par plusieurs groupes électrogènes. Pas une goutte de carburant n'est donnée à la population. Les camions passent en crachant par leur tuyau d'échappement une âcre fumée noire.

La photographie gravée dans la mémoire de Léonie occupe son esprit qui s'embrouille et s'emmêle. À bicyclette, elle ne peut pas compter ses pas, elle compte les tours de pédalier, mais les chiffres qui en résultent n'ont pas de sens et ajoutent à sa confusion. Elle ferait mieux de mettre pied à terre, de jeter ce vieux vélo dans un buisson. Elle voit le soleil décliner et d'autres idées noires l'assaillent. Sa mère sera furieuse si elle est en retard !

La jeune fille se reprend, pédale de plus belle. Le calvaire est en vue, au croisement. Elle serre les freins, leur arrachant d'atroces couinements. La route de l'ancienne carrière est là, envahie en son milieu par des herbes folles. La décision s'impose d'un seul coup, sans crier gare : elle doit aller jusque-là, jusqu'à la carrière, voir de ses propres yeux ce lieu qui n'est plus qu'un souvenir, immortalisé sur la photographie que Gus conserve religieusement.

Elle engage la bicyclette sur le chemin, cahotée, chahutée par les nids-de-poule, ses cuisses tremblent, frémissent. À plusieurs reprises, elle manque de tomber, se cramponne au guidon de toutes ses forces. Par moments, elle jette des regards suspicieux vers ces deux étrangères qui lui servent de jambes.

Il lui semble qu'elles ont encore poussé, à son insu, sournoisement.

Soudain, se jetant presque sous ses roues, la volée de gamins traverse le chemin. Léonie braque, culbute dans l'herbe au milieu des cris.

Karadeg surgit, goguenard.

— Si je m'attendais, ricane-t-il en lui tendant une main charitable.

Elle la saisit, encore un peu étourdie par sa chute. Le garçon secoue la tête.

— Chaque fois que je te vois, tu t'arranges pour t'écorcher quelque chose. Je vais finir par trouver ça louche…

Le reste de la petite troupe accourt et s'assemble autour de Léonie.

— Tu viens avec nous ?

— On va faire une opération de sabotage !

— Ouaiiiiis ! Sus à l'ennemi !

Tous braillent plus fort les uns que les autres, si bien que Léonie ne comprend rien à ce qui se trame.

— Passez-moi un mouchoir ! ordonne Karadeg à sa troupe.

— Pas question, répond un petit avec une moue butée. Surtout si c'est pour mettre du sang dessus ! J'veux pas me prendre une volée à la maison !

— C'est pour Ninne ! tonne encore le chef. Y a donc pas un gentleman dans les rangs ?

Une rumeur bruisse sur les lèvres, puis un mouchoir passe de main en main jusqu'à Karadeg.

— J'aime mieux ça, dit-il, satisfait.

Il le tend à Léonie qui se tamponne les genoux.

— Merci. Et ne va pas croire que je le fais exprès pour attirer ton attention.

Karadeg sourit, dévoilant toutes ses dents.
— Oh, ça, c'est déjà fait !
Il se redresse et toise sa troupe.
— Allez, on a assez perdu de temps, on a une mission à remplir avant la nuit !
Les gamins filent tous à travers la lande alors que Karadeg relève la bicyclette et redresse le guidon tordu.
— C'est le vélo de Gus, ça ! Fais-y plus attention ou il va t'avoir dans le pif !
Léonie soupire d'indignation. Ce garçon est comme un caillou dans sa chaussure. Elle hésite à repartir, son regard passe du chemin de la carrière à la troupe de gamins qui s'enfuit en direction de la maison d'Émile.
Avec Karadeg à leur tête, ils préparent un mauvais coup.
C'est en pestant que Léonie décide de suivre la bande. De toute façon, il est déjà trop tard pour se rendre à la carrière. Elle pousse la bicyclette à travers la lande de bruyère. Des sauterelles s'éparpillent sur son passage.
La maison d'Émile Leroy est cernée par un muret derrière lequel s'est accroupie la ribambelle d'enfants. Plus loin s'empilent des madriers et deux carrioles à l'abandon portant la mention « Carrière Roussel et fils », à demi effacée par les intempéries. Des blocs de granit arrachés à la falaise sont alignés à flanc de paroi, attendant un transport qui ne viendra pas. Entre le muret et la maison, Léonie aperçoit un jardin potager soigneusement entretenu. Un épouvantail rudimentaire se tient droit dans sa chemise déchirée, veillant sur le carré.

Frémissant de peur, les gamins silencieux échangent des regards inquiets, puis ils puisent des poignées d'escargots et de limaces dans le seau que leur tend tour à tour Karadeg. Léonie frissonne à la seule idée de tenir entre ses doigts les bestioles baveuses.

Au signal, tous jettent leurs poignées de l'autre côté du muret, propulsant des dizaines de gastéropodes parmi les choux et les salades. La troupe s'enfuit aussitôt, chacun poussant des cris victorieux. Karadeg, par pure bravade, ramasse une pierre et la lance dans une fenêtre. Le carreau se brise dans un terrible vacarme. L'instant d'après, toute la bande a disparu, laissant Léonie seule. Aucun n'a regardé en arrière.

Plusieurs minutes passent sans que la jeune fille puisse esquisser le moindre geste. Elle se tapit de peur de voir surgir la terrible figure, qu'elle a bien du mal à nommer Émile. Il reste le monstre, l'ogre qui dévore les enfants. Rien ne peut la raisonner. Les autres ont fui sans se soucier d'elle. Le temps passe et rien ne bouge, pas un bruit ne lui parvient de la maison. La peur cède peu à peu la place à la honte. Léonie se redresse, recule, s'apprête à décamper comme les autres. Un sentiment de honte la retient. Et si la pierre l'a atteint ? Si l'homme gît sur le sol, inconscient, ou mort ?

Mais voilà que ses maudites jambes la trahissent encore, elles avancent, franchissent la barrière, traversent le potager. Léonie résiste, se bat, veut rebrousser chemin, la voilà déjà sur le perron à monter les deux marches vers la porte. Sa main s'y met aussi et baisse la clenche.

Elle pénètre dans le vestibule, où seule une rangée de patères en céramique surmontée d'un cadre vide sert de décoration. Mal à l'aise, Léonie comprend que c'est un miroir que l'on a retiré du cadre. L'image de sa brève rencontre nocturne avec l'ogre vient se superposer au décor. Les battements de son cœur s'accélèrent, lui cognent aux oreilles.

Fiche le camp, se dit-elle, angoissée, mais ses jambes continuent à l'entraîner plus loin dans la maison.

La porte de gauche, au pied de l'escalier, doit mener à la pièce où le carreau est cassé. Léonie entre.

C'est un petit salon baignant dans la pénombre, la lumière est filtrée par des rideaux blancs brodés d'oiseaux. La cheminée de pierre est décorée d'un cadre recouvert d'un tissu. Un piano droit occupe un mur tapissé de petites natures mortes. Sur un guéridon est posée une jolie lampe avec un abat-jour en perles de couleur. Comme dans chaque foyer de France trône la photographie du maréchal Pétain. Il porte un képi orné de trois rangs de feuilles de chêne, son regard de bon père, sévère et juste, surmonte sa moustache blanche qui tombe sur une moue légèrement dédaigneuse. À l'observer avec attention, Léonie se demande si, derrière son visage de marbre, le vieillard ne semble pas soupçonner une trahison dans chaque maison.

Léonie remarque une autre photographie, où elle reconnaît son père, en uniforme, posant au milieu d'un groupe de soldats. Il se tient sur ses deux jambes, en avant des autres, encadré par deux troupiers à la mine sombre et fatiguée, aux traits creusés. À gauche de son père, il lui semble reconnaître l'homme de la photo de Gus, le dénommé Hector. L'oncle dont elle n'a jamais entendu parler. Celui de droite est sans doute le pauvre Émile lui-même. Le cliché a été pris durant la Grande Guerre, tout près du front.

Léonie écrase alors un morceau de verre et le son la tire de ses pensées. Sans attendre, elle ramasse les débris en prenant garde à ne pas s'entailler, tout en maudissant Karadeg et ses imbécillités. Elle rassemble les morceaux brisés dans le mouchoir, ainsi que la pierre. Elle n'a plus maintenant qu'à partir, aussi silencieusement qu'elle est venue.

Une porte grince dans son dos. Léonie se retourne.

Il est là, dans l'encadrement de la porte, enveloppé dans un manteau malgré la chaleur qui tarde à décliner. Elle ne parvient pas à détacher son regard de cette face absente, ravagée par un cratère. Il n'a plus de nez, ni d'œil gauche, ni d'oreille, une moitié de visage est réduite à des replis de chair boursouflés aux formes absurdes, irrationnelles. Un atroce gargouillis s'échappe de sa gorge. Léonie ne peut contenir un hurlement de terreur. Elle se rue en avant, le bouscule et s'enfuit déjà dans le jardin. Cette fois, ses jambes la portent, obéissent à sa volonté.

Elle court à s'en arracher les tendons, compte ses foulées pour apaiser son esprit. Dans ce paysage rien ne paraît vrai. Elle trébuche, se relève sans un regard en arrière., Elle se revoit petite fille gravir les murailles de la forteresse, enjamber les ronces avec agilité, braver les pièges des douves. Et maintenant elle se sent lourde, maladroite et ridicule. C'est à peine si elle tient debout. Soudain, elle pense au vélo de Gus qu'elle a abandonné dans sa fuite. Ses idées se bousculent. Dans la même journée, elle perd un cousin et gagne un oncle prénommé Hector. Personne n'avait jugé nécessaire de lui en faire part. Dix-sept ans de silence. Elle se sent étrangère à ce rocher, à sa terre natale. Combien de secrets se dissimulent encore derrière ces visages familiers ? Elle divague et compte ses pas.

Enfin, elle rejoint la route et le clocher apparaît à l'entrée du village. Des habitants la regardent passer en trombe, traverser la grand-rue avec le diable aux trousses. Léonie se jette dans la cour de la maison dont elle referme le portail, haletante, éreintée, guettant un moment l'allée de crainte d'y voir surgir le monstre.

Léonie reprend son souffle, rajuste sa tenue, se passe une main dans les cheveux et entre dans la cuisine. Il n'est pas encore sept heures. Ses joues sont rouges, son visage ruisselle de sueur.

Son père n'a pas bougé de l'après-midi, comme statufié contre le poste de radio. Au lieu d'être au café, sa mère est debout devant l'évier et rince des verres dans une eau savonneuse. Son regard tombe sur sa fille.

— Regarde dans quel état tu t'es mise ! crie-t-elle aussitôt. On dirait que tu prends plaisir à t'enlaidir. Va tout de suite te débarbouiller, je n'ai pas besoin d'une souillon !

Léonie baisse la tête. La question de l'existence d'Hector lui brûle les lèvres mais elle se tait, devinant qu'elle toucherait un sujet sensible.

Le père a l'oreille collée au poste, triturant ses béquilles. Il évite de croiser le regard de sa fille qui s'esquive vers la chambre. La chanson est interrompue par un nouveau bulletin d'alerte aux bombardements. « Mesdames, messieurs, nous avons le regret de vous informer que nous sommes dans l'obligation de suspendre le spectacle, la région parisienne venant d'être mise en état d'alerte... » Puis s'ensuit une longue et terrible sirène agonisante, que Léonie connaît bien depuis qu'elle s'est trouvée sous les bombes.

La jeune fille gagne sa chambre et se laisse choir sur son lit. Elle ferme les yeux pour se remémorer le visage de cet oncle inconnu. Déjà, son esprit vagabonde, imagine ce qu'il est devenu. Il a quitté l'île depuis longtemps car, dans le cas contraire, elle l'aurait déjà rencontré. Léonie se prend à imaginer des ressemblances entre lui et elle, un trait de caractère sans doute, comme ce besoin de fuir cette famille accablée de tristesse et de regrets. Oui, ils ont ça en commun, une envie irrépressible de tailler la route, de mettre le plus de distance possible entre eux et cette lande couverte d'épines et avare de bonheur. Elle se redresse, ôte sa robe. Dans le broc émaillé, il ne reste pas assez d'eau pour se débarbouiller correctement, mais il est hors de question pour Léonie de s'approcher du puits.

Tout en s'aspergeant tant bien que mal le visage, elle s'en veut d'avoir bêtement oublié la bicyclette aux abords de la maison d'Émile. Gus sera furieux lorsqu'il l'apprendra.

Léonie attrape une serviette, s'essuie les joues, le front, et arrange ses cheveux en un chignon. Elle fixe intensément son reflet jusqu'à atteindre le vertige, le moment où elle ne se reconnaît plus, où c'est une étrangère qui la fixe de ses yeux jaunes, de ses yeux de chat, à travers le miroir et qui semble lui dire : mais qui es-tu ?

Après avoir passé une autre robe, Léonie s'apprête à redescendre lorsque la voix impétueuse de sa mère retentit.

Aussitôt elle se fige et tend l'oreille.

Il est question d'argent. Il est toujours question d'argent avec sa mère.

— On ne peut plus y arriver.

— Si tu n'offrais pas des tournées à tour de bras, on n'en serait pas là, rétorque le père sans hausser le ton. Veux-tu que je te rappelle combien de caisses de champagne y sont passées depuis dix ans ? Une fortune.

— Il faut bien fidéliser les clients. Crois-tu que c'est pour te voir qu'ils viennent ? De toute façon, la question est réglée. Avec la guerre, on ne trouve plus de champagne. Il ne nous reste que quelques misérables bouteilles.

— S'il ne s'agissait que de ça. Il y a ta garde-robe, les produits de beauté qu'on achète à grands frais…

— Que me reproches-tu ? On dirait que tu voudrais me voir vêtue d'une robe de grosse toile et de sabots.

— Non, tempère le mari, bien sûr que non. Tu es ravissante.

— Il faut bien que quelqu'un soit présentable pour faire marcher le commerce.

— C'est certain, je ne peux pas rivaliser avec toi, ma chérie.

La mère fait claquer sa langue. Elle est agacée.

— Oh, tu peux ironiser tant que tu veux, depuis qu'on a dû se séparer de Constantine, je dois tout faire !

— Il le fallait, on dépense bien plus qu'on ne gagne. Nous devons faire des choix.

— Je ne céderai pas. Tu n'as qu'à te débrouiller pour trouver de l'argent.

— Comment ? s'enquiert le père.

— Trouve donc un travail.

— Et que veux-tu que je fasse dans mon état ?

— J'en connais d'autres qui ont vendu de la bimbeloterie aux soldats dans le temps. Ils ne sont pas tous à se plaindre.

— C'étaient des emplois réservés aux mutilés de guerre, mais c'est bien fini depuis longtemps... Avec les Boches, on se contente des miettes, faut se faire petit. Après la déculottée de 40, on ne peut plus prétendre ! Ils ont gagné, ils sont ici chez eux maintenant, va pas falloir les emmerder.

— Ils ont bon dos, les Allemands, réplique la mère. Heureusement qu'ils viennent boire un verre de temps en temps.

Un autre silence s'installe, puis la femme reprend :

— Pourquoi ne demandes-tu pas à ta mère ? Elle a encore de l'argent, c'est sûr.

Le père soupire. Sa jambe valide est parcourue d'élancements, elle aussi a reçu des éclats d'obus. Il grimace. La douleur remonte jusqu'à l'aine, puis vers la tête. Son crâne s'embrase, alors il serre les dents.

— Je vais voir si je trouve quelque chose, lâche-t-il sans y croire.

Comment le pourrait-il ? Il tient à peine debout.

— C'est dans ton intérêt d'essayer, soupire sa femme. Je n'ai plus d'illusions à ton sujet, mon pauvre Achille. Tu es devenu un poids que j'ai bien du mal à traîner.

Il lève ses yeux tristes vers elle, vers cette beauté dont le temps semble un allié complaisant.

— Bien, je retourne au café, tu n'as qu'à rester un peu là et te reposer.

Le cliquetis des béquilles s'éloigne, la porte s'ouvre et se referme. Léonie descend lorsque le silence est retombé sur la maison.

La mère lui jette un regard noir dès qu'elle paraît.

— Prépare le repas et mets la table au lieu de rêvasser.

La fille s'exécute sans mot dire. Pour rien au monde elle ne souhaite attiser la colère de sa mère. La tension est palpable dans la moiteur de l'air, comme si sa mère guettait un faux pas, une raison même infime de se défouler. Par la fenêtre, Léonie aperçoit les goélands qui volent en rase-mottes et se posent dans le champ derrière la maison ; c'est signe qu'il va pleuvoir. De gros nuages s'amoncellent à l'horizon. « Enfin un peu de fraîcheur à venir », pense Léonie.

Elle dispose machinalement les assiettes sur la table, l'esprit occupé à élaborer des scénarios pour aborder le sujet de son mystérieux oncle Hector. Il n'y a aucune photo de lui dans la maison, aucune mention de son existence. Le temps semble l'avoir englouti. Il s'agit sans aucun doute d'un sujet sensible et il lui faut redoubler de prudence.

Le coucou sonne sept heures. Léonie trébuche et lâche la soupière qui se brise. Le liquide se répand sur le sol en suivant les joints des carreaux de ciment. La mère saisit aussitôt le tisonnier et le brandit.

— Ce n'est pas possible ! Tu le fais exprès !

Léonie se protège, implore son pardon. En vain. Sa mère l'empoigne par les cheveux et la jette à terre, le tisonnier frappe. Un voisin passe la tête à sa fenêtre. D'autres, attirés par les cris, s'attroupent devant le portail, sans pour autant oser pénétrer dans la cour.

Léonie est recroquevillée, les mains entourant sa tête. Le métal émet un son mat chaque fois qu'il atteint sa cible.

La mère suspend son geste, regarde le tisonnier comme si elle le découvrait serré entre ses doigts puis le jette au sol.

— Tu nettoieras tes cochonneries, dit-elle en retrouvant son calme. Qu'il n'y ait plus rien quand je rentrerai ce soir. Et prépare autre chose, on ne va pas lécher par terre.

Elle sort et claque la porte. L'attroupement se disperse aussitôt en silence.

Le tonnerre gronde. Léonie s'enfouit sous ses draps. La nuit est fraîche sous la pluie battante. Elle entend grincer la porte de la cour, puis celle de la cuisine, ses parents rentrent du café. Le pas caractéristique de son père résonne dans l'escalier, la porte de la chambre s'ouvre. Ruisselant, il claudique jusqu'au lit et s'assied maladroitement sur le rebord.

— Montre-moi, dit-il.

Il gratte une allumette, enflamme la chandelle et l'approche de sa fille en tirant doucement le drap. D'affreux hématomes marbrés de violet zèbrent son dos. Sur le visage du père, la surprise cède la place à la colère.

— Il faut voir un docteur.

— Pas la peine, papa. Ça va passer. Comme toujours.

Les yeux du père se remplissent de larmes, à moins que ce ne soient les gouttes de pluie qui ruissellent sur ses joues.

— C'est ma faute, tout est ma faute.

— Non, papa, tu n'y es pour rien. C'est à moi qu'elle en veut.

— Tu ne comprends pas, soupire le père. C'est moi qu'elle frappe à travers toi. Il en a toujours été ainsi. Je suis tellement désolé.

Léonie remonte le drap sur ses épaules. Sa mère est appuyée au chambranle, raide et silencieuse. Le père voudrait déposer un baiser sur le front de sa fille, trouver d'autres mots de réconfort, plus doux et rassurants, mais il s'abstient. Il doit se taire pour protéger sa fille, ne manifester aucune compassion. Plus il montre sa peine, plus la mère est cruelle. Alors il se lève, boite jusqu'à sa femme et redescend sans un mot.

— Tu ne perds rien pour attendre, murmure la mère en refermant la porte.

Une violente dispute s'ensuit à l'étage inférieur. Les éclats de voix durent longtemps, ponctués par le grondement du tonnerre.

Le coucou sonne deux heures et Léonie ne dort toujours pas. L'oiseau imbécile attise sa colère, autant que la douleur lancinante qui lui parcourt le corps.

N'y tenant plus, elle se lève et se glisse sans bruit jusqu'à la cuisine. Là, elle stoppe le balancier, arrêtant du même coup la bruyante horlogerie.

Enfin, elle va pouvoir trouver le sommeil.

Dehors, une ombre se faufile dans la cour, Léonie l'aperçoit derrière les carreaux criblés de gouttes. Le temps d'aller jusqu'à la fenêtre, la silhouette a disparu derrière le rideau de pluie.

Contre le mur, près de la porte, Léonie aperçoit la bicyclette de Gus.

6

L'été s'en va doucement, il glisse en silence sous d'autres cieux. Avec la guerre, personne ne sait s'il verra le prochain.

Dans la nuit, des bombardiers ont encore survolé l'île. La fréquence de leurs raids s'intensifie. Depuis le début de l'année, ce sont des escadrilles entières qui sillonnent le ciel en provenance de l'Angleterre. On dirait qu'elles ne craignent plus la supériorité de l'aviation allemande.

Léonie observe son père, toujours en faction à côté de sa radio. Dans sa moustache tombante s'épanouissent des poils gris. Le haut-parleur grésille, hachant la voix chevrotante du Maréchal en pleine allocution. Léonie y entend plutôt les ânonnements d'un enfant déchiffrant péniblement un texte ardu. La voix manque souvent de conviction, les respirations s'égarent, tranchent une phrase, tombent au hasard d'un adjectif, heurtent un adverbe, cahotent sur le chemin rocailleux des lignes tracées qu'il ne parvient pas à décoder. À moins que ce ne soit tout bonnement l'âge, pense Léonie avec un sentiment de honte. Pétain n'est manifestement pas un aussi grand orateur que ses maîtres allemands. Mais, pour la nation tout entière, le Maréchal représente à la fois le passé, le présent et l'avenir.

« Français, dit-il en laissant ensuite un long silence peuplé de crachotements radiophoniques, je veux vous parler de la France, de sa détresse présente, de son avenir. » Encore un silence interminable où il semble déjà avoir perdu le fil de sa pensée.

« Il faut choisir. » Nouveau silence. « Les chefs rebelles ont choisi l'émigration et le retour au passé. J'ai choisi la France et son avenir. L'Histoire dira plus tard ce qui vous fut épargné. » Un autre silence agace la jeune fille. Le Maréchal hésite, le choix des mots semble incertain. « Il est vain de transformer les institutions si on ne transforme pas les âmes. » Des bruits parasites perturbent la voix, sans doute des petits coups donnés involontairement dans le microphone. Tremble-t-il en cet instant ? « Il est vain d'espérer la fin de notre décadence tant que nos enfants n'auront pas reçu de leurs maîtres une conscience neuve. N'est-ce pas là, (silence) la mission (autre silence) des éducateurs ? Il me faut, mieux que l'obéissance de la jeunesse, il me faut sa conviction ardente, sa volonté d'action et sa foi. Français, mes amis, libérez votre conscience des préjugés et des rancunes. Vous comprendrez mieux alors ceux qui ont la charge douloureuse de vous conduire. »

Une virgule musicale clôt le discours. C'est déjà fini. Léonie est à la fois soulagée et indignée. Malgré ces appels à la raison, à la soumission, rien dans la situation quotidienne du pays ne semble s'améliorer. Les privations s'accumulent, les pénuries se répandent, c'est le règne de la débrouille.

Passera-t-on enfin des paroles aux actes ? Depuis l'armistice, ces discours patriotiques enflamment les ondes ; Henriot, Laval, Doriot, Darnand, Mgr Mayol de Lupé, tous rivalisent de vibrantes envolées appelant au redressement de la France. Mais laquelle ? se demande Léonie. Celle qui prête main-forte aux Allemands, ou celle qui se bat pour la liberté ? Ces interventions quotidiennes ont pour unique but de convaincre le peuple que la collaboration avec l'occupant est la seule voie possible, le seul avenir crédible du pays. La jeune fille décèle pourtant dans le discours du vieux maréchal l'ombre d'une justification.

L'Histoire dira plus tard ce qui vous fut épargné.

Cette phrase d'apparence anodine semble dessiner l'ébauche d'un doute, une manière feutrée de se dédouaner, de justifier son action, d'inscrire déjà dans l'Histoire sa parenthèse. Elle s'interroge. Le Maréchal détient le sort du pays entre ses mains. Et si les rumeurs étaient fondées ? Et si la victoire était en train de changer de camp ? On murmure que les Américains sont en Italie, que les Russes repoussent les assauts allemands, que l'avenir du Reich millénaire promis par Hitler est déjà compromis. Comment en être certain ? La radio ne cesse de glorifier l'envahisseur, de clamer que la victoire sur le bolchevisme est proche, que les Alliés seront jetés à la mer !

— Je vais voir ce qui ne tourne pas rond dans ce machin, bougonne son père en se levant. Viens donc m'aider à le décrocher.

Léonie veut lui avouer que le coucou va bien, qu'elle est seule responsable de ces pannes inexpliquées. Pourtant, elle s'abstient. Cette saleté de mécanique est la cause de ses insomnies. Il lui arrive souvent de souhaiter l'écraser à coups de marteau.

Le coucou repose sur la toile cirée de la cuisine, à côté de la boîte à outils. Précautionneusement, le père ôte le toit coloré, les pans latéraux sculptés, les petits sapins et le tas de bois, mettant peu à peu la mécanique à nu.

Léonie épie l'infirme. Voilà des jours qu'elle cherche le moyen de lui parler. Mais comment s'y prendre ? Depuis qu'elle connaît l'existence de l'oncle Hector, son esprit ne parvient pas à trouver le repos. Elle devine quelque chose de terrible, un secret de famille comme il en existe tant. Une fouille de la maison, aussi discrète que minutieuse, ne lui a rien appris, ce qui n'a pas manqué d'attiser sa curiosité. Léonie n'a trouvé aucune lettre, aucune photographie de cet oncle, pas la moindre trace. Il y a bien grand-père dont l'image jaunie trône sur la petite cheminée du salon, ou celle du mariage de ses parents, dans un petit cadre en forme de médaillon sur la table de nuit de son père. Rien d'autre. Le mystère s'épaissit. Tout la pousse à croire que ce personnage est sorti de l'imagination de Gus, que le cousin a mal compris, qu'il se trompe. Sinon, pour quelle raison son père voudrait-il cacher l'existence d'un frère ?

Léonie ignore la manière d'entamer une discussion avec ses parents. Elle n'en a jamais eu auparavant et craint d'être maladroite. Dans cette maisonnée, bonjour bonsoir sont les seuls échanges quotidiens. Les parents ne partagent avec leur fille ni leurs opinions ni leurs émotions, encore moins leurs sentiments. Lorsqu'ils l'interrogent, sa réponse doit être brève. Le domaine des enfants et celui des adultes sont séparés par un solide mur de silence que rien n'effrite. Et, malgré ses dix-sept ans, rien n'a changé. Sa mère lui inspire une profonde terreur qui n'incline pas à la confidence. Avec elle, il faut se contenter de lui obéir sans jamais la contrarier, ce que même la bête la plus rétive finit par accepter à force de brimades. Quant à son père, il est si souvent absent de sa chair que sa fille ignore jusqu'à quel point il est conscient du monde qui l'entoure. Au fil des ans, son âme s'est recroquevillée dans un coin sombre de son corps meurtri et, excepté la mort, rien ne semble capable de l'en débusquer.

Léonie n'y tient plus, elle veut savoir. Sa mère est sortie, c'est l'occasion rêvée pour tenter d'en apprendre davantage. Un dernier regard à son père, absorbé par le coucou éventré, puis elle prend une profonde inspiration :

— Papa, il faut que je te demande quelque chose.

— Dis donc pour voir, répond-il sans véritablement écouter.

— C'est au sujet de mon oncle.

Le père relève le nez.

— De qui parles-tu ? Quel oncle ?

Léonie hésite, puis se lance.

— Ton frère Hector.

— Je n'ai pas de frère, tu n'as donc pas d'oncle. Je me demande parfois d'où te viennent ces lubies.

Il la regarde un instant, soupçonneux.

— Qui a bien pu te dire une chose pareille ? Assez avec ça, laisse-moi en paix, veux-tu ? J'ai du travail.

Va donc voir au port, le ravitaillement ne va pas tarder. Tu me raconteras les nouvelles.

Il se replonge aussitôt dans la mécanique. La discussion est déjà terminée. Léonie a envie de pleurer, de déception et d'amertume. Sans rien ajouter, elle se précipite dans la cour et se joint au mouvement des villageois qui descendent vers le quai.

C'est un autre jour d'effervescence. Le *Köln*, un petit vapeur allemand venu chercher les soldats permissionnaires, est déjà à quai lorsque le voilier accoste. Le rituel de l'échange de courrier commence, le ravitaillement est débarqué et s'entasse sur les pavés. Au mât de la capitainerie flotte le drapeau du Reich, rappelant à chacun qui commande ici. Les villageois profitent de l'événement pour discuter un peu avant de retourner à leur ouvrage. L'air est déjà plus frais, le ciel bas, la douceur s'esquive sur la pointe des pieds et les chances de passer le prochain Noël sous pavillon français semblent bien improbables.

À l'image de ses soldats cantonnés au bout de l'île, l'Allemagne affiche une foi inébranlable en la victoire finale. Les habitants se sont faits à cette présence somme toute pas si embarrassante. Au début, en 40, la population avait même été soulagée de voir que les envahisseurs n'étaient pas les barbares attendus, les hordes sauvages et victorieuses qu'elle guettait au coin d'une fenêtre avec appréhension. Les rumeurs les plus folles les précédaient, on disait qu'ils violaient les femmes, coupaient les mains des hommes et même qu'ils dévoraient les enfants ! Elle avait eu si peur en entendant le bruit des bottes, en découvrant ces alignements impeccables de soldats aux uniformes sans un faux pli. Contre toute attente, les vainqueurs se sont montrés aimables, sympathiques même, avec leur orchestre sur la place, leurs démonstrations d'acrobaties sur le rivage, leurs sourires, leurs manières courtoises.

On s'est presque mis à les aimer.

Léonie aide Louis Ménel à ranger les piles ficelées de numéros de *Signal* sur la remorque de son vélo. Il y a là les éditions en langues française et allemande. *Signal*, c'est la revue la plus lue à travers l'Europe, sans aucun doute parce qu'elle est une des seules autorisées par l'occupant. Elle est traduite en vingt-cinq langues et bénéficie d'une très large diffusion. Comme tous les Français, Léonie connaît cette publication vantant les mérites et les victoires de l'armée allemande, offrant des modèles de courage et de bravoure à la jeunesse. Chaque couverture représente le plus souvent un soldat confiant et souriant ayant accompli un fait d'armes, le regard posé sur l'horizon. Léonie se souvient d'en avoir vu de moins martiales, montrant des jeunes filles sautant à la corde, ou une autre, blonde et ravissante, tenant un chaton contre sa joue.

Ce que Léonie apprécie le plus dans ces pages, ce sont les nombreuses photographies en couleur. Cette prouesse des forces du Reich démontre une fois encore leur supériorité sur le reste du monde.

En couverture de ce numéro de septembre 1943, deux jeunes filles en costume traditionnel rient. Dans un gros macaron rouge en bas de page, on peut lire : *Charme du folklore. À l'automne, après la rentrée des troupeaux, les jeunes Luchonnaises revêtent leurs gracieux costumes de fête pour danser dans le décor des montagnes pyrénéennes.*

Léonie trouve la photographie jolie. Elle trouve aussi que cette longue phrase est écrite dans un français alambiqué, qu'elle est un peu ridicule.

Tous se pressent maintenant autour du facteur pour s'enquérir d'une lettre, d'un colis. Le pauvre Louis, cerné de toutes parts, n'a pas le temps de faire sa tournée tant les habitants sont impatients. La joie ou la déception se peignent tour à tour sur les visages creusés par les privations. La correspondance la plus volumineuse est réservée au maire et provient du commandement militaire de Brest. Ce sont toujours des décrets interdisant quelque chose : de fêter les victoires militaires françaises, de chanter la *Marseillaise*, d'organiser un bal, une réunion, de sortir à la nuit tombée, de posséder une arme, etc. Le brouhaha s'éteint, cédant la place au raclement des sabots et des souliers aux semelles de bois sur les pavés.

Plus loin sur le quai, les gamins jouent entre les cordages et retiennent leurs crachats. Impossible d'en propulser un dans le dos d'un soldat sans être vu par l'officier austère qui observe le quai et les habitants depuis le pont du vapeur. Un autre, sans doute moins gradé, vérifie les ordres de permission avant de laisser monter les soldats à bord.

Au début de la guerre, soldats et civils partageaient le même bateau pour effectuer la traversée. Dorénavant, la confiance n'est plus acquise. Les troupes allemandes préfèrent maintenant naviguer sur leurs propres navires. Insidieusement, la sécurité se renforce.

Le jeune mousse aux oreilles décollées est encore du voyage. Depuis le pont du vieux voilier, il salue Léonie. Elle commence à le trouver sympathique, ce garçon. Rien ne semble ébranler sa bonne humeur, ce qui, en ces temps incertains, est un atout majeur. Il n'est pas aisé de prendre la vie du bon côté. Léonie monte à bord alors que le matelot accourt vers elle.

— Tiens, dit-il en fourrant ses mains dans ses poches, pas encore du voyage ?

— Hélas, non, répond Léonie en s'appuyant au bastingage. J'espère que ce sera pour bientôt. On s'ennuie ici, tu ne peux pas savoir.

Le *Köln* fait entendre sa sirène au moment où il s'éloigne du quai vers la passe, emportant les permissionnaires. Deux chasseurs passent au loin, virent sur l'aile, puis repartent. Tout ce qui navigue est désormais dans leur collimateur. Le mousse lève les yeux.

— Je n'aime pas ces oiseaux-là. On ne sait jamais s'ils vont tirer. L'autre jour, vers Saint-Brieuc, ils ont fait plusieurs passages juste au-dessus de nos têtes. On n'en menait pas large. Au fait, je m'appelle Gaspard.

Il tend la main à la jeune fille.

— Enchantée.

Ne sachant plus quoi dire, Léonie esquisse un sourire gêné. C'est bientôt la rentrée et le père Anselme ne s'est pas encore manifesté. Obtiendra-t-elle cette place au pensionnat de Caen ?

— Bon, je dois y aller. J'espère que le bateau et toi vous reviendrez vite nous voir.

— J'y compte bien, conclut Gaspard en lui serrant de nouveau la main.

Léonie quitte le bord et s'en retourne vers la grand-rue. Sur le pas des portes, les conversations reprennent. Un inconnu est l'objet de toutes les attentions. L'homme, bien bâti sans être grand, le regard clair à l'ombre d'un feutre beige, tient une valise à la main. Ce ne peut être qu'un *étranger*. Il est si élégant qu'il jure dans le paysage.

Son manteau de cuir, cintré à la taille, laisse entrevoir une cravate soyeuse. L'homme tire sa montre plate de sa poche et s'avance vers le village.

Léonie se trouve sur son passage et il l'aborde. Peut-être aussi parce qu'il la trouve jolie. Il n'y a pas de désir dans son regard poli, plutôt une forme de curiosité pour cette jeune fille élancée au regard si singulier.

— Pardon, mademoiselle, où puis-je trouver la pension de Mme Huchon ?

La jeune fille répond en pointant du doigt le bout de la rue. Il la remercie d'un coup de chapeau et s'engage dans la montée vers le centre du village.

Un étranger à Sainte-Kristen est un événement hors du commun, surtout en ces temps troublés. L'île ne possède d'ailleurs aucun hôtel. Seule la petite pension de Mme Huchon, en face du café-tabac, accueillait avant guerre quelques rares clients, des originaux, des farfelus en quête de solitude. Mais, depuis trois ans, plus rien.

D'où l'étonnement des villageois de voir cet homme débarquer sur leur caillou.

Les conjectures vont bon train quant aux raisons de sa visite. Même le père Anselme est de la partie, comme si Dieu en personne venait de poser le pied sur le quai. Seule Léonie ne se mêle pas aux conversations. Déjà elle pressent, elle devine les souffrances à venir. Ce n'est pas un don, plutôt une habitude, une sorte de résignation. À force de vivre sous le même toit que le malheur, elle a appris à le reconnaître au premier regard. Et cet homme-là, avec ses beaux habits et ses manières distinguées, sera du goût de sa mère, pense-t-elle, une pique en travers du cœur.

Louison bouscule alors des enfants pour fondre sur son amie. Elle presse une lettre contre son cœur.

— Ninne, devine ce qui m'arrive ?

Léonie sursaute, arrachée à ses funestes présages.

— Ce doit être quelque chose de très important. Tu as l'air d'avoir reçu un coup sur la tête.

— Je vais te donner un indice.

Elle agite la missive sous le nez de Léonie.

— C'est une demande en mariage !

— De qui ? s'enquiert Léonie, incrédule.

— D'Adonis, bien sûr ! De qui veux-tu que ce soit ? Il me fait sa demande officielle. Nos parents doivent organiser la noce pour son prochain retour en permission. Il a rejoint un régiment qui traque les terroristes. C'est un secret, il ne peut pas m'en dire plus. Il va me falloir une robe, des fleurs, des rubans. Tu crois que tu pourras m'aider ?

— Je ne suis pas bonne couturière.

Louison fait la moue et Léonie retrouve un instant le visage de la petite fille avec qui elle partageait ses joies et ses peines. L'odeur de l'encaustique, du petit poêle fumant dans la salle de classe, les traces d'encre sur le bout des doigts lui reviennent en mémoire. Elle sourit. Non pas qu'elle soit nostalgique de cette enfance, elle a toujours été la petite fille triste et chétive, couverte d'ecchymoses, celle qu'on regarde à la dérobée, celle qui entend les murmures sur son passage. Une chose craintive qui a grandi d'un coup, comme un accès de fièvre.

Ce qui l'émerveille encore, c'est l'enthousiasme de Louison, son entrain pour les choses simples de la vie. Léonie imagine déjà les parents explosant de joie, fière à l'idée de marier leur fille, d'organiser le banquet, de convier l'ensemble du village à la noce. La famile dépensera sans compter, pour faire de ce jour un souvenir inoubliable. Peut-être les parents de Louison achèteront-ils des bouteilles au café ? Quel bonheur !

— Tu pourras m'aider ? l'implore Louison. S'il te plaît. Tu es ma seule véritable amie.

— Je pourrais me charger de couper les rubans, ou de nouer les bouquets, mais pas de couture. Je m'en voudrais de massacrer le plus beau jour de ta vie.

Louison éclate de rire.

— Tu es une véritable amie ! D'autant plus que je sais que tu ne raffoles pas des bals... Oh, ne lève pas les yeux au ciel, je sais que tu détestes danser. Pour dire vrai, je crois bien ne t'avoir jamais vue danser avec un garçon.

— Désolée de te décevoir, l'interrompt Léonie, mais tu te trompes si tu penses que ça arrivera le jour de tes noces.

Louison secoue la tête.

— Tu ne sais pas ce que tu perds. Bon, je me sauve, j'ai tant à faire avant son retour !

Léonie n'a pas le temps d'ajouter un mot que son amie s'est déjà élancée dans la côte. Les villageois se retournent sur son passage, chacun essayant de capter une étincelle de cette bonne humeur qui fait à elle seule oublier cette maudite guerre.

Devant l'épicerie, les conversations se poursuivent. On parle de l'étranger, qu'on a vu entrer chez la mère Huchon, et chacun tente de deviner l'objet de sa visite sur ce bout du monde.

On parle aussi des fréquentes explosions sur la plage. Les mines réveillent les habitants en pleine nuit. Un accident ? Une attaque ? On se blottit sous les draps en écoutant les Allemands courir dans les chemins, aboyant des ordres. Ça les rend nerveux, ces sautes d'humeur du matériel. Les plus narquois des habitants se gaussent : ont-ils peur, ces Boches, que les Amerloques envahissent Sainte-Kristen ? Même ceux doués d'une grande imagination lèvent les bras en signe d'impuissance. Malgré ses exercices physiques au grand air, sa fanfare et ses défilés dans la grand-rue, l'occupant peine à dissimuler son anxiété. Chacun sent que des bouleversements se préparent.

Dans l'après-midi, le ciel se charge de nuages bas, d'un gris uniforme où l'horizon même disparaît dans cette masse. Le ciel et l'océan ne font plus qu'un.

Léonie quitte la maison où son père est encore penché sur son coucou, qui joue le rôle du malade imaginaire. C'est le moment que choisit l'inconnu pour quitter la pension et traverser la rue vers le café. Il jette un regard circulaire sur la grand-rue et n'aperçoit que quelques habitants sur le pas de leur porte, qui l'observent, vêtus à la mode du début du siècle. Les femmes portent un tablier sur leur robe, un fichu sur la tête, et les hommes d'indestructibles vareuses tombant sur des pantalons de grosse toile maintes fois raccommodés. Il semble à l'élégant monsieur que son voyage n'a pas été qu'un simple déplacement d'un port à l'autre, mais bien un retour dans le passé. Il salue d'un coup de feutre et presse le pas. Les murmures l'accompagnent. Léonie le regarde pousser la porte vitrée, la clochette tinte. Son cœur se serre à l'idée que son pauvre papa s'en va sans le savoir vers de nouvelles souffrances. Ses prunelles ocre s'éteignent pour prendre la couleur de la rouille. La tempête viendra, elle ne peut s'y opposer.

Léonie se dirige vers la bergerie, en contrebas de la route du phare, près de la mare. L'odeur des bêtes assaille ses narines. Cette chaleur animale, elle l'a aimée. Enfant, cette petite bicoque était son refuge lorsque sa mère devenait violente. Le confort y a toujours été modeste, mais l'unique chambre à coucher est située au-dessus de la bergerie et, l'hiver, la chaleur des moutons procure à la pièce mansardée une température très agréable.

Léonie hésite, mortifiée à l'idée d'aller quémander à sa grand-mère des informations sur l'oncle Hector, alors que, depuis son retour, elle n'a pas encore rendu visite à la vieille femme. Cet oncle fantôme lui retourne l'âme et dérègle son sommeil. De la même manière que l'étranger qui vient de débarquer lui fait pressentir un drame, elle devine au sujet d'Hector un de ces vilains secrets dont les familles sont dotées par héritage, de ces malédictions que l'on tait, que l'on dissimule sous la honte et le remords. Sa grand-mère lui semble son seul espoir d'en apprendre davantage, de lever un peu le voile sur ce mystère si épais que son propre père en nie l'existence.

Le rideau de la fenêtre de la cuisine a bougé. La grand-mère est cachée juste derrière et l'observe, Léonie en a la certitude. Elle ne peut plus reculer.

La vieille femme ouvre la porte. Un vent chargé d'iode et de sel souffle des bourrasques, couchant les herbes, faisant frémir la toiture de bruyère.

— Ne reste pas là dans les courants d'air, dit la grand-mère en invitant Léonie à entrer.

La vieille femme recharge la cuisinière à bois qui ronfle et crépite. Tempête, le chien, ouvre à peine les yeux, bercé par la douce chaleur. Sur le plateau de fonte bout une gamelle pleine de potage. Dans la pièce d'à côté, le troupeau bêle.

— J'ai fait du pain, déclare la grand-mère lorsque Léonie referme la porte. En veux-tu ? Il est encore chaud.

La jeune fille acquiesce, elle aime ce pain fait avec la farine produite sur l'île qui lui donne un goût si particulier.

La vieille essuie le bout de son nez avec un mouchoir roulé en boule, un aller-retour qu'elle fait sans même s'en apercevoir. S'occuper d'un troupeau n'est plus de son âge. Depuis longtemps déjà, elle aurait dû en confier la garde à Gustave. Ce bon Gus qu'elle aime tant, bien qu'il ne soit pas de sa chair, pas de son sang. Pourtant, c'est bien lui le fils le plus aimant et le plus fidèle qu'elle ait eu. Gus n'a jamais menti, jamais trahi, jamais non plus commis l'irréparable.

Le pain est sur la table, à côté d'un bol de soupe fumante. Bien qu'il ne soit que le milieu d'après-midi, Léonie accepte volontiers cette collation.

La grand-mère ne se départ jamais de cette lenteur qui la caractérise. Ses gestes sont mesurés, précis. Elle en est très économe depuis que son corps tout entier se dérobe, depuis aussi le décès de son bien-aimé mari. Elle ne peut plus compter sur personne pour partager son fardeau quotidien. La corvée de bois, puiser de l'eau, rentrer le fourrage sont des tâches qui l'épuisent. Seul Gus apporte son aide. Le bon Gus. Heureusement, il reste la laine des moutons, et la viande, deux sources de revenus. Grâce à ça, la vieille peut payer le pensionnat de Léonie. C'est sa joie secrète de payer cette dépense, de régler les fournitures, les vêtements. Léonie n'en a jamais rien su. La grand-mère ne voulait pas qu'elle se sente redevable, ou, pire encore, coupable. Mais, aujourd'hui, elle se voit partir lentement, son souffle s'épuise. Elle vit dans la solitude du grand âge et cette île qui l'abrite, pourtant si petite, si insignifiante, lui semble maintenant trop vaste pour sa vieille carcasse. La mort lui fait peur.

Alors elle se dit qu'il serait peut-être temps de lui dire la vérité, à la petite Ninne. Celle-là et quelques autres encore. En trouvera-t-elle seulement le courage ?

Elle vient se rasseoir.

— Je suis bien heureuse de te voir. Tu ne cesses de grandir. C'est formidable.

Léonie sourit, mordant dans la tranche de pain avec avidité.

— Ne grandis pas trop non plus. Les grandes femmes ont bien du mal à trouver un mari. Ça leur fait peur. Tu devrais venir me voir plus souvent, tu sais, ajoute-t-elle sans la moindre intonation de reproche. Tu es toute maigrichonne, et ça non plus, les hommes n'en sont pas friands. En venant ici, tu te remplumerais davantage que chez toi.

Léonie n'ose pas interrompre sa grand-mère si bonne, si chaleureuse. Elle voudrait s'abandonner, comme lorsqu'elle était petite, se nicher avec tendresse au creux de ses bras. Ici, la jeune fille peut parler autant qu'elle le veut. Elle n'a pas à guetter un regard, un geste, un signe d'agacement annonciateur d'une tempête de coups. Elle peut parler ou se taire, c'est à elle de choisir et c'est là son plaisir. C'est si rare d'avoir le choix.

— Et l'école, comment ça se passe ? poursuit la grand-mère.

— Aussi bien que possible. J'étudie sérieusement. J'y ai pris goût. Peut-être pourrais-je devenir professeur à mon tour ?

— À la bonne heure.

— Mais je n'ai pas encore retrouvé de place en pension pour la rentrée. Monsieur le curé m'aide à en trouver une, mais ce n'est pas facile.

La grand-mère sait tout du projet. C'est elle qui l'a initié, qui est allée trouver le père Anselme pour qu'il tire quelques ficelles.

— Et où papa trouvera-t-il l'argent ? ajoute Léonie.

— Il faudrait que tu repartes vite. Même si je t'adore, je ne peux supporter l'idée de te savoir dans cette maison avec ta mère et ton pauvre père. Il n'y a rien de bon à en tirer, je le sais comme toi depuis toujours. Cette femme n'a apporté que le malheur et la désolation sur notre famille.

Léonie approuve. Le malheur s'est toujours accroché à ses pas avec une formidable obstination.

— Le mois dernier, je suis passée près de la carrière. J'aimerais que tu me racontes ce qui s'est passé. Pourquoi a-t-elle fermé ? Quand j'y pense, je m'aperçois que je ne sais presque rien. Pourquoi papa ne s'en est pas occupé à la mort de grand-père ?

— Oh, ça, c'est la faute de ta mère. La carrière ne l'a jamais intéressée. Ce qu'elle voulait, c'est le café-tabac, pour briller et régner sur son petit monde. Lorsqu'elle est arrivée ici, elle y chantait chaque soir.

Léonie dévisage sa grand-mère comme si elle venait de dire une énormité. Comment imaginer sa mère, si raide, si martiale, en train de chanter ? Jamais elle ne l'a entendue ne serait-ce que fredonner.

— Oui, reprend la vieille, elle chantait. Il paraît même qu'elle avait une belle voix. C'est ce qu'on m'a dit, tu penses bien que je n'y ai jamais mis les pieds. Gaston était bien heureux de l'avoir, ça faisait venir du monde au café, une belle femme comme ça ! Les ouvriers y dépensaient une petite fortune. En ce temps-là, il y avait du monde ici. Alors, quand il est mort, c'était avant la Grande Guerre, elle a tout fait pour convaincre ton père de racheter le café. Et, tu la connais, quand il s'agit de faire plier les gens à sa volonté, il n'y en a pas deux pareilles.

— Je n'ai aucun souvenir de cette période, s'excuse Léonie.

— C'est normal, tu n'étais qu'un nouveau-né quand la carrière a fermé. À cette époque, je te tenais souvent dans mes bras.

— Ça, je m'en souviens. C'est d'ailleurs le seul moment de bonheur que j'ai connu.

— Ma pauvre chérie. Que tu étais aimée d'André, ton grand-père !

— Je regrette de ne pas l'avoir connu, répond Léonie avec amertume.

— À l'apogée de la carrière, on avait des employés, des tailleurs de pierre venus du continent, des carrioles, des chevaux. Tu aurais vu un peu ça ! C'était beau, ça grouillait de vie par ici. C'est cette affaire qui faisait vivre l'île tout entière. Et puis, il y a eu la guerre. Les hommes sont partis, peu sont revenus. En 19, c'était bien difficile de trouver des ouvriers. Le travail ne manquait pas, mais les hommes, si. C'est ce qui manquait le plus. Et puis la grippe espagnole ! Celle-là aussi, elle en a laissé, des cadavres. Les pauvres parents de Gus, ils en sont morts tous les deux. André n'a pas voulu qu'on envoie le gosse à l'Assistance publique. Tu as peu connu ton grand-père, mais c'était un homme bien. Il savait régler les affaires délicates.

— Alors Gus n'est pas mon cousin ? s'étonne Léonie.

— Non, mais c'est tout comme. Il fait partie de la famille depuis longtemps…

La grand-mère marque une pause. Elle regarde un moment en direction de la porte, comme si elle attendait le retour de son mari, ou du moins de son fantôme.

— Ton pauvre père a été blessé dans les derniers combats en 18. Il a passé presque un an en convalescence dans un hôpital de Rochefort. Lorsqu'il est rentré, il était changé. Aussi bien au physique qu'au moral. Sans sa jambe, il lui était trop difficile de reprendre le travail à la carrière. Il a bien essayé. Dans ce temps-là, il avait encore du courage. Entre le manque de main-d'œuvre et son fils infirme, mon André a quand même voulu continuer l'exploitation. Et il y est arrivé jusqu'à épuisement de ses forces.

— Comment est-il mort ?

— C'était un mardi d'octobre 1927. Il pleuvait tant qu'on n'y voyait pas à dix pas, une pluie grasse et glacée, en avance sur l'hiver. Aidé par l'un des derniers ouvriers, ton grand-père montait un gros bloc de granit sur le plateau d'une charrette. Un cric a lâché et le bloc lui est tombé dessus, lui broyant les deux jambes. Tu ne peux pas imaginer ce qu'il a pu crier. Tout le monde est accouru, mais les hommes ont eu bien du mal à le sortir de là-dessous. Cette saleté pesait plusieurs tonnes. Ils ont transporté ton grand-père au café. Là, le docteur l'a amputé des deux jambes, sans anesthésie. La douleur l'a rendu fou. Ton pauvre grand-père est mort peu de temps après, réclamant ses jambes à chaque instant jusqu'à son dernier souffle.

— Je ne connaissais pas les détails, murmure Léonie. Ça a dû être terrible.

— On n'y peut rien, c'est la volonté de Dieu, voilà tout.

La vieille se signe et serre la croix qu'elle porte en pendentif. C'est une femme pieuse qui ne se couche qu'après s'être agenouillée au pied de son lit et avoir récité sa prière.

— Tu crois que Dieu peut vouloir qu'on souffre autant sur la Terre ? l'interroge sa petite-fille.

— On a tous droit à notre lot de misère. Personne ne peut dire ce qu'Il a en tête, ça, c'est certain. Ton pauvre père en a déjà eu beaucoup. Et sa jambe n'est pas le pire des malheurs que la vie lui a apportés.

— Tu penses à ma mère ?

— Oui, celle-là, dès qu'elle est arrivée sur l'île, je me suis dit que c'était une source d'ennuis. Elle avait la beauté du diable. Dès que ton pauvre grand-père est mort, il a été question de l'héritage.

Léonie guette un signe sur le visage creusé de rides profondes. Va-t-elle enfin évoquer Hector ?

— Ta mère ne voulait pas de la carrière, la chose était entendue. Elle a convaincu ton père de placer une partie de son héritage dans le café-tabac. Ils l'ont racheté aussitôt l'enterrement passé. Ton père m'a laissé une partie de la carrière et les moutons pour Gus. Après tout, cette bergerie était celle de ses parents, il faudra que ça lui revienne un jour. Enfin, tu le connais, il a la tête toute retournée avec cette histoire de trésor. Le troupeau ne l'intéresse guère. Mais c'est un bon garçon sur qui on peut compter.

Elle s'interrompt un instant et essuie le bout de son nez.

— Dis-moi un peu, reprend-elle, comment ça va au café ? Je n'y ai pas mis les pieds depuis des années. Ça marche encore, cette affaire ?

Léonie fait une grimace éloquente.

— Je me doute bien qu'ils ont des problèmes d'argent. Avec ta mère, il y en a toujours eu. Elle dépense plus qu'elle ne gagne, c'est dans le sang. Entre le champagne qui coulait à flots et ses amants de passage, je ne serais pas étonnée qu'elle ait englouti toutes les économies du ménage.

Léonie rougit involontairement. Elle n'aime pas qu'on évoque les soucis d'argent. Sa grand-mère se penche en travers de la table, lui prend les mains.

— Tu sais, Ninne, c'est moi qui paie pour tes études.

Léonie tressaille, retire ses mains.

— C'est affreux !

Mortifiée, elle enfouit sa tête au creux de ses bras.

— Pourquoi fais-tu ça ? Et moi qui n'étais pas encore venue te voir. J'ai honte.

— Tu n'as pas à te sentir coupable. Sans ce geste, ta mère ne t'aurait jamais permis de quitter l'île. Elle est comme ça, on ne la changera pas.

Léonie fait le tour de la table et embrasse la vieille femme.

— C'est terrible, murmure-t-elle. Depuis mon retour, je découvre qu'on m'a caché tant de choses.

— Tu as raison. Mais tu as grandi, tu es en âge de savoir ces choses-là, tu dois savoir en qui avoir confiance, à qui tu peux te confier. Une chose est sûre, à leur mort, tes parents ne te laisseront rien. Le goût de ta mère pour le luxe ne se tarira pas avec le manque d'argent. C'est dans sa nature. Tu verras qu'elle finira par ficher le camp, pour de bon.

— Papa dit qu'elle est toujours revenue, lâche Léonie. Toujours.

— C'est vrai, et chaque fois un peu plus dure, plus sèche. Je prie chaque jour pour que la prochaine fois soit la bonne.

La vieille s'arrête, voyant le visage de sa petite-fille se décomposer.

— Ne me dis pas que tu la regretteras...

— Je pense à papa, si elle s'en va, il sera affreusement malheureux.

— Il l'oubliera.

Léonie aimerait le croire, mais elle sait qu'il n'en sera rien. Malgré sa dureté, malgré son égoïsme et sa perfidie, malgré tout ce qu'elle lui a fait subir, sa mère est le seul amour de son père. Il vit dans son ombre, il est le chien fidèle qui lèche la main de son maître, cette même main qui le corrige perpétuellement.

— J'espère de tout cœur qu'il l'oubliera.

— En vérité, ajoute la grand-mère, ça n'a pas grande importance. Qu'elle soit là ou pas, ton pauvre père sera toujours malheureux. Il portera son chagrin jusqu'à son dernier souffle. Allons, assez parlé de nos malheurs. Veux-tu encore un peu de soupe ?

Léonie tend son bol ébréché et la grand-mère lui ressert une pleine louche. La vieille souffre de voir sa petite-fille ainsi, maigre, le visage triste et creusé. Elle voudrait vivre encore un peu, assez pour que cette nouvelle guerre prenne fin. Deux guerres au cours d'une seule existence, c'est trop. Elles se terminent toujours, elle le sait, quel qu'en soit le prix. Vivre, oui, pour savoir sa petite-fille libérée de l'étau qui l'enserre, de la vengeance de cette mère aride.

— Si tu as un moment de libre, j'aimerais que tu ailles faire un tour sur la plage pour trouver du bois. Gus pourrait t'aider. C'est devenu un travail bien trop harassant pour moi, je ne peux plus marcher des heures courbée entre les rochers.

— Oui, répond Léonie, je vais y aller. Avec la brouette, ça ira vite.

Déjà elle est dehors, obéissant à sa grand-mère. Pas une fois au cours de son récit la vieille dame n'a évoqué Hector. Pas une fois Léonie n'a osé aborder le sujet. Quelle mère peut oublier qu'elle a eu un autre fils ?

Elle aurait dû poser la question. À aucun moment pourtant, elle n'y est parvenue. Léonie se demande ce que l'homme a bien pu faire pour être ainsi rayé de la mémoire de sa propre famille.

Elle contourne la bergerie et prend la brouette levée contre le mur.

Sur le chemin qui rejoint la route, Léonie croise l'étranger qui la salue encore une fois. Il ne fait aucun doute qu'il descend vers la bergerie. Elle le suit des yeux un moment, tentant de deviner la raison de sa présence ici.

Sur la plage, au-delà des barbelés, des soldats s'affairent. Léonie bifurque pour se rapprocher des rochers, là où les Allemands ne minent pas le terrain. C'est d'ailleurs le plus souvent là qu'elle trouve le bois déposé par la marée. La roue de la brouette s'enfonce dans le sable des dunes, rendant la tâche pénible. Au loin, un officier donne des ordres qu'elle ne comprend pas, mais, au ton employé, elle devine que la tension est à son comble.

Karadeg surgit soudain d'entre les hautes herbes.

— Tu m'as fait peur ! sursaute Léonie.

— Désolé, répond le garçon, c'était pas mon intention.

Il désigne la brouette d'un coup de menton.

— Tu vas chercher du bois ? J'en ai vu quelques beaux morceaux vers la pointe. Je vais t'aider si tu veux. Il y en a aussi sur la plage, mais avec les Boches qui grouillent et leurs barbelés, on ne peut pas aller les ramasser.

— Avec les mines, de toute façon, c'est devenu trop dangereux.

— Ça va faire des histoires si on ne peut pas ramasser le bois comme avant. Avec quoi qu'on va se chauffer ? Rien que de la bruyère ?

— On se débrouillera.

Karadeg désigne au loin une petite remorque gardée par un soldat.

— Je les ai vus déposer une carcasse de chien là-dedans. C'est ça qui fait péter les mines en pleine nuit. Les chiens passent les barbelés et s'en vont fureter sur la plage. Et boum ! Ils partent en fumée. Tu vas voir que ça va encore nous retomber dessus.

Léonie a une moue de dégoût en imaginant les pauvres bêtes dispersées aux quatre vents.

— Allons chercher le bois.

Karadeg empoigne les bras de la brouette et enfile l'étroit chemin côtier en direction de la partie rocheuse. Là-bas, les anfractuosités de la roche piègent tout ce que l'océan rejette.

— Ce qu'il faudrait, c'est un bon coup de vent. Ça ramène toujours quantité de débris intéressants.

Léonie acquiesce. Sainte-Kristen est une île de naufrageurs où le dicton « à quelque chose, malheur est bon » trouve son sens. Après chaque tempête, lorsque les eaux se sont déchaînées et que les navires imprudents ont chaviré, les traces de ces drames s'amoncellent sur les dalles noires, entre les roches coupantes et sur le rivage de sable fin. Chaque débris, chaque objet est ramassé et transformé. Les morceaux les mieux conservés deviennent des pièces de charpente, et les plus abîmés servent de bois de chauffage. Sur une île où une simple planche devient un trésor inestimable, rien ne se perd.

Rapidement, la brouette est pleine. Karadeg entasse même le surplus de butin hors de portée de la marée montante. Il reviendra le chercher plus tard. En passant devant le tas de bois, personne ne pensera à le chiper. Les habitants respectent le labeur d'un des leurs.

À leur retour sur le chemin du village, les soldats ont quitté la plage. Ne restent que les barbelés, les écriteaux à tête de mort et les goélands planant juste au-dessus, indifférents aux mines, aux barrières et aux avertissements.

— Tu as appris quelque chose ? demande Karadeg tout en peinant à pousser la brouette.

— À quel sujet ?

— Ta famille, tiens ! T'en sais un peu plus ?

— Si tu parles de Gustave, oui, je sais qu'il n'est pas mon cousin. Mais ça ne change rien, crois-moi, il y a bien pire ! J'ai un oncle.

Karadeg s'arrête et lui jette un regard oblique. Léonie fronce les sourcils.

— Tu es au courant ?

Le garçon se contente d'acquiescer.

— Comment se fait-il que tu saches plus de choses que moi à son sujet ? C'est insensé !

Karadeg lâche la brouette un instant et toise la jeune fille avec une expression amusée.

— Ce que tu peux être naïve. Je finis par me demander à quoi te servent tes années d'études.

— C'est plus difficile que tu ne penses ! Mon père se tait, tout comme ma grand-mère, et je ne me vois pas demander ça à ma mère. J'en suis réduite à des suppositions. Je me demande même s'il a seulement existé.

— Ça, c'est facile, je peux même te donner une preuve, et je l'ai trouvée tout seul.

Léonie reste muette face à cette affirmation. Comment Karadeg aurait-il pu trouver une preuve irréfutable là où elle a échoué ? Qu'a-t-elle négligé ? Le garçon continue de la regarder avec son air de tendre brigand, savourant l'effet de sa tirade. Savoir quelque chose qu'elle ignore lui procure une joie sans égale.

— On n'a qu'à déposer le bois chez ta grand-mère, dit Karadeg, ensuite, je te montrerai quelque chose.

Léonie reste abasourdie, puis devient suspicieuse.

— Si c'est encore un de tes trucs pour essayer de m'embrasser, tu perds ton temps.

— Promis, jure le garçon. Si tu m'accompagnes, tu verras que je peux t'être utile. Et même que t'auras sûrement envie de me le donner, ce baiser.

Le bois est rangé, le clocher sonne six heures lorsque Karadeg entraîne Léonie derrière l'église.

— Je n'aime pas les cimetières, dit-elle en s'arrêtant devant la grille piquée de rouille.

— Moi, j'y jouais tout le temps quand j'étais petit. On y fait de surprenantes découvertes !

Le cimetière est aussi austère que le paysage de l'île. C'est un carré adossé au mur de l'église, blotti entre les contreforts envahis de mousse noire. Le vent y couche les herbes folles, éparpillant les rares bouquets. Les croix de pierre, les stèles fendues courbent l'échine sous les intempéries. À Sainte-Kristen, tout est penché : les murets bordant les chemins, les broussailles et les falaises, les dalles glissantes de la plage, les maisons, jusqu'à la population voûtée par les privations et la rudesse du climat.

Karadeg attrape Léonie par la main et la tire entre les allées. Elle résiste, elle n'est plus certaine de vouloir en apprendre davantage. Combien de pas entre la grille et le muret qu'elle aperçoit au loin ? Elle n'en sait rien et l'anxiété la désarçonne. Jamais ses pieds n'ont foulé cette parcelle de terre, elle n'y a aucun repère. Pénétrer dans ce cimetière est pour elle comme de se jeter de la falaise. Çà et là, son regard accroche un nom, un médaillon de fer émaillé orné d'un visage familier. Elle dépasse le petit ossuaire dit « des péris en mer », qui ne porte que cette simple inscription : hélas !

Karadeg l'entraîne plus loin, pas à pas, vers une petite tombe sans ornement. Léonie compte.

Cinquante-deux, cinquante-trois…

Là, désorientée, clignant des yeux, elle lit : Hector Roussel, 1897-1926.

Rien d'autre.

— Tu étais au courant depuis longtemps ?

— Assez, hésite le garçon. Tout le monde ici sait que ton père avait un frère, du temps de la carrière, mais personne n'en parle. J'ai dû me débrouiller tout seul pour trouver quelque chose.

— Décidément, tu me surprends. Jamais je n'aurais imaginé…

— Que je sois capable de comprendre certaines choses ? l'interrompt Karadeg.

— Ce n'est pas ce que je voulais dire, soupire Léonie, gênée.

— Je sais ce que tu penses, c'est pas grave. T'es pas la seule à imaginer que je suis pas très futé. C'est parce que je tiens pas en place, que j'ai le goût des farces et que j'ai jamais rien compris à ce que l'instituteur racontait quand il faisait la classe. Peut-être aussi parce que ça m'arrange qu'on croie que je suis pas dégourdi.

Il marque une pause, reprend sa respiration.

— Enfin voilà, maintenant, tu sais où il est, déclare-t-il pour conclure son monologue en désignant la croix.

Léonie serre fortement la main de Karadeg. Il grimace sans rien dire.

À côté de la tombe d'Hector, il y a celle du grand-père André, décorée d'un bouquet de fleurs sauvages comme on en trouve au bord des chemins.

7

Six jours plus tard, par un temps maussade, le commandant allemand réunit les villageois sur la petite place, en plein vent. La petite foule se serre pour se tenir chaud. Chacun tire sa casquette sur son front, son écharpe sur son nez humide.

René Pilvin, le garde champêtre, se tient debout près de l'officier, les pouces coincés dans son ceinturon. Caporal est assis à ses pieds, immobile et fier comme son maître.

Face à la foule, l'officier règle les derniers détails de son discours. Hans l'accompagne car il lui sert occasionnellement d'interprète.

Léonie a rejoint la foule massée qui piétine et s'enrhume. Karadeg se fraie un passage et vient se placer à côté d'elle. Le maire, le visage rongé d'anxiété, attend lui aussi de savoir de quoi il retourne. D'habitude, les annonces du commandement militaire de Brest se font par courrier. Il s'agit donc aujourd'hui d'une initiative locale. Même Gus est là, forcé de quitter sa masure, mais il ne s'approche pas de sa cousine car il n'éprouve aucune sympathie pour Karadeg qui la serre de près.

Léonie cherche Émile des yeux. Elle a un peu honte de ne l'avoir toujours pas remercié au sujet du vélo. Il doit être là, quelque part, embusqué dans un recoin sombre pour ne pas effrayer les enfants.

L'officier se lance alors dans un discours. La langue étrangère semble faite pour donner des ordres, le ton est sec, sous-tendu par une pointe d'agressivité. Hans commence la traduction, laissant à son supérieur quelques mots d'avance pour éviter les contresens.

— Sur ordres de l'*hauptmann* Dietrich, commandant des forces d'occupation de l'île de Sainte-Kristen, tous les propriétaires de chiens devront se faire connaître auprès de monsieur le maire avant demain midi, heure allemande.

Une rumeur parcourt la foule, on échange des regards interloqués. L'officier se penche un instant vers Hans et lui glisse quelques mots à l'oreille. Ce dernier avance alors les mains en signe d'apaisement.

— S'il vous plaît, un peu de silence. S'il vous plaît. Cette mesure est nécessaire à la bonne entente entre les troupes allemandes et la population locale.

— C'est pour quoi faire ? lance à la cantonade le vieux Malgorn de sa voix rocailleuse.

L'officier fronce les sourcils, il n'apprécie guère d'être ainsi invectivé. Hans est embarrassé. Il cherche ses mots, semble peser chacun d'eux avec prudence.

— Les chiens sont responsables de trop nombreuses fausses alertes sur la plage, ce qui trouble l'ordre public. Le commandant a décidé que cela devait cesser pour le bien de tous.

René Pilvin comprend alors l'objet du discours et se tourne lentement vers les soldats. Caporal l'imite aussitôt.

— Qu'est-ce que vous allez faire à mon chien ?

— Tous les chiens de l'île seront abattus demain soir, répond Hans. Vous devez donc les réunir et les tenir à la disposition des troupes allemandes. L'*hauptmann* s'engage à ce qu'ils ne souffrent pas. L'exécution sera brève et indolore. Tout contrevenant sera arrêté et emprisonné.

Karadeg se penche alors vers Léonie.

— Tu vois ? Je te l'avais dit. Leurs mines et tout le tremblement, ça nous retombe dessus. Dieu sait jusqu'où ces salopards iront pour nous emmerder.

— C'est la guerre, lui murmure Léonie, et ils l'ont gagnée.

— Pour le moment. Mais un jour viendra où ils foutront le camp.

— Ils n'ont pas l'air de vouloir partir.

— Alors faudra les y aider avec un coup de pied au cul.

— Pauvre René, chuchote encore Léonie, il ne se remettra jamais de la perte de son chien. Ce n'est pas juste.

Les soldats quittent le village à bord d'un camion. La population est encore abasourdie par l'annonce. Tous les chiens ? C'est de la folie.

René reste longtemps seul sur la place à contempler Caporal qui remue doucement la queue. Il ne sait pas encore ce qui l'attend.

Les hommes se sont réunis au café. Comme d'habitude, la patronne sert les tournées en sillonnant entre les tables et le nuage de fumée de tabac. L'infirme est au comptoir et ouvre les bouteilles, appuyé sur ses béquilles.

Les chiens, la patronne s'en moque, ils ne consomment pas. C'est même une aubaine car, enfin, elle ne sera plus réveillée en pleine nuit par leurs aboiements. Son visage imite tout de même la tristesse, car nombreux sont ses clients à posséder un chien. L'étranger est là aussi, de retour sur l'île depuis la veille, qui écoute les conversations sans s'y mêler. Il n'a d'yeux que pour la patronne, cette Vénus dont l'éblouissante beauté l'embrase. L'homme s'approche enfin du père et lui tend la main par-dessus le comptoir rutilant.

— Je ne me suis pas présenté, dit-il. Hubert Duval.

Le père étire sa moustache en un vague sourire et serre la main tendue. L'homme poursuit :

— J'ai eu la chance de rencontrer votre mère il y a quelques jours, au sujet de la carrière.

Le père feint l'étonnement.

— Qu'est-ce que vous lui voulez, à la carrière ?

La walkyrie ne tarde pas à remarquer la conversation qui s'est engagée entre l'inconnu et son mari. Elle revient aussitôt se poster derrière le comptoir comme on protège des remparts.

— Tu ne me présentes pas ? dit-elle en replaçant une mèche blonde derrière une oreille.

Depuis la salle, des clients appellent et tendent leur verre pour se réchauffer ou noyer leur chagrin. Ceux qui ne possèdent pas de chien sont solidaires et réclament aussi à boire. L'heure n'est pas à l'eau de Vichy. La femme charge son plateau et tourbillonne entre les tables. Le mari et l'étranger restent muets en attendant son retour.

— Vous disiez ? l'interroge la femme avec un sourire enjôleur.

— Je suis revenu ici pour affaire. Mon père était négociant et il m'a souvent parlé de la qualité de votre granit. Comme je dirige maintenant l'entreprise familiale, je suis venu voir de mes yeux ce qu'il vaut.

— Vous envisagez d'acheter la carrière ? demande la femme sans parvenir à cacher son avidité.

L'homme sourit.

— Oui, si la pierre est d'aussi bonne qualité qu'on le dit, ce serait dommage de ne pas poursuivre l'activité.

— Vous avez raison, acquiesce l'infirme. Comme vous le voyez, je ne suis plus capable de m'en occuper. Et la main-d'œuvre manque par ici.

— Ne vous inquiétez pas pour ça, je peux trouver autant d'ouvriers que nécessaire. J'ai des accords avec l'occupant, ajoute-t-il d'un air entendu.

La Vénus rayonne. Ses yeux comptent déjà l'argent qu'elle peut tirer de cette affaire. Elle qui pensait que ce vaste tas de cailloux ne valait pas un sou, c'est une divine surprise.

— Si vous voulez visiter le site, ajoute Achille, Émile vous accompagnera. C'est un bon gars et il habite à côté.

— Émile ? s'étrangle sa femme. Tu veux faire peur à M. Duval ? Ne l'écoutez pas, je vous la ferai visiter, si vous voulez.

— Avec plaisir, répond l'acquéreur, sous le charme.

L'amputé esquisse un pauvre sourire. Sa bouche s'étire en une cicatrice mal suturée. Émile est pourtant le seul à bien connaître la carrière, c'est un ouvrier qualifié, consciencieux, un gars en qui son père avait toute confiance. Mais Duval semble plus intéressé par sa femme que par une visite sérieuse du site. Achille grimace encore. Sa jambe le fait souffrir et ses mâchoires se crispent. Il se laisse tomber sur un tabouret. Sans cette maudite infirmité, les choses seraient différentes. L'enfer ne lui serait pas réservé. Il rêve de courses folles, de longues promenades à bicyclette, de flâneries sur la grève ensoleillée. Cette jambe arrachée, il lui semble parfois la sentir vaillante et vigoureuse comme avant. Ce sentiment puissant, si réel, lui donne du courage. Alors parfois il se lève, lâche ses béquilles et s'élance, frissonnant de bonheur. Puis il tombe, s'étale lamentablement sur le sol, la chute lui rappelant aussitôt l'affreuse réalité de sa condition.

— Mon épouse vous fera visiter la carrière dès que vous le souhaitez, geint-il.

Appelée en renfort, Léonie remonte de la cave, les bras chargés de casiers vides. L'odeur de l'alcool et du tabac lui soulève le cœur. Sans se faire remarquer, elle se glisse hors du café par la porte de derrière. Ses corvées du jour sont presque terminées.

La ruelle est ventée et bancale. Une rigole de boue sinue en son milieu entre les pavés disjoints. Le reste du sol est composé de terre et de graviers. La remise où l'on entrepose les casiers n'est qu'à quelques mètres. C'est un débarras poussiéreux encombré de vieilleries. Léonie dépose son fardeau devant la porte et l'ouvre.

Son regard est attiré par deux silhouettes qui s'embrassent tout au bout de la ruelle. L'une d'elles disparaît au coin dans un passage perpendiculaire alors que la seconde vient dans sa direction.

— Louison, c'est toi ?

La rousse presse le pas et rejoint Léonie. Elle semble enjouée, radieuse et débordante de vie.

— Je ne m'attendais pas à trouver du monde par ici, dit-elle.

Léonie pousse les casiers dans la remise, suivie par Louison dont l'esprit paraît flâner ailleurs. Le réduit est rempli de chaises cassées, de tables bancales et de tout un fatras recouvert de toiles d'araignées.

— J'ai rêvé ou tu embrassais quelqu'un, tout à l'heure ?

— Peut-être bien…

— Je ne veux pas te faire la leçon, soupire Léonie, mais tu n'es pas censée te marier bientôt ?

Louison s'appuie à une table branlante. Du bout du doigt, elle y dessine des arabesques dans la poussière.

— Justement, j'en profite encore un peu.

Au moment où Léonie pose un dernier casier au sommet d'un empilement, celui-ci vacille et s'écroule.

— J'en ai assez de faire la bonne !

— Ce n'est pas grave, je vais t'aider.

Toujours pleine d'énergie, Louison ramasse un premier casier et le lance en direction de Léonie qui le rattrape et le pose contre le mur. La pile se reforme rapidement.

— Tu devrais faire attention, la met en garde Léonie entre deux extensions. J'ai bien cru voir un uniforme vert-de-gris dans tes bras.

— Oui, c'était Dieter. Tu te souviens de lui ?

Louison remarque l'air réprobateur sur le visage de son amie.

— Si tu gardes le secret, personne ne le saura.

— Bien sûr que je vais me taire, comment pourrais-je te dénoncer ?

Louison se jette sur Léonie, la bouscule et l'embrasse bruyamment sur les deux joues. La pile tangue de nouveau, aussitôt maintenue d'aplomb par les deux filles qui éclatent de rire. Chacune se laisse glisser au sol et s'assied sur la terre battue.

— Tu dois quand même être plus prudente, s'inquiète Léonie. Si je t'ai surprise, pourquoi pas les autres ? Tu imagines un peu si ça venait aux oreilles de tes parents ? Un Allemand, en plus. À quoi penses-tu ?

— Il est beau et gentil, voilà à quoi je pense.

Sur le visage de Louison flotte un air de rêverie parmi les taches de rousseur.

— Il faut que je rentre, dit-elle après un long silence. Promets-moi qu'on se revoit bientôt. Il faut qu'on parle de ma noce.

Restée seule, Léonie observe les courbes que Louison a tracées dans la poussière. Elle en perçoit toute la symbolique et ça l'attriste.

Sa vie à elle, c'est une ligne droite, un trait tiré à la règle sur un mauvais papier, bêtement arithmétique, sans imagination, sans espoir de la moindre fantaisie ni d'évasion. La vie de Louison, en revanche, ressemble à ces arabesques, à ces courbes qui s'enroulent sans but apparent, sans parcours prédéfini. Elles se croisent, s'interrompent pour se poursuivre plus loin. C'est ce sens de l'improvisation que Léonie envie le plus, cette liberté de vivre l'instant présent, de s'en remettre au destin.

Ses yeux s'emplissent de larmes, elle lutte pour les contenir. Inutile de pleurer, ma fille, se dit-elle en reniflant, tout est entre tes mains. Et elle sort de la remise pour prendre le chemin de la maison.

Dans la cuisine, Léonie s'affaire à préparer le repas. Rien de formidable. Des pommes de terre, un morceau de lard tiré du saloir, un chou dont elle garde toutes les feuilles, même celles rongées par les limaces. Il ne faut rien jeter. Une marmite d'eau bout sur la cuisinière et Léonie y plonge le lard et les légumes. Dehors, le grand aubépinier « en fleurs » ploie sous les bourrasques, laissant échapper quelques feuilles. Depuis la cour, quelqu'un appelle :

— Ninne ! Ninne !

C'est René, les yeux rouges, reniflant comme un enfant. Caporal l'accompagne, tenu au bout d'une laisse. Son bon regard empli de confiance passe de son maître à Léonie. Elle sort sur le pas de la porte.

Le garde-champêtre a les mains qui tremblent.

— Il faut que tu m'aides, Ninne. Je ne vois que toi vers qui me tourner.

Léonie s'étonne, elle n'a jamais échangé plus de dix mots avec cet homme. Et il se tient là, devant elle, pleurant à chaudes larmes. René essuie ses yeux mouillés.

— Je ne peux pas livrer Caporal aux Allemands, c'est trop me demander. Oh, j'ai souvent obéi sans rien dire, parce que c'est comme ça, parce que c'est la guerre et que je n'ai pas le choix. Mais là, c'en est trop. J'ai bien décidé de le tuer moi-même ! Je n'y suis pas parvenu. Je voudrais que tu le prennes, que tu le caches !

René tend la laisse à Léonie.

— S'il te plaît, prends-le et file !

— Pourquoi moi ?

— J'ai beau chercher, je ne vois personne d'autre. Je suis sûr que tu lui trouveras une bonne cachette.

— Mais qu'allez-vous dire aux Allemands ? Ils savent bien que vous avez un chien !

— Je mentirai ! Je leur dirai que je l'ai abattu moi-même et jeté de la falaise.

René s'agenouille dans les flaques, agrippe la robe de Léonie, s'y accroche comme à son dernier souffle de vie. La jeune fille jette des regards alentour, embarrassée. Elle a terriblement honte de voir le gardien de l'autorité cramponné à ses jupes. Caporal gémit. L'animal sent bien que quelque chose d'anormal se trame. Léonie se décide à saisir la laisse que lui tend René, plus pour mettre fin à cette situation que par amour des bêtes.

— Relevez-vous, monsieur Pilvin. Je vais lui trouver une cachette à votre Caporal.

En entendant son nom, l'animal remue la queue. Léonie se dégage de l'étreinte et jette un œil au coucou. Ses parents ne seront pas rentrés avant trois bonnes heures. Elle enfourche la bicyclette de Gus, toujours appuyée contre la maison, et entraîne Caporal sur le chemin longeant l'arrière de la maison. René les regarde s'éloigner. Il pleure encore.

Le jour décline lentement. De rares rayons de soleil percent la couche de nuages et font miroiter la surface de l'océan. Léonie se presse vers la maison de Gus. Il connaît l'île bien mieux qu'elle et trouvera une cachette au chien qui caracole à côté de la bicyclette, tirant sur sa laisse. Le pédalier grince à chaque tour de roue, les garde-boue vibrent et tintent au rythme des cahots de la route. Léonie bifurque dans le chemin rocailleux et déjà, la masure est en vue, nichée au creux du vallon criblé de trous. Une voix s'élève alors, couvrant le cahotement infernal.

— Halte !

Hans est assis sur le talus, son col relevé, fumant une cigarette dans l'ombre d'un bosquet d'ajoncs. Surprise, Léonie serre la poignée des freins et leur arrache un couinement aigu. Hans se lève et se place en travers du chemin. Léonie met pied à terre, la laisse de Caporal s'emmêle dans ses jambes. Le sous-officier prend le guidon pour soulager la jeune fille aux prises avec le chien.

— Bonsoir, Ninne.

— Vous savez mon nom ? s'étonne-t-elle en rougissant.

— Oui, ça n'a pas été sans mal. Vous ne m'avez pas beaucoup aidé la dernière fois. J'ai dû le découvrir par moi-même.

Il réfléchit, puis demande :

— On peut dire ça en français ? Par moi-même ?

— Oui, on peut le dire, répond Léonie, immobile.

Elle sait qu'à cet instant, elle a un air coupable. La voilà prise en faute, tenant un chien en laisse qu'elle s'apprête à cacher. Hans s'avance, se penche et caresse l'animal.

— C'est le chien de M. René, n'est-ce pas ?

Léonie rougit. Elle se trouve idiote, plantée là sur le chemin. Hans ne la regarde pas et continue de flatter Caporal. La jeune fille lui flanquerait bien un coup de pied, à cette bête stupide qui accepte la caresse de son bourreau, et qui lui lèche la main avec son regard humide de bon chien.

— Oui, il s'appelle…

— Caporal, dit Hans en se relevant, je le connais bien, ce chenapan. Je lui donne de temps en temps une sucrerie quand il vient au camp avec son maître. Il vous l'a confié, n'est-ce pas ?

Léonie voudrait fuir, disparaître dans un repli de terrain, se blottir dans les entrailles de la forteresse. René, elle le retient avec ses idées !

— Vous avez perdu votre langue ?

Hans sourit, la taquine. Les pupilles de Léonie jettent des reflets dorés. Elle cherche désespérément un mensonge crédible mais ne trouve rien.

— Oui, il me l'a confié. C'est cruel ce que vous avez décidé au sujet des chiens.

— Vous aimez les bêtes ?

— Non. Ça n'empêche que c'est cruel.

— Vous avez raison. Moi, j'aime les animaux. Mais les ordres sont les ordres. Vous comprenez, n'est-ce pas ?

— Je comprends surtout que la guerre sert à tout justifier.

— C'est vrai. Vous savez, je ne me sens pas très à l'aise dans cet uniforme. Mon père tient une librairie à Stuttgart, ma mère est musicienne. Quant à moi, j'étais étudiant en théâtre avant tout ça. Vous voyez, rien ne me prédestinait à être soldat. Mais, comme vous dites, la guerre justifie beaucoup de choses. Même les plus folles.

— Pourquoi être entré dans l'armée si vous n'aimez pas la guerre ?

— Vous ignorez tout de l'Allemagne, de l'ambiance qui y règne. Les gens s'épient. Il n'est pas possible de refuser de porter l'uniforme.

Léonie reste silencieuse. Elle imagine le jeune homme dans des vêtements civils, flânant sur une avenue, ou sur scène, répétant Corneille. L'uniforme ne lui va pas très bien, elle le remarque véritablement pour la première fois. Son fusil embarrasse son épaule, la meurtrit, son ceinturon semble l'étouffer, son calot aplatit ses cheveux blonds et drus. Pourtant, se dit-elle, ce n'est qu'un costume de plus pour le comédien. Léonie se demande même si, dans d'autres circonstances, elle aurait pu se lier d'amitié avec ce garçon. Hans regarde le ciel.

— Je me suis arrangé pour me tenir aussi loin que possible des combats.

Il devient mélancolique et ajoute :

— Pour le moment.

La jeune fille ne sait quoi dire. Elle écoute, espérant secrètement que cette étrange conversation prendra bientôt fin. Hans dépose la bicyclette contre le talus.

— Je n'aimerais pas mourir loin de chez moi, couché dans un fossé, sans avoir revu mes parents, poursuit Hans. C'est trop triste. Mais je n'aurai pas le choix, n'est-ce pas ?

— Vous avez sans doute raison, répond Léonie.

— Quand j'imagine ma fin tragique, reprend Hans, je pense immanquablement à mon poète français favori. Rimbaud. Vous connaissez, n'est-ce pas ?

Léonie hoche simplement la tête. Hans écrase le mégot de sa cigarette et prend une grande inspiration :

— *C'est un trou de verdure où chante une rivière,*
Accrochant follement aux herbes des haillons
D'argent ; où le soleil, de la montagne fière,
Luit : c'est un petit val qui mousse de rayons.
Un soldat jeune, bouche ouverte, tête nue,
Et la nuque baignant dans le frais cresson bleu
Dort ; il est étendu dans l'herbe, sous la nue,
Pâle dans son lit vert où la lumière pleut.

Léonie reprend.

— *Les pieds dans les glaïeuls, il dort. Souriant comme*
Sourirait un enfant malade, il fait un somme :
Nature, berce-le chaudement : il a froid.
Les parfums ne font pas frissonner sa narine ;
Il dort dans le soleil, la main sur la poitrine,
Tranquille. Il a deux trous rouges au côté droit.

Hans sourit tristement.

— C'est beau.

— Vous allez vraiment tuer tous les chiens ? demande Léonie en tenant fermement la laisse de Caporal.

— Oui, je le crains. Ce que le commandant décide doit être exécuté à la lettre. Il n'y a pas d'échappatoire. Ainsi vont les choses.

Elle tend la laisse au soldat.

— Vous ressemblez un peu à votre mère, dit Hans.

Léonie tressaille sans que le soldat le remarque.

— Pas les traits, enfin, pas exactement. Mais ce côté éblouissant, cette aura, cette lumière qui semble prisonnière de votre visage, de votre silhouette. Votre corps est l'écrin de vos yeux. On dirait que vous tombez d'une autre planète. Si ses habitants sont tous comme vous, je veux bien m'y installer, ajoute-t-il en riant.

— Vous êtes moins bon poète que Rimbaud. Tout ça, c'est du baratin.

Hans rit de plus belle.

— *Mein gott*, vous avez raison, c'est très mauvais, épouvantable même. Je devrais me contenter de dire les textes des autres.

Léonie braque ses pupilles sur le soldat. Elles ne sont plus de simples surfaces réfléchissantes, mais deux lumières aveuglantes. De grands yeux jaunes d'animal. Le sang bat ses tempes. Elle déteste être comparée à sa mère, à la Gorgone. Cette beauté est pour elle comme un atavisme barbare, une tare plutôt qu'un héritage dont elle peut tirer de la fierté. Depuis son plus jeune âge, elle traque les similitudes avec sa mère comme on traque une bête sauvage, avec l'intention de la mettre à mort. Face au miroir, elle reste droite, immobile et concentrée, scrutant chaque parcelle de son image à la recherche d'une ressemblance. La forme d'un œil, d'un sourcil, le grain de la peau ou le dessin des pommettes, elle explore tout avec angoisse. Et, dès qu'il lui semble reconnaître un détail sur son propre visage, elle veut le griffer, le déchirer, le saccager, n'y laisser que des lambeaux de chair et ainsi effacer les stigmates de sa filiation. Dans ces moments-là, elle veut mourir.

Léonie a déjà pensé au suicide, imaginé la mise en scène du drame. Il lui a manqué le courage, l'élan romanesque pour passer à l'acte. Ou n'était-ce tout simplement pas le moment ?

— Vous ne prenez pas la laisse ? demande-t-elle avec froideur. À moins que vous ne vouliez abattre le chien ici ?

Le sous-officier prend une profonde inspiration.

— Vous n'allez sans doute pas me croire, mais j'aime cette île. J'aurais aimé la découvrir dans d'autres circonstances. Hélas, nous ne sommes pas maîtres de notre destin.

Léonie veut rompre cette discussion. Sans ce stupide chien, elle l'aurait fait depuis longtemps. C'était idiot d'accepter de cacher l'animal, elle s'en rend compte maintenant. La voilà prise au piège, forcée d'écouter Hans jusqu'à ce qu'il se décide à la laisser passer, à abattre Caporal ou non, du moment que cette situation prend fin.

Son corps tente de nouveau de la trahir. Il lutte contre l'esprit qui refuse encore de faire un pas vers l'Allemand. Ses bras, ses jambes veulent s'élancer vers lui dans une irrépressible pulsion, comme s'ils voulaient tout à coup se serrer contre Hans. Et pourquoi pas l'embrasser ? Léonie s'ébroue, chasse cette idée incongrue de son esprit. Elle ne doit pas suivre l'exemple de Louison, elles ne sont pas faites du même bois. Combien de pas jusqu'à la masure de Gus ? Cent vingt-cinq, cent vingt-six ? Son cerveau résiste à l'engourdissement, à la tentation, s'accroche à la comptabilité des foulées pour ne pas lâcher prise.

— Bien, dit Hans en se passant une main dans les cheveux. Je vais oublier ce chien. Je ne peux pas en revanche oublier vous avoir croisée, Ninne. Merci pour cette conversation, et pour la poésie.

— Vous n'allez pas tuer Caporal ?

— Non, je n'en ai pas le cœur. Je vous le confie.

Un instant, Léonie se demande si l'ambiguïté de la phrase est volontaire. Veut-il lui confier le chien ou son cœur ?

— Emmenez-le, cachez-le, poursuit Hans. Avec un peu de chance, il vivra.

— Je vous remercie. René sera vraiment heureux. Son chien, c'est toute sa vie.

— J'espère prendre la bonne décision... Si jamais il venait à être découvert, je ne pourrais pas lui donner de seconde chance. Personne ne le pourrait. Vous comprenez, n'est-ce pas ?

Il relève la bicyclette et la rend à Léonie, puis il lui tend la main en guise d'au revoir. La jeune fille tend la sienne vers Hans sans réfléchir. Une nouvelle traîtrise de son corps ! Elle voudrait la baisser mais n'y parvient pas. Hans la saisit. Ils restent longtemps les doigts presque emmêlés, immobiles et silencieux.

C'est finalement le soldat qui met fin à la poignée de main. Il tourne les talons et s'en va vers le camp, au pied du phare. Caporal, pensant à un jeu, remue la queue. Machinalement, Léonie compte les pas de l'Allemand jusqu'à ce qu'il ait entièrement disparu.

L'ombre des rochers s'allonge dans le vallon. Léonie se décide enfin à bouger et entraîne le chien vers la masure, poussant la bicyclette. Elle éprouve soudain le besoin de compter.

Quatre-vingt-douze pas seulement sont nécessaires jusqu'à la porte et elle maudit une fois de plus ses jambes aussi longues qu'imprécises. Caporal s'assied alors que Léonie frappe à la porte.

Gus ouvre et l'accueille chaleureusement :

— Ah, Ninne, merci de rapporter ma vieille guimbarde.

Puis, apercevant l'animal, il se renfrogne :

— Qu'est-ce que tu fiches avec cette bête ? Tu n'as pas assez d'ennuis ?

— C'est le chien de René, implore-t-elle.

— Je sais bien à qui est ce bâtard, c'est pas la question.

— Aide-moi à le cacher, s'il te plaît. Tu sais bien que René ne s'en remettrait pas si son chien venait à mourir !

— Et qu'est-ce que ça peut me faire, à moi, les chagrins de René ? Chacun les siens, et on ne peut pas porter ceux des autres.

— Ne fais pas ta mauvaise tête ! J'ai besoin de ton aide. Toi seul peux trouver une bonne cachette. Au moins provisoire.

Gus fourre ses mains immenses au fond de ses poches, son visage se chiffonne dans une expression butée. Le voilà avec un chien sur les bras ! Lui qui ne les aime pas... Ou plutôt, ce sont eux qui ne l'aiment pas. Chaque fois qu'il passe à bicyclette, ils le poursuivent pour mordre les pneus. S'il passe à pied, ce sont ses mollets qu'ils visent ! Pourquoi donc irait-il s'embarrasser d'une bête ? Gus danse d'un pied sur l'autre, il réfléchit, puis finit par grogner :

— J'en connais une, mais, si je te la montre, tu devras garder le silence.

— C'est d'accord, s'exclame Léonie, ravie.

— Non, c'est pas suffisant. Tu dois dire que tu jures sur la tête du bon Dieu que tu ne révéleras jamais ma cachette. Jamais. À personne.

Léonie s'aperçoit soudain que Gus ne plaisante pas. Son air entêté, ses sourcils froncés sur un regard noir, solennel, imposent l'obéissance. Elle lève la main et jure.

— Bon, attends-moi dehors, je prends une lanterne et on y va.

Ils s'épuisent sur un sentier sauvage où la roche coupante affleure, le long de la crête abrupte. En contrebas, au pied de la falaise, l'océan exténue les brisants dans un grondement de tonnerre. Léonie est parfois prise de vertige et garde le nez sur les talons de Gus. Elle ne peut s'empêcher de compter ses pas sur ce chemin périlleux. Insouciant, Caporal trottine en tête, la langue pendante, la truffe au ras du sol dans la poussière.

Léonie tente de se mettre à la hauteur de Gus sans y parvenir, le sentier est bien trop étroit. Elle observe son dos voûté, ses bras qui font balancier et la lanterne éteinte qui pend au bout de sa main droite. Le compte de ses pas s'embrouille, elle perd le fil. Hector, toujours Hector ! Le fantôme de son oncle disparu s'intercale entre les chiffres, bouscule les unités, les dizaines et les centaines. C'est le chaos des nombres ! Il faut qu'elle parle.

— Dis-moi, au sujet de mon oncle Hector…

— Quoi encore ? réplique Gus sans se retourner.

— Tu avais raison, il a bien existé. C'était bien lui sur la photographie.

Gus répond d'un grognement.

— Tu savais qu'il était mort ? reprend Léonie.

— Comme tout le monde ici.

Il force l'allure. Léonie doit presque courir pour le rattraper.

— J'ai vu sa tombe !

— Eh ben, tu sais tout ce qu'il y a à savoir ! crie Gus pour couvrir le grondement des vagues.

— Comment il est mort ?

Gus répond quelque chose qu'elle n'entend pas.

— Qu'est-ce que tu dis ?

Il s'arrête et se retourne si brusquement que Léonie lui rentre dedans.

— Je dis : j'en sais rien de comment il est mort, j'étais pas là !

— Comment peux-tu savoir qu'il est mort et ne pas savoir comment ? Ça n'a pas de sens ! Il est tombé malade ? Il a eu un accident ?

Visiblement excédé, Gus la fixe un moment. Le tumulte de la houle est assourdissant. Il met les mains en porte-voix :

— Tu veux une cachette pour ce chien, oui ou non ?

Léonie acquiesce.

— Alors avance et tais-toi. Tu me fais tourner la tête avec tes questions.

Gus tourne les talons et allonge sa foulée.

La marche dure plus d'une demi-heure sans un mot. Le jour décline dans une grisaille uniforme. Enfin, le sentier bifurque et descend en pente douce dans les terres, entre deux étroits flancs de lames rocheuses. Soudain, Gus et Léonie débouchent dans une large excavation de pierres géométriques. C'est la carrière. Il n'y a là aucune végétation, rien que des débris de roches parsemant le fond de l'immense cavité. Les parois sont abruptes, vertigineuses, grossièrement taillées. C'est un temple à ciel ouvert, avec ses colonnes rectilignes montant vers la crête, et ses degrés évoquent un escalier monumental façonné pour des géants. Léonie aperçoit des trépieds formés de madriers où sont suspendues des poulies, des échelles minuscules sont encore adossées à la roche. Tout en haut, perchée sur le bord de la fosse, une vieille grue aux mâchoires rouillées attend toujours une charge à charrier.

Au sol, des baraquements de planches, délabrés, aux carreaux cassés, se blottissent dans l'ombre du colosse minéral. De gros blocs de granit portent encore sur leurs flancs les stries laissées par les dents des instruments de découpe.

— Par ici, dit Gus en pressant le pas.

Léonie frissonne. Le soleil semble ne jamais entrer jusqu'au fond de la fosse. Il y règne un silence si absolu que l'écho de leurs pas est comme une profanation.

Gus entraîne Léonie le long de la paroi, il se glisse entre des blocs, se baisse, se faufile. Parfois, elle le perd de vue et se met à angoisser. Les énormes rocs lui paraissent sur le point de glisser, de se rejoindre pour l'écraser. Ils l'épient. Elle se surprend à les observer, cherchant d'anciennes traces de sang, celui de son grand-père. Lequel d'entre eux est responsable de sa mort ? Attend-il sa prochaine victime, caché parmi les autres ?

— Ninne !

C'est Gus qui l'appelle, sa tête émerge d'entre deux blocs si serrés que Léonie étouffe un cri. Un instant, elle pense qu'il s'est fait prendre, qu'il va finir broyé.

— Bon sang, qu'est-ce que tu fous ? s'impatiente-t-il.

Léonie se sent bête, écarte les bras dans un geste qui semble dire : ça va, c'est bon, j'arrive !

C'est à peine si elle parvient à se glisser entre les blocs pour rejoindre Gus.

Devant lui, à même la paroi de granit, se trouve une petite porte fermée par un cadenas. Il sort une clé de sa poche et ouvre.

— C'est quoi, ici ? murmure-t-elle, intriguée.

— Une ancienne réserve. Personne n'y vient plus depuis la fermeture. J'en ai gardé la seule clé.

— Réserve de quoi ?

Gus ouvre. Par-dessus son épaule, Léonie aperçoit un tunnel noir d'où s'évade aussitôt un air glacial de cachot.

— Tu vas voir, dit-il en allumant sa lanterne. Et souviens-toi de ton serment. Pas un mot là-dessus !

Un couloir taillé dans la roche mène à une petite cavité au plafond pas plus haut que le cousin.

— J'ai aussi mis de côté quelques outils, ça pourra me servir pour mes fouilles.

À la lueur de la flamme, Léonie découvre entreposés pêle-mêle des barres à mine, des taillants, de larges scies appelées crocodiles. Sur une étagère vermoulue reposent deux vieilles lampes à pétrole, piquées de rouille. Contre le fond de la cavité sont entreposées une dizaine de petites caisses.

Léonie soulève un couvercle. Ce sont des bâtons de dynamite, en grande quantité. Certains suintent dangereusement. Elle recule.

— Gus ! Tu es dingue ! Qu'est-ce que tu vas faire de tout ça ?

— Pas d'affolement, la moitié des bâtons est foutue. Et puis, ça ne te regarde pas. C'est juste pour te rendre service que je t'ai montré cet endroit. Et tout ça pour ce sale cabot qu'est même pas à toi ! Maintenant, on va l'enfermer ici pour cette nuit. Et demain on avisera.

— On ne va tout de même pas le laisser ici, au milieu de cet arsenal !

— Tu as une autre solution ?

Léonie s'adosse à la paroi un instant.

— Non, admet-elle.

— Alors, ce sera comme j'ai dit.

Caporal inspecte chaque recoin de la cavité du bout de sa truffe, ne prêtant aucune attention aux deux êtres humains qui l'accompagnent.

Ils sortent à reculons et referment.

Caporal gratte déjà derrière la porte en geignant.

— Tu ne crois pas qu'il va ameuter les Allemands ?

— Tu penses, réplique Gus, il peut gueuler tant qu'il veut. C'est creusé dans la falaise. Et puis, c'est provisoire, on était d'accord. Pas question que ma cachette soit découverte pour un chien. Et c'est ton affaire, pas la mienne. Tu devrais commencer à y penser dès maintenant.

Léonie tend la main.

— D'accord, j'ai compris. Donne-moi la clé et je le changerai de place dès demain.

— Pas question que je te donne cette clé.

— Tu ne me fais pas confiance ?

Gus se renfrogne, les sourcils froncés, une moue suspicieuse déforme sa bouche.

— Très bien, abdique Léonie, garde-la, ta clé.

— Je te laisse deux jours pour te décider, conclut Gus. Après, je libère le chien. C'est tout ce que je peux faire.

— Merci, c'est déjà beaucoup. Je lui trouverai une autre cachette… Peut-être au fort ? Il faut que j'y réfléchisse.

— En tout cas, ne reviens pas ici sans moi, c'est dangereux. Des fois, un bloc se détache et dégringole, surtout les jours de pluie. Vaut mieux pas être dessous quand ça arrive.

Il lève les yeux vers le ciel obscurci et ajoute :

— Tu devrais te dépêcher de rentrer, on n'y verra plus rien dans moins d'une heure.

Ils se séparent. Gus remonte le sentier vers la falaise, entre les deux flancs rocheux. Léonie quitte la carrière par le chemin qui mène au village puis décide de couper par la lande. Des fauvettes s'envolent à son passage et, au loin, la silhouette pointue de la forteresse en ruine veille sur le paysage désolé.

8

Il fait sombre. Léonie presse le pas, pense à la soupe en train de bouillir sur la cuisinière, prie pour qu'aucun de ses parents ne soit rentré à l'improviste. Soudain, elle s'arrête, tend l'oreille.

Ce n'est d'abord qu'une rumeur portée par le vent du large. Puis un vrombissement d'hélices qui enfle. Un bimoteur Vickers Wellington britannique déchire les nuages et fonce vers la falaise, son train d'atterrissage sorti. Des flammes jaillissent de son moteur droit. Juste derrière lui, deux Messerschmitt le mitraillent. Les chasseurs sont comme des insectes véloces, passent et repassent en crachant des giclées de plomb sur la carlingue de leur proie.

L'avion anglais vole trop bas, tangue sur son axe. Il se redresse au dernier moment et évite de justesse la collision avec la roche affûtée. Il tente d'atterrir, heurte violemment le talus. Il rebondit, creuse une saignée dans un terrible grincement de tôle. La terre se défend en pelant sa carcasse de métal. Il semble redécoller, non, c'est un rocher qui l'envoie s'écraser plus loin. Son aile en feu s'arrache sous le choc et ricoche en tournoyant, laissant derrière elle une traînée de flammes crépitantes. Le train d'atterrissage souffre, râle et se détache. Le reste de l'appareil cahote, se met en travers, culbute, semant des débris dans sa course folle. Il ralentit et s'arrête enfin alors que les chasseurs passent en rase-mottes pour s'assurer que la bête est morte. Tout s'enflamme d'un seul coup dans un brasier d'apocalypse.

Léonie reste immobile, le temps est comme suspendu. Tout n'a duré pourtant que quelques instants. Une colonne de fumée noire tourbillonne au-dessus des flammes et répand tout autour des effluves de carburant brûlé. La jeune fille est médusée, incapable de détourner le regard du brasier. Des aboiements la tirent de sa stupeur. Puis des cris se font entendre. Les Allemands arrivent en nombre.

Léonie prend peur, cherche désespérément une cachette. La panique l'envahit. Le fort est hors d'atteinte, de l'autre côté de l'aire du crash. Les voix se rapprochent, des soldats envahissent la lande, il en arrive de tous côtés.

Dans un réflexe, elle s'aplatit entre les ajoncs. Elle voudrait disparaître.

Léonie retient son souffle. Elle entend les bottes fouler la bruyère, le halètement sinistre des chiens au travail. Soudain, une main l'empoigne par le bras et la relève brusquement, un chien aboie à en crever, les babines dégoulinantes de bave, les crocs luisants.

Léonie est aveuglée par les faisceaux des lampes torches, distingue à peine les silhouettes casquées qui pointent leurs armes sur sa poitrine. Elle est sous le choc, cernée, invectivée de toutes parts.

— *Achtung ! Achtung !*

— *Wer sind sie ?*

— *Bleib da sitzen !*

Léonie ne comprend pas, ses jambes se dérobent, elle a peur. Le chien refuse de se taire, tire sur sa laisse.

— Ninne ?

C'est Hans qui la reconnaît le premier. Elle est incapable de maîtriser son cœur qui cogne contre sa poitrine. Elle entend son nom, cligne des yeux, déboussolée. Hans s'adresse au soldat qui la tient fermement. Il lâche prise à regret, avec autant de brutalité qu'il a mis à la saisir. Embarrassé, Hans regarde furtivement derrière lui, puis revient sur Léonie.

— Qu'est-ce que tu fais là ?

Le ton est sec, martial. Léonie reprend son souffle, bafouille. Tout à coup, elle a froid. Le chien ne cesse d'aboyer. Agacé, Hans s'en prend au maître, crie un ordre. L'autre s'éloigne, tirant sa bête féroce. Les autres baissent leurs lampes torches.

Maintenant, Hans la dévisage, suspicieux.

— Tu ne devrais pas te trouver là. Ce n'est pas bon pour toi. Tu comprends ? Est-ce que tu as vu quelque chose ?

— Juste l'avion s'écraser, balbutie-t-elle.

— Rien d'autre ? Pas de survivants ?

Elle répond non d'un signe de tête.

— Tu en es bien sûre ? Pas de survivants ?

Comme il insiste, Léonie répond sèchement :

— Non !

— Bien. Je vais voir si je peux te faire relâcher rapidement. Je vais dire à mon supérieur que tu ne sais rien. Viens avec moi.

Les soldats ont encerclé la carcasse et fouillent les environs à la recherche de l'équipage. Ils sont sur le qui-vive, nerveux, tendus.

Hans échange quelques mots avec un officier. L'homme dévisage Léonie un long moment, puis fait un geste méprisant de la main.

— C'est entendu, tu peux partir. Peut-être que nous devrons t'interroger demain, ou plus tard, ça dépendra de mon supérieur.

— Merci, tu n'es pas obligé de faire ça pour moi.

— Je sais.

Ses lèvres s'étirent en un mince sourire. Il donne un ordre. Les soldats s'écartent et Léonie s'éloigne.

Elle marche à pas rapides, ses jambes la guident dans le paysage familier, sans jamais trébucher malgré les ténèbres qui s'avancent. Elle pense aux pauvres hommes dans cet avion en flammes, prisonniers de la carlingue brûlante. Elle les imagine en train de griller, de fondre littéralement sur leur siège, coincés dans un entrelacs de métal tordu.

Sans savoir comment, elle se trouve devant la forteresse, sur le pont branlant enjambant les douves envahies d'herbes folles. C'est son refuge et son corps s'en souvient.

Elle traverse, passe la poterne et pénètre dans la cour, juste pour reprendre son souffle, se remettre de ses émotions. Elle a entrevu ce soir le vrai visage de Hans. C'est un soldat ennemi, certes beau, cultivé et courtois, mais un soldat quand même, qui fait son travail. Jusqu'où irait-il pour accomplir son devoir ?

La nuit rampe, grimpe sur les murs, se glisse dans chaque recoin pour tout engloutir. Il ne survit à l'horizon qu'une fine bande de clarté laiteuse qui bientôt disparaîtra.

Il faut rentrer.

Un craquement fait sursauter Léonie. Aux aguets, elle retient son souffle, scrute la pénombre.

Un nouveau bruit trouble le silence des ruines, une sorte de raclement. Cette fois, Léonie en est certaine : elle n'est pas seule. Une peur irraisonnée lui saute à la gorge. Un goût amer inonde sa bouche, et ses jambes, encore elles, se dérobent.

Sur ses gardes, elle recule vers la poterne, le cœur battant, craignant de voir surgir… Surgir quoi ? Elle ne sait pas, elle imagine et c'est bien pire. La vieille forteresse est son refuge et pourtant elle a peur, elle bat en retraite. Léonie se serre contre la paroi lépreuse où elle voudrait disparaître. Personne ne s'aventure jamais dans ces ruines, aucun enfant n'y vient plus jouer, les gens les contournent par crainte d'y être ensevelis. C'est le dernier bastion sur lequel la Gorgone n'a pas étendu son règne.

Une ombre menaçante se dresse soudain devant elle. Léonie ne peut retenir un cri. Le canon d'un pistolet automatique luit dans la pénombre. Il est braqué sur elle.

Léonie est comme suspendue, ses souliers frôlant le sol. Un frisson la traverse. L'homme s'appuie contre la pierre froide. Sa main tremble. Il semble exténué. Il grimace et chancelle, baisse son arme. Malgré la pénombre, Léonie remarque qu'il ne porte ni uniforme ni insigne. Ses vêtements sont ceux d'un civil. Elle le distingue à peine, n'entend que son souffle haché. C'est une silhouette sans âge, une ombre parmi les autres.

— Vous étiez dans l'avion, c'est ça ?

L'homme hésite, puis hoche la tête. Léonie remarque alors un parachute roulé en boule et à demi dissimulé dans un roncier.

— Je vois. Vous avez sauté. Vous parlez français ?

— Oui, répond l'homme sans une pointe d'accent.

— Mais vous êtes anglais.

De nouveau, il hoche la tête et grimace.

Un Anglais qui parle un français impeccable, c'est surprenant. Léonie s'approche prudemment, désigne la veste déchirée.

— Vous êtes blessé ?

L'homme montre une entaille au côté gauche. Difficile d'en savoir plus sans lumière.

— C'est moche ? demande-t-il.

— Je ne suis pas une experte, répond Léonie en refermant la veste. Mais il va falloir vous soigner.

L'homme peine à respirer, il veut dire quelque chose mais s'étrangle dans une toux.

— Les Allemands vont arriver, le prévient Léonie. Ils cherchent des survivants.

— Et les autres ? l'interroge le blessé, inquiet.

Léonie comprend qu'il ne sait rien du sort de ses camarades.

— Je crois qu'ils sont morts. Il ne reste rien.

Il grimace et soupire.

— On dirait bien que je suis seul maintenant.

Il laisse s'écouler quelques secondes avant de poursuivre :

— Qu'est-ce que vous allez faire ? Me dénoncer ?

— Certainement pas, rétorque Léonie, piquée au vif. Pour qui me prenez-vous ?

— Les Français n'ont pas bonne réputation.

— On raconte beaucoup de bêtises. Je n'aimerais pas être à votre place si les Boches vous mettent la main dessus.

Ils s'observent, se devinent plus qu'ils ne se voient, se jaugent à défaut de pouvoir encore se juger. Les formes se confondent, se terrent dans les ténèbres à l'abri des hauts murs. Tout ce que remarque Léonie, c'est que l'homme n'est pas bien plus âgé qu'elle. Sa voix est douce, presque sereine malgré les circonstances. Au loin, les aboiements furieux des chiens allemands courent sur la bruyère.

Léonie tire un mouchoir de sa poche, le roule en boule et le presse sur la plaie. À tâtons, elle prend la main de l'Anglais et la pose sur la compresse improvisée.

— Attendez ici, je reviens vite.

L'homme la retient par le bras, inquiet. Sans brusquerie, Léonie se dégage et se glisse sur les remparts. Là-haut, elle observe la troupe autour de la carcasse calcinée d'où s'échappent encore des volutes de fumée noire. Les flammes sont éteintes, seuls quelques débris rougeoient encore. Deux camions s'éloignent en cahotant, ne laissant là qu'une poignée de sentinelles. La jeune fille aperçoit soudain une patrouille qui s'avance vers les ruines. Les faisceaux des lampes balaient les bosquets en avant des soldats. Elle redescend aussitôt.

— Il va falloir partir. C'est trop dangereux de rester ici.

L'homme grogne et tente d'avancer. Léonie remarque alors qu'il s'accroche à une petite valise.

— Il faut vraiment emporter ça ?

— Oui, je le crains. C'est très important.

Léonie s'active, ramasse le parachute.

— Comment vous appelez-vous ? demande-t-elle en passant son bras autour du blessé.

— Andrew.

— C'est plutôt joli.

En sinuant sur le chemin qu'elle distingue à peine, Léonie prend conscience de la difficulté de sa tâche, des risques encourus. Qu'arriverait-il s'ils croisaient une patrouille ? Aucun des deux ne verrait le soleil se lever.

L'homme claudique en silence, soutenu par la jeune fille, les yeux rivés sur le sol. Elle n'ose le dévisager. L'encombrant parachute roulé sous son bras libre, elle compte.

— Il va falloir faire un détour pour éviter les Allemands. Courage.

Léonie a d'abord pensé à le cacher dans le tunnel sous la forteresse, puis s'est ravisée. Si les soldats ne pouvaient déceler son existence, le flair des chiens les y conduirait tout droit. Elle a décidé de cacher l'Anglais parmi les explosifs de Gus, idée qui s'est imposée dans l'urgence de la situation, en désespoir de cause. Pourquoi aucune idée brillante ne vient jamais à l'esprit en pareil moment ? Elle n'en sait rien. Elle avance, c'est tout. Au loin, le clocher égrène huit coups. Il faut se hâter.

Enfin, Léonie devine les contreforts de la carrière. Elle guide l'Anglais dans la fosse silencieuse, louvoie entre les blocs, les compte et retrouve la porte dissimulée.

Armée d'une pierre, Léonie s'acharne à briser le cadenas qui retient la chaîne. Elle frappe de toutes ses forces. L'Anglais, toujours cramponné à sa valise, la regarde, impuissant. Il n'a pas la force de faire ce travail. Des étincelles jaillissent dans la nuit, dégageant une odeur de pierre à briquet. Tous les trois coups, elle s'arrête et tend l'oreille. Caporal s'en mêle et jappe derrière la porte close. Rien ne le fait taire, ni la voix caressante de Léonie pour l'amadouer ni celle qu'elle prend alternativement pour le rudoyer. Elle enrage, brandit la pierre et frappe encore.

Soudain, le cadenas cède et la chaîne tombe au sol dans un cliquetis.

Caporal en profite pour pousser la porte et détale sur le chemin. Léonie voudrait le rattraper, il est déjà trop tard. L'animal a disparu dans la nuit. Entre un homme et un chien qui risquent tous deux d'être fusillés, le choix s'impose de lui-même. Sentant la déception de la jeune fille, le blessé demande :

— C'est votre chien ?

— Oui, ou plutôt non, c'est compliqué.

L'homme se tait. Ils entrent en tâtonnant, faisant glisser leurs mains sur les parois rugueuses. L'obscurité est totale, ils sont si près l'un de l'autre que Léonie sent le souffle de l'Anglais sur sa joue. Après le court tunnel, ils débouchent dans la pièce creusée dans la falaise.

— Attendez-moi là.

Dans le noir, Léonie cherche les lampes aperçues plus tôt. Elle se cogne dans les outils, peste contre le foutoir entreposé par Gus. Enfin, elle en tient une et retourne vers l'Anglais.

— Vous avez un briquet ?

Une flamme jaillit aussitôt des ténèbres, illuminant le visage d'Andrew. Léonie remarque les yeux plissés, pénétrants, les sourcils en forme d'accent circonflexe. Il baisse la main, faisant disparaître le haut de son corps dans l'ombre.

Léonie soulève le verre de la lampe et l'Anglais allume la mèche.

— Je sais que ce n'est pas confortable, dit-elle en balayant la cavité du regard, mais je n'ai rien de mieux à vous offrir pour le moment.

Comme l'Anglais reste muet, Léonie l'interroge :

— Vous comprenez ?

— Oui, merci. C'est courageux de votre part de me porter secours. Vous risquez gros.

Léonie n'est pas certaine qu'il s'agisse de courage, elle se demande même si ce n'est pas de l'inconscience, de la folie, ou, pire encore, une manière de tuer l'ennui. Ou du moins de le contrarier. Elle est prête à tout pour qu'un but s'esquisse sur son horizon de plomb. Sa vie en dépend. Le destin a jeté cet étranger sur sa route, elle doit lui sauver la vie.

Au moins essayer.

Il est tombé du ciel et cette vision d'un ange accidenté lui insuffle une force nouvelle.

L'Anglais étale déjà son parachute pour s'en faire un couchage. À l'aide d'un poignard, il tranche les sangles et les jette dans un coin. Silencieuse, Léonie observe ses moindres gestes. Sa curiosité la pousse à rester, à engager la conversation. Mais il est tard, il faut rentrer.

— Reposez-vous, je reviendrai demain avec de la nourriture et de quoi soigner votre blessure.

Andrew sourit, s'adosse à la paroi et tire à lui la soie blanche du parachute.

Sur le seuil, Léonie se retourne une dernière fois.

— À propos, les caisses du fond sont pleines de dynamite, alors évitez d'en approcher la flamme.

Sur le chemin du retour, Léonie jubile, c'est un sentiment nouveau qui l'électrise. La joie efface pour un moment la tristesse qui d'ordinaire s'attache à ses pas. Une force nouvelle monte en elle et sa foulée s'allonge comme pour ne pas être en reste, pour partager son euphorie. L'intense bonheur que lui procure cet acte héroïque fait naître en elle un nouvel espoir, de nouveaux désirs. Car oui, c'est un acte héroïque que de porter secours à l'ennemi, elle le sait. Elle en tire même une grande fierté. La peine encourue pour ce forfait, elle la connaît aussi : la mort. Nul ne l'ignore car les Allemands ont placardé les mises en garde sur chaque bâtiment public : « Il est interdit de cacher, d'héberger ou d'aider d'une autre manière les membres d'équipages d'avions ennemis ou des parachutistes ennemis. Les contraventions à cet ordre seront punies de la peine de mort. »

Dans un frisson savoureux, elle imagine le bandeau qu'on lui passe sur les yeux, le contact du mur froid dans son dos, le cliquetis de la culasse des fusils lorsque la balle entre dans le canon. Est-ce douloureux de mourir fusillé ? Sans doute n'est-ce rien de plus qu'une piqûre de guêpe. Après tout, les soldats sont des professionnels de la mort. Tuer est leur métier. Léonie ne voit aucune raison pour qu'ils le bâclent. Non, se dit-elle, ce doit être rapide et indolore. On est vivant et l'instant d'après on est mort, voilà tout.

Léonie trébuche et tombe. Elle s'aperçoit qu'elle ne compte plus, qu'elle a perdu le fil. Six cent cinquante-huit ou cinq cent soixante-huit ? Malgré ses genoux écorchés, elle se met à rire. Sa voix ricoche contre les pierres, si surprenante qu'elle peine à la reconnaître. Son étonnement vient sans doute du fait qu'elle rit véritablement pour la première fois, sans arrière-pensée, sans se forcer, sans simuler le bonheur pour donner le change.

Léonie se hâte. Le clocher sonne la demie de huit heures alors qu'elle dévale la grand-rue. Quelques carreaux laissent filtrer l'éclairage des chandelles. Le café est encore illuminé, le tumulte des conversations traverse les fenêtres. Fourbue, la jeune fille se presse encore vers la maison et entre dans la cour, hors d'haleine.

Soudain, elle se fige.

Sa mère est là, droite et immobile dans la pénombre à quelques pas du grand aubépinier, telle la statue du monument aux morts. Sa respiration est à peine perceptible.

— Approche.

Léonie s'ébranle lentement. Ses pieds sont soudain aussi lourds que le plomb et raclent les pavés. Elle fait une halte à quelques pas de la Gorgone.

— Plus près, gronde la femme.

Le ton est coupant, Léonie obéit. La soupe a dû brûler, carboniser le fond de la marmite.

Elle est alors saisie par les cheveux et jetée à terre. Ce n'est plus un rire qui s'échappe de sa gorge, mais un cri sourd vite ravalé.

— Ton père m'a parlé. Tu te crois maligne ?

Léonie ne comprend pas, ne répond rien, et, de toute façon, il ne s'agit pas d'une question. Un coup de talon lui coupe la respiration.

— Réponds ! Tu te crois plus intelligente que nous ?

Face au désarroi de sa fille, la mère se déchaîne.

— Tu pensais que je ne finirais pas par apprendre tes cachotteries, tes petites manœuvres ? D'où te viennent ces questions au sujet d'Hector ? Oh, tu peux garder le silence, je le saurai tôt ou tard ! En attendant, je t'interdis de prononcer son nom, ni dans cette maison ni ailleurs. Jamais ! C'est bien compris ?

Tremblante, Léonie acquiesce.

— Je veux te l'entendre dire !

— C'est compris, je le jure, balbutie Léonie.

— Bien. Tu as intérêt à tenir parole ou, cette fois, je te jure bien que je te tuerai.

La mère toise la forme recroquevillée à ses pieds puis s'éloigne.

— Je retourne au café. Sois au lit quand je rentrerai, je ne veux plus voir ta vilaine figure pour aujourd'hui.

Léonie se relève, rajuste sa robe et rentre. Sur la cuisinière, la soupe fume et répand dans la pièce une délicieuse odeur.

Plus tard cette nuit-là, une patrouille allemande découvre un chien assis devant une porte. Caporal a retrouvé le chemin de la maison. Confiant, l'animal remue la queue à l'approche des uniformes. Un soldat l'appelle, le flatte, le caresse puis lui tire une balle dans la tête.

Le coup de feu réveille les habitants, mais aucun n'a le courage d'aller à sa fenêtre. La peur les cloue au lit.

9

Le jour est à peine levé que déjà Léonie se glisse hors de la maison. Le coucou, de nouveau suspendu à son clou sur le mur de la cuisine, sonne la demie de six heures. L'air est vif et Léonie remonte son châle sur sa tête. Novembre est là et traîne dans son sillage la promesse d'un vent froid et coupant, d'un océan nappé d'écume. Au large, la nuit a été agitée par un gros coup de houle.

Léonie se hâte sur la route malgré la douleur lancinante que lui infligent ses bleus.

Sur le pas de sa porte, René Pilvin pleure en tenant la dépouille de son compagnon. Lui qui a battu le tambour des mauvaises nouvelles sans faillir depuis la défaite commence à haïr l'envahisseur. Léonie ébauche un salut mêlé d'excuses et passe son chemin, accablée de honte.

Ce pauvre chien a-t-il seulement eu sa chance ?

Elle s'enfonce dans les chemins louvoyant entre les reliefs arides. Sur son flanc, Léonie serre une besace contenant tout ce qu'elle a pu dérober, c'est-à-dire bien peu. Déjà elle s'inquiète : comment nourrir le blessé alors que tout manque ? Comment son larcin pourra-t-il passer inaperçu ?

Le doute la ronge et l'accable. Pourtant, elle marche et elle compte. L'Anglais est comme la promesse d'un sursaut, une flamme dans la pénombre de Sainte-Kristen.

Une patrouille débouche d'un repli de terrain. Léonie se jette à terre, entre les ajoncs, et reste là, retenant son souffle. Le bruit des bottes s'éloigne.

Léonie passe à pas rapides devant la maison d'Émile. De ce côté-ci de l'île, il n'y a pas moyen d'emprunter un autre chemin que celui qui va à la carrière. Il lui semble distinguer la silhouette du monstre derrière les carreaux. Elle accélère.

Cette nuit, elle n'a presque pas dormi tant son secret pèse sur sa conscience. En cachant cet aviateur ennemi, c'est toute sa famille qu'elle expose, le village tout entier. Jusqu'au matin, elle s'est torturé l'esprit pour trouver des solutions : comment le soigner, comment le nourrir, où le cacher, combien de temps, et, surtout, comment mentir ?... Elle se rassure, elle apprendra. Jusqu'ici, la petite fille triste n'a jamais rien été d'autre qu'une ombre, et les ombres savent garder un secret.

La veille au soir, attablée face à son père, Léonie n'a presque pas touché à son repas tant son secret lui nouait l'estomac. La soupe avait le goût amer du mensonge, le premier fait à son père depuis sa plus tendre enfance. Chaque respiration, chaque geste semblaient la trahir.

Enfin, elle entre dans la carrière. Elle s'arrête sur le seuil du temple de granit, observe les alentours de peur d'être surprise, retenant sa respiration, tendant l'oreille. Rassurée, elle longe la paroi de pierre au pied de laquelle des blocs grossièrement découpés attendent la carriole qui ne viendra jamais.

Dès qu'elle entre dans la grotte, Léonie aperçoit Andrew qui braque sur elle son pistolet.

— Ce n'est que moi, dit-elle en écartant les mains.

Il baisse son arme.

— Pardon, je ne peux pas deviner qui va franchir cette porte. Il faudrait convenir d'un code à l'avenir, comme ça, j'éviterai de vous tirer dessus.

— C'est une bonne idée. Comment allez-vous ce matin ?

Andrew la regarde avec insistance.

— Qu'est-ce qu'ils ont, vos yeux ? Je n'avais pas remarqué leur couleur la nuit dernière.

— Ils n'ont rien de particulier, c'est leur couleur naturelle. Dans ma famille, personne ne sait d'où ça vient.

— Je n'avais jamais rien vu de semblable. Comme cette réserve d'explosifs d'ailleurs... C'est un peu dangereux.

— Je n'ai pas trouvé de meilleure cachette. Mais vous devez avoir l'habitude de vivre dangereusement.

Il sourit et Léonie déballe le contenu de sa besace.

— Je vous ai apporté du fil et une aiguille pour suturer votre plaie. J'espère que vous y arriverez tout seul, je suis lamentable en couture.

Puis elle sort un linge qu'elle déplie.

— J'ai réussi à voler un morceau de pain et une conserve de haricots verts. Vous devez mourir de faim. J'ai aussi de l'eau.

L'homme se jette sur le bocal stérilisé qu'elle lui tend, l'ouvre de la pointe de son couteau et en avale goulûment le contenu.

— J'ai aussi un peu de Javel mélangée à de l'eau, ça devrait faire office de désinfectant. On ne peut guère trouver mieux sur l'île, nous n'avons pas de médecin.

— Vous êtes très gentille, répond Andrew la bouche pleine. Ce sera parfait.

Léonie s'assied, s'adosse à la paroi et observe l'Anglais qui engloutit son repas avec appétit. Il a allumé les deux lampes à pétrole et s'est assis devant une caisse vide retournée qui fait office de table.

Andrew est de taille moyenne, d'allure athlétique. Ses cheveux clairs, courts et drus, sont plantés bas sur son front. Ses yeux bleus, étroits et malicieux, passent de la conserve à Léonie. Sa bouche affamée dessine un M calligraphié, surmontant un menton rond creusé d'une profonde fossette. Lorsqu'il mâche, ses taches de rousseur dansent sur ses joues roses.

Léonie sourit. Andrew suspend son geste.

— Vous savez, d'ordinaire, je mange correctement, avec des couverts.

— J'imagine. Vous êtes pilote ? Aviateur ?

— Non, l'appareil qui s'est écrasé est venu me récupérer plus au sud. Je ne peux pas vous en dire plus, pour votre propre sécurité et pour la mienne. Moins vous en savez…

— Alors vous êtes une sorte d'espion ?

— C'est ça.

— Je comprends mieux pourquoi vous n'avez pas d'accent. Ça m'a étonnée.

Andrew s'essuie la bouche.

— J'ai beaucoup travaillé pour y parvenir. Votre langue n'est pas facile à apprendre. Mais ma mère est française, ça m'a beaucoup aidé. Et vous ? Qu'est-ce que vous faites dans la vie ?

Léonie hausse les épaules.

— À part sauver la vie des espions étrangers, ajoute l'Anglais en replongeant ses doigts dans le bocal.

— Rien du tout. À cause d'un de vos bombardements, j'ai dû interrompre mes études.

— Où ça ?

— Rennes.

Andrew esquisse une grimace. Cette ville en a vu, des bombes. Il ne trouve rien de très réconfortant à dire.

Léonie se relève et s'approche de la table de fortune.

— Vous allez rester longtemps ?

— J'espère que non. On doit déjà s'inquiéter de mon sort. Je suis sûr que mes supérieurs vont tout faire pour me ramener.

Il tire à lui la valise et l'ouvre.

— C'est une radio portative. Je dois émettre un code chaque soir à six heures précises en cas de problème. Mais, pour ça, je vais devoir sortir d'ici.

— Pourquoi ? s'inquiète Léonie.

— Nous sommes dans la falaise, les ondes ne passeront pas à moins que je trouve un meilleur endroit, en hauteur. Dès qu'ils auront eu mon message, ils viendront me chercher.

Léonie acquiesce.

— Ce sera long ?

— Je ne sais pas. Un jour, une semaine, un mois.

— Et s'ils vous laissent tomber ?

Andrew laisse échapper un rire franc.

— Rassurez-vous, vous serez bientôt débarrassée de moi.

L'Anglais avale le reste des haricots froids et lèche ses doigts sales.

— Vous m'avez sauvé la vie et je ne sais même pas votre nom.

— Léonie, mais tout le monde ici m'appelle Ninne.

Andrew sauce le fond du bocal avec un morceau de pain et l'avale d'un trait.

— Merci, Léonie, c'était délicieux, dit-il la bouche pleine.

Il se lève et prend le fil et l'aiguille.

— Je vais devoir m'occuper de ça maintenant. Vous n'êtes pas forcée de rester.

Au contraire, Léonie voudrait rester et cherche le moyen de poursuivre cette conversation.

Un bruit alerte Andrew qui aussitôt sort son arme.

— Restez là, lui ordonne Léonie.

Se cachant dans un renfoncement, il regarde la jeune fille se faufiler à pas feutrés vers la porte.

Dehors, Gus a sa tête des mauvais jours. Il tient le cadenas brisé entre ses mains calleuses. À ses pieds, il a posé une gamelle d'eau et un morceau de pain rassis.

— Tu m'expliques ? grogne-t-il en tendant la chaîne à Léonie.

— J'ai dû faire vite, bredouille-t-elle. Le chien n'est plus là.

— T'aurais pu me prévenir, j'ai fait tout ce chemin pour lui porter de quoi manger, à c'te carne !

— Calme-toi, j'allais le faire. Il s'est sauvé. On ne peut plus rien pour lui.

Gus fronce les sourcils, penche la tête vers l'ouverture.

— Y a qui, là-dedans ?

Léonie reste au milieu du passage, bras croisés.

— Rien qui te regarde.

— Rien qui me regarde ? répète Gus dont la colère monte déjà. C'est ma cachette ! Je t'avais dit que ça devait rester un secret ! Un secret entre nous ! Bon Dieu, je t'ai fait confiance et voilà ce que je récolte. Ça m'apprendra, tiens !

D'un geste brusque, il pousse Léonie et s'engouffre dans le passage. Il tombe nez à nez avec Andrew, pistolet au poing.

— Nom de Dieu, jure encore Gus, c'est qui, celui-là ?

— Je t'ai dit que ça ne te regardait pas. C'est mon affaire ! s'interpose Léonie.

— Calmez-vous, Léonie m'a porté secours. Je suis le seul rescapé du crash d'hier.

Gus se fige et se tourne vers la jeune fille. Il se prend la tête entre les mains, se frotte vigoureusement le visage.

— Tu te rends compte de ce que tu fais ? lui demande Gus. Si les Allemands tombent sur lui, on sera fusillés, pareil pour la dynamite, on sera fusillés !

— Je n'avais pas d'autre choix, murmure Léonie.

— Qu'est-ce qui t'est passé par la caboche ?

Gus se laisse choir sur une caisse vide, sa longue carcasse soulève un nuage de poussière.

— On va tous y passer, marmonne-t-il pour lui-même, la tête entre les mains.

— Si tu ne dis rien à personne, tout ira bien.

— Tu sais que j'aime pas qu'on me force la main. Et c'est ce que t'as fait. Il doit partir.

— Il reste, réplique fermement Léonie.

Gus la dévisage alors avec étonnement. Léonie est d'ordinaire raisonnable et conciliante. Ce n'est pas une fille téméraire. Et la voilà qui rue dans les brancards ! Andrew observe en silence, sachant qu'il vaut mieux ne pas intervenir. Il n'est pas en position de dicter ses conditions. Sa vie tient à un fil...

Enfin, Gus se redresse.

— Puisque je peux pas te faire entendre raison...

Il se lève et s'en va, la tête baissée. Léonie le suit.

— Je te promets qu'il sera vite parti et tu en seras le premier averti. Tu pourras récupérer ta cachette et ce qu'elle contient.

Gus grommelle quelque chose en s'éloignant entre les blocs que Léonie n'entend pas.

À l'intérieur, Andrew semble préoccupé.

— Il a l'air en colère.

— Ça lui passera, le rassure Léonie. C'est mon cousin, je le connais, il ne dira rien. Gus déteste encore plus les Allemands que les étrangers.

— Je crois que je suis tombé sur une drôle de famille.

— Vous n'avez pas idée, soupire Léonie.

Elle aimerait dire quelque chose de pertinent pour exister aux yeux de cet espion dont la vie semble si tumultueuse, si pleine de surprises et de dangers. Hélas, il ne lui vient que l'écho de sa propre mélancolie. Elle se sent gauche et laide, avec ses bras ballants, ses jambes maigrichonnes, ses côtes saillantes et ses vêtements fades. Ses cheveux sont tristes, mal coiffés, et bouclent lamentablement sur ses épaules.

Il est temps de partir.

— Je vais trouver une solution pour la nourriture, dit-elle en quittant la cavité. Ne bougez pas d'ici, sous aucun prétexte. L'île est minuscule et les Allemands patrouillent.

— Je vais être prudent.

Léonie se glisse hors de la cachette et referme la porte.

Le soleil est levé et les goélands planent haut dans le ciel, au ras des nuages. Au loin, le clocher sonne la demie de sept heures. Léonie se hâte sur le chemin. C'est le jour du ravitaillement et, avec lui, pourquoi pas, quelque raison d'espérer.

À l'approche du bateau, le village est déserté par la communauté qui se masse le long du quai. La traversée est chaque fois un exploit renouvelé, tant pèsent sur elle les dangers venus du ciel. La semaine passée, un petit vapeur reliant Ouessant à Brest a été pris pour cible par les chasseurs britanniques et mitraillé. On déplore plusieurs morts à son bord. La rumeur dit que la liaison avec le continent risque d'être suspendue si les attaques se poursuivent. Inquiets, les villageois ne peuvent s'empêcher de scruter le ciel alors que le navire s'engage à la voile entre les digues qui protègent le port. Trois camions bâchés allemands déboulent de la grand-rue en klaxonnant et s'alignent sur la place à deux pas de la capitainerie. Au large, doublant l'extrémité de la digue, le *Köln* apparaît et se signale par deux coups de sirène.

Léonie se fraie un passage entre les villageois. Son père est parmi eux, appuyé sur ses béquilles. Gus aussi est là, avec sa bicyclette. Il ignore Léonie, son visage encore chiffonné de colère. Le père, tout de bonté, ne remarque pas la froideur de Gus vis-à-vis de sa fille et claudique jusqu'à elle.

— Je te cherchais, lui dit-il. Ta mère m'envoie au ravitaillement et il me faudrait la remorque. Peux-tu aller la chercher ? On trouvera bien une âme charitable pour t'aider à la remonter jusqu'au bistrot.

Il balaie la foule du regard et ajoute :

— Gus pourra te donner un coup de main.

Léonie hausse les épaules :

— Je préfère me débrouiller seule.

Son père s'étonne :

— Ça ne va plus avec lui ? Vous êtes fâchés ?

— Papa !

Il n'insiste pas et cherche un endroit où s'asseoir pour soulager sa jambe valide.

Léonie remonte la pente vers la maison. Seule la mère Le Créac'h est restée dans son échoppe, embusquée derrière ses carreaux. C'est son commis, son unique neveu, qui est chargé de remonter les marchandises. L'épicière a horreur de la foule.

Cette femme est un mauvais présage. Sa face minérale est aussi dure que le granit, au fond de ses yeux ne miroite aucune émotion. Jeune, elle était ronde, rose et gaie. Au fil du temps, le malheur l'a ratatinée, sa silhouette s'est creusée et asséchée, comme aspirée de l'intérieur. Un vilain mariage en fut responsable, un homme rude, sans attention ni douceur, très porté sur la boisson et mort de maladie dans d'atroces souffrances.

Cette vie morne et blafarde a vidé la mère Le Créac'h de sa substance, elle n'est plus capable de s'émouvoir du malheur des autres. Sauf peut-être de celui de Léonie.

Elle la regarde passer et, l'espace d'un instant, il semble à la jeune fille que la bouche de la vieille s'étire pour esquisser un sourire de compassion.

Dans la cour de la maison, sous l'aubépinier constellé de baies rouges que s'arrachent une nuée d'oiseaux, elle empoigne la carriole à bras lorsque la porte de la cuisine s'ouvre. Hubert Duval, l'étranger qui loge à la pension de Mme Huchon, sort de la maison en reboutonnant sa chemise.

À l'intérieur, Léonie entend sa mère fredonner.

L'homme détourne le regard et s'éloigne en ajustant son feutre.

Glacée d'effroi, Léonie reste immobile, les doigts crispés sur les poignées de la carriole. Elle comprend pourquoi sa mère a envoyé son pauvre mari à l'autre bout du village.

Léonie s'ébranle, pousse la carriole dont le poids a soudain augmenté, au point qu'il lui semble ne plus pouvoir rouler ce fardeau jusqu'à sa destination.

Les deux navires ont accosté. Des renforts allemands débarquent du *Köln* sous le regard médusé de la population. Bien boutonnés jusqu'au col, leur casque luisant et leurs bottes astiquées, ils s'assemblent à l'arrière des camions.

Léonie pousse la carriole jusqu'au bord du quai, devant la petite passerelle du voilier. Elle cherche Gaspard mais ne le voit pas. Cette fois, il n'est pas du voyage.

En revanche, Hans est là, à côté de son commandant grassouillet qui supervise l'arrivée des renforts. Le jeune *Oberfeldwebel* s'esquive un instant pour s'approcher de Léonie.

— Bonjour, Ninne.

— Salut, marmonne-t-elle, absorbée par de noires pensées.

— Tu viens chercher des marchandises ?

— À ton avis ?

Hans désigne la carriole en guise de réponse :

— C'était une façon d'entamer la conversation. Je suis désolé pour le chien.

— Moi aussi.

— C'est la vie.

Léonie observe les soldats alignés à l'arrière des camions, prêts à grimper.

— C'est quoi, ce remue-ménage ?

— On reçoit des renforts pour inspecter l'île. Il n'y a pas le compte.

— Le compte de quoi ?

— De cadavres, rétorque le soldat. On sait qu'ils étaient sept à bord de cet avion. Et nous n'avons retrouvé que six corps. Le commandement veut qu'on mette la main sur le dernier. Mort ou vif.

— Qu'est-ce qu'il a fait ?

— C'est un espion. On doit le trouver.

Hans dévisage Léonie à la manière d'un interrogateur.

— Si tu sais quelque chose, tu ferais mieux de le dire. Pour le bien de tout le monde. Chaque maison va être fouillée, chaque recoin de l'île. Je n'ose pas imaginer ce qui se passera si on découvre que les habitants l'ont caché. Nous avions des rapports amicaux jusqu'ici. Ça pourrait changer.

— Pourquoi je saurais quelque chose ? se défend Léonie. Si ça se trouve, il n'était pas à bord, ou bien il est tombé en mer.

— Je ne sais pas, je dis ça parce que je t'apprécie, parce que j'ai l'impression que c'est réciproque, qu'on se comprend toi et moi.

Il marque une pause, hésite puis sourit :

— Je préfère de loin parler poésie avec toi que de problèmes de police. Mais c'est ainsi. Ni toi ni moi ne pouvons rien y changer. C'est la guerre.

— Tu me l'as déjà dit.

— Si tu entends parler de quoi que se soit au sujet de l'espion, la moindre rumeur, viens me trouver, on pourra peut-être arranger les choses, éviter le pire.

Un coup de sifflet strident retentit, interrompant la discussion et les soldats montent aussitôt dans les camions. Hans s'éloigne et rejoint la troupe. Dans un concert de klaxons, les véhicules quittent la place et remontent la rue principale vers le phare. La foule s'écarte puis se reforme.

Léonie aperçoit Adonis descendu du navire qui attend sur le quai. Il pavoise dans son uniforme de la milice en faisant admirer un pistolet à des enfants. Louison arrive pour l'accueillir et l'embrasse sur les joues. Le maire aussi est là et vient étreindre son fils.

Tous trois sourient, parlent avec de grands gestes, sauf peut-être Louison, qui paraît un peu triste mais le cache aux autres. La noce est pour bientôt et Léonie se rend compte qu'elle n'a pas encore de robe.

Elle soupire et reprend son labeur, empilant les casiers sur la carriole. Le père Anselme approche à grandes enjambées.

Il secoue une lettre de sa grosse main.

— Bonjour, Ninne. Sais-tu ce que je tiens là ?

— Une lettre ?

— Ah, oui, mais pas n'importe laquelle.

Léonie dépose un dernier casier à bouteilles et s'appuie contre la carriole.

— C'est celle que j'attends depuis longtemps, poursuit le curé, et elle te concerne. Mon ami t'a trouvé une place au pensionnat de Caen ! C'est un peu loin mais qu'importe, tu vas pouvoir poursuivre tes études !

Voyant la mine soucieuse de la jeune fille, le géant fronce les sourcils.

— Allons, tu n'es pas heureuse ? C'est une chance unique qui s'offre à toi. Et, en prime, le bachot à la fin de l'année si tu rattrapes ce que tu as déjà manqué !

La nouvelle est si soudaine que Léonie se sent prise au dépourvu. Au lieu de sauter de joie à l'idée de partir, elle reste plantée là, hésitante. Aucun soulagement ne l'envahit, aucun frisson ne parcourt sa peau, elle est comme un forçat à qui on ôte ses fers, et qui ne sait que faire de cette liberté si longtemps perdue. Où donc est passé son désir de fuir ? Quelque chose en elle a changé à son insu, à pas feutrés, un sentiment encore ténu, trouble et indicible.

Pourtant, elle aurait le temps de courir jusqu'à la maison, de jeter ses affaires dans la valise qui prend la poussière sous son lit, de dévaler l'escalier et de revenir sur le quai, le bateau attendrait, il attend toujours. C'est Charon, le passeur, qui, cette fois, comme une faveur, ramènerait une morte vers le rivage de la vie là-bas, sur le continent. Mais Léonie ne s'élance pas, ses pieds restent cloués au sol.

— Je vous remercie, mon père, pour vos efforts, mais j'ai changé d'avis.

Le curé s'empourpre, se redresse pour toiser Léonie de sa carrure de cyclope.

— Comment ça ? Qu'est-ce que tu racontes ? Veux-tu bien réfléchir ? On ne prend pas une telle décision à la légère, sur un coup de tête. Le Seigneur t'a prise en pitié, Il a entendu nos prières et toi, tu voudrais lui tourner le dos ? Ah, ça non !

Léonie est déboussolée, elle baisse la tête et pâlit. La voilà qui bredouille une explication à l'homme d'église, sans savoir si elle y croit elle-même :

— Je ne veux pas laisser papa, vous le savez. Je ne peux pas l'abandonner ici avec ma mère. Il en mourrait.

— Est-ce la véritable raison ? s'enquiert le père Anselme. Je ne te comprends pas.

Léonie ne comprend pas non plus, ne parvient pas encore à entrevoir sa véritable motivation. Le curé a les sourcils en broussaille, le regard sévère. La foule commence à se disperser, il ne reste plus grand monde sur le quai.

La vérité s'impose doucement. C'est Andrew. L'Anglais occupe les pensées de Léonie. Voilà à peine une poignée d'heures qu'elle l'a quitté et déjà elle s'impatiente, elle s'inquiète.

Elle doit lui venir en aide, le cacher et le nourrir jusqu'à ce qu'il reparte. Comment agir autrement? La vie d'un homme est entre ses mains et à son émotion se mêle une révélation: pour la première fois de sa vie, quelqu'un compte sur elle. Et qu'importe sa mère et les douleurs à venir, l'hiver qui approche avec sa tristesse infinie, sa décision est prise: elle veut rester.

De tout ça, elle ne doit rien révéler au père Anselme. C'est son secret le plus intime. Elle peut compter sur le silence de Gus au sujet de l'espion, Gus ne trahira pas, mais qu'en est-il des autres?

Elle se contente d'empoigner les bras de la carriole. Son père approche, claudiquant sur ses béquilles.

— Je suis désolée, parvient-elle à dire, au bord des larmes.

Le père Anselme s'ébroue, secoue la tête. Il devine que la jeune fille est aux prises avec des sentiments puissants et contradictoires mais ne parvient pas à en comprendre la source.

— Je t'en conjure, prends le temps de bien y réfléchir, cette extraordinaire opportunité ne se représentera sans doute pas. Il s'agit de ton avenir. Je t'invite à aller prier, à écouter la voix du Seigneur, Il guidera ton choix, j'en suis certain.

Léonie promet mais, au fond, elle pense qu'il est préférable de tenir Dieu à l'écart de son secret.

Suivie de son père, Léonie tire la charge dans la montée vers le café. Le tintement des bouteilles amuse les enfants du village qui tourbillonnent autour en riant. En quelques enjambées de géant, le curé rattrape la jeune fille et prend sa place. Les gamins s'exclament de plus belle en voyant le colosse soulever sans effort les bras de la carriole et l'entraîner dans la pente en cahotant.

Dès le début de l'après-midi, les Allemands investissent le village, fouillent méthodiquement les maisons. Les habitants sont priés de sortir sur le pas de leur porte en attendant que chaque recoin soit exploré. Des barrages sont dressés sur la route et les chemins, contrôlant les déplacements des villageois. Aucun motif n'est invoqué par l'occupant, seule Léonie sait ce qu'ils cherchent avec autant de détermination.

Les soldats poussent le portail, entrent dans la cour. Par la fenêtre, Léonie voit l'un d'eux se pencher sur le puits et en inspecter le fond avec le rayon de sa lampe. Six autres entrent dans la maison. Un sous-officier prie la famille de sortir et la fouille commence. Juchée sur ses talons, la mère les toise froidement et sort sans se presser. Léonie sent le regard suspicieux de sa mère se poser sur elle. Aurait-elle deviné quelque chose ? Non, se rassure la fille, c'est juste que la Gorgone la tient pour responsable de chacun des désagréments qui jalonnent sa vie.

Dans la maison, on entend les portes s'ouvrir et se fermer, les gonds grincer, le bruit des bottes dévalant l'escalier. De l'autre côté de la rue, une famille et leurs cinq enfants sont poussés dehors sans ménagement. Agrippé au bas de la robe de sa mère, un gamin pleure.

Le maire aborde l'officier qui supervise l'opération. Léonie le voit parlementer, mais l'autre reste sourd à ses demandes et l'éconduit d'un sourire crispé. Ils ne trouvent rien, excepté un vieux fusil qu'un villageois a oublié de signaler aux autorités. Maigre butin.

Sur la lande, le long du sentier des falaises, les patrouilles se multiplient. Il devient impossible de circuler librement sans rencontrer des soldats.

Pour Léonie, l'attente se prolonge. Elle ne peut se rendre à la carrière sans éveiller les soupçons. Elle doit rester prudente.

Elle s'inquiète, s'interroge sur les chances que la cachette soit découverte. Si Andrew est arrêté, il attirera des ennuis en cascade à la communauté. En représailles, les Allemands pourraient prendre des otages, les fusiller pour l'exemple. Ils le font déjà partout en France lorsque des attentats surviennent et qu'ils ne peuvent arrêter les coupables.

Le soir, alors que les bottes résonnent encore dans la grand-rue, Louison vient toquer à la porte de la cuisine. Léonie ouvre, invite son amie à entrer.

L'estropié est au café, ce n'est pas encore l'heure d'affluence. La mère sort de sa chambre, elle porte une robe en lainage écossais bleu marine très élégante. Elle sourit à Louison, la félicite pour son mariage.

— Dis bien à tes parents que je peux leur faire un prix sur les boissons.

Louison remercie. La mère s'observe dans le miroir, vérifie une dernière fois son maquillage avant de rejoindre le tumulte du café.

— Adonis est un bon parti, dit-elle en enfilant l'anse de son sac à main sur son bras comme pour une sortie au théâtre. Ce n'est pas ma fille qui trouverait un aussi gentil garçon. Comment le pourrait-elle ? Elle est quelconque, n'a aucun charme ni caractère.

D'un regard, Léonie empêche Louison d'ajouter quoi que ce soit. Il faut se taire et ne jamais céder aux provocations. Sa mère est toute-puissante, elle n'attend qu'un mot, qu'un geste pour déchaîner sa colère. Elle en est si pleine qu'on la voit parfois déborder de son âme. Cette île est son monde, et il est comme elle veut qu'il soit.

— Mon Dieu, s'exclame Louison dès que la mère est assez loin pour ne rien entendre, comment peux-tu la supporter ?

Léonie hausse les épaules, il n'y a pas de réponse que son amie pourrait comprendre. C'est ainsi depuis toujours, voilà tout.

— Comment se fait-il que tu ne partes pas alors que tu en as l'occasion ? reprend Louison en arpentant la cuisine. Si c'est pour ne pas rater la noce, je te rassure, je préfère te savoir loin d'ici. Je suis bien assez grande pour me débrouiller toute seule.

— Tu es gentille mais, si c'est le père Anselme qui t'envoie, il perd son temps.

Louison pose sur la table le panier d'osier qu'elle transporte puis allume la radio. Une chanson au refrain entraînant résonne dans le haut-parleur. Au même moment, le coucou sonne sept heures.

— En plus, ajoute Louison, elle dit des bêtises, ta mère. Tu es jolie, et bien plus qu'elle. C'est juste que tu ne fais rien pour t'arranger un peu.

Léonie rougit. Elle ne parvient pas à l'empêcher. Elle se force à regarder son reflet dans le miroir où brillait il y a quelques instants celui de sa mère. Rien de séduisant ne lui saute aux yeux. Elle ne voit qu'une figure triste et terne. Une poupée de chiffon. Seules ses pupilles témoignent que la vie habite ce corps et scintillent dans la pénombre. Louison s'est approchée et tire des mèches sur la nuque de Léonie.

— Pourquoi ne pas te couper un peu les cheveux ? Et du maquillage, du rouge sur les joues ou sur les lèvres, qu'en dis-tu ?

— Je n'en éprouve pas le besoin.

— Ah, s'exclame Louison, on n'attrape pas les mouches avec du vinaigre. Il serait temps que tu rencontres un garçon.

Léonie tressaille, s'éloigne du miroir pour aller vers l'évier. Louison l'observe, interloquée, puis s'écrie :

— Il y a quelqu'un ? C'est ça ?

Léonie empoigne le chiffon et commence à faire la vaisselle. L'autre la rejoint, s'appuie contre le bac de pierre.

— J'ai vu juste, hein ? Il y a un garçon ? Qui, qui ?

Léonie s'empourpre davantage. Sa respiration s'emballe.

— Ne dis pas n'importe quoi, où veux-tu que je rencontre un garçon ?

Louison se rend à l'argument. Rien ne reste secret bien longtemps sur cette île. Si Léonie flirtait avec un gars d'ici, elle le saurait.

— Je ne sais pas comment tu fais, reprend Léonie. Tu es encore avec cet Allemand ?

— Dieter ? De temps en temps. Il est toujours aussi charmant. Il ne comprend presque rien à ce que je dis, du coup, on parle peu, si tu vois ce que je veux dire…

— Épargne-moi les détails. Et Adonis dans tout ça, tu n'as pas peur qu'il le découvre ?

— C'est étrange, mais parfois j'ai peur, et parfois je m'en fiche. Pour la première fois, j'éprouve la sensation que ma vie pourrait être différente. Qu'il y a autre chose, ailleurs.

Elle se tait, dévisage Léonie avec tendresse et ajoute :

— Tu sais, je crois bien que c'est ton influence. Toi, tu as vu la grande ville, et je sais que, depuis, tu te sens à l'étroit ici. Et je commence à éprouver la même chose.

— Ne me mêle pas à cette histoire, Louison. C'est ta décision, pas la mienne.

— Tu as raison. Dieter parle un peu de son pays, de la ville où il habite. C'est fou mais je me dis : pourquoi pas ?

Léonie pose une dernière assiette propre sur l'égouttoir et met une brique de tourbe dans l'âtre de la cuisinière. À la radio, Tino Rossi chante *Paquita* : « Tes beaux yeux sont des étoiles, au firmament de mes jours… »

— Il faudra bien que tu choisisses.

— Je sais, mais je ne suis pas encore prête à dire à Dieter que c'est fini. Tu comprends, j'ai peut-être une chance, moi aussi. J'ai le droit de rêver. Et puis j'ai envie d'explorer ! Je ne veux pas me retrouver au lit avec mon mari le soir de la noce, comme ma mère, sans savoir ce qui va m'arriver. Je ne suis pas une bête qu'on mène à l'abattoir.

Elles éclatent de rire. Louison soulève le couvercle du panier et étale des rouleaux de dentelle sur la toile cirée.

— Tu me donnes un coup de main pour les arranger ? C'est pour les décorations.

Léonie acquiesce, s'en va chercher la boîte à couture.

Attablée l'une en face de l'autre, les deux filles découpent des morceaux de ruban et les nouent en forme de nœud papillon. Louison suspend son geste, fixe Léonie dans les yeux.

— Tu ne veux vraiment pas me dire pourquoi tu ne repars pas immédiatement ? C'est pourtant ce que tu souhaites.

— Je sais que le père Anselme t'envoie aux nouvelles. J'ai changé d'avis, c'est tout.

Louison tord ses lèvres roses dans une moue dubitative.

— Ce doit être important pour que tu renonces ainsi.

— Je l'espère aussi, conclut Léonie.

Dans le ciel qui s'est assombri résonne le bruissement des hélices de dizaines de bombardiers en route pour le continent. Léonie se demande quelle peut être leur destination, combien de malheureux assisteront à la pluie de métal. Combien mourront encore cette nuit ?

10

Cette nuit encore, Léonie s'est glissée sans bruit dans la maison endormie pour arrêter le balancier du coucou et, lorsqu'elle se lève de bonne heure, elle découvre son père déjà affairé sur la mécanique, une barre de rides soucieuses au front.

— Bonjour, papa.

Il relève la tête avec l'expression d'un médecin qui sait son patient condamné.

— Cette saleté va me rendre fou ! Je ne vois rien qui cloche, et pourtant il va de travers !

Armé d'une loupe et d'un minuscule tournevis, il replonge le nez dans la boîte décorée. La radio crachote une chanson à la mode :

« Quel est cet affreux bipède,
au nez super aquilin,
à l'expression vile et laide,
c'est l'youpin, c'est l'youpin,
c'est toujours le sale youpin. »

Léonie éteint le poste. Elle ne veut pas entendre ces horreurs.

— Allons, Ninne, dit le père, ce sont des âneries qu'on entend à longueur de temps, rien de plus.

— On n'est pas forcés de les écouter.

Le père pose ses outils et croise les mains.

— D'accord. On rallumera quand elle sera terminée.

La mère entre alors dans la cuisine, et c'est comme si les fenêtres venaient de s'ouvrir pour y laisser entrer le vent d'octobre.

— On ne peut plus écouter la radio dans cette maison ? les interrompt-elle en tirant un châle sur ses épaules.

Léonie prend une inspiration pour répliquer et ravale aussitôt sa langue. La moustache du père se dresse en un vague sourire, puis il tend son bol. Son épouse lui sert un liquide noir et fumant. C'est ça, le petit déjeuner, un ersatz de café terriblement amer, un ersatz de beurre à la texture de paraffine, et un morceau de pain au goût de sciure. Heureusement, il y a la confiture de mûres, de gros fruits gorgés de sucre et réputés au-delà des falaises de Sainte-Kristen, que les habitants disputent chaque automne aux oiseaux.

— Rallumez, insiste la mère en portant son bol à ses lèvres. Je la trouve amusante, cette chanson. C'est l'youpin, entonne-t-elle en collant son visage contre les petits carreaux de la porte de la cour. Il va te falloir une robe, ajoute la mère après un silence. Pour le mariage de Louison.

— Je vais fouiller dans l'armoire, je trouverai bien quelque chose.

— C'est le fils du maire, quand même, rétorque la walkyrie. Tu ne voudrais pas nous mettre dans l'embarras en y allant attifée comme une souillon. Qu'est-ce qu'on dirait de nous ?

— J'irai voir grand-mère, répond Léonie. Elle sait arranger une vieille robe.

— Bonne idée, tu lui demanderas des nouvelles.

Léonie s'étonne de son ton presque agréable. Voilà bien des années qu'elle n'a rien entendu de tel. Bien des années aussi que sa mère n'adresse plus la parole à sa belle-mère la bergère.

— N'utilise pas ta fille pour tes basses besognes, murmure le père, absorbé par la mécanique suisse. Si ma mère refuse de vendre, c'est son droit.

— Cesse donc de dramatiser, se défend sa femme d'un revers de main. Avec toi, tout est tragique. Nous aurions bien besoin de cet argent.

— Et pour quoi faire ? coupe le père. Pour le dilapider aussitôt en tenues extravagantes et en fanfreluches ?

— Voilà plus d'un an que tu ne m'as pas offert quoi que ce soit. Même pas une robe ! Je n'ai que des vieilleries à me mettre sur le dos.

— Tu es très belle ainsi, se radoucit le père en la dévorant des yeux.

— Décidément, tu ne comprendras jamais rien aux femmes.

Léonie sent monter une dispute, une de plus dans la longue liste de celles qui se sont déjà tenues sous ce toit, vaines mais puissantes tragédies aux allures de tempête.

— Dis-lui, toi, s'emporte la mère en prenant Léonie à partie. Dis-lui donc, à cet incapable, que c'est une occasion inespérée !

— Vous voulez vendre la carrière à ce M. Duval ? demande la jeune fille.

Le souvenir de l'homme quittant la maison deux jours plus tôt en reboutonnant sa chemise la glace d'effroi.

— C'est la nouvelle lubie de ta mère, s'indigne le père. Voilà des semaines qu'elle ne cesse de me tourmenter avec ça. Depuis que ce type est arrivé avec ses grands airs.

— Il a des accords avec les Allemands, bougre d'imbécile ! crie la mère. S'il le voulait, Duval pourrait la réquisitionner, ta carrière, sans débourser un sou. Et toi, tu fais le sentimental. Tu dis toi-même qu'elle ne t'intéresse pas.

Puis elle se tourne vers sa fille :

— Raisonne-le, toi. Moi, je perds patience.

Léonie se ramasse sur sa chaise. Les sourdes intonations de sa mère lui inspirent toujours une crainte animale.

— Allons, reprend la mère en dévisageant Léonie, dis bien à ton père de faire le bon choix. Parce que, pour l'instant, il s'occupe plus de son coucou que de nous.

— Ton Duval profite de la guerre pour s'enrichir sur le dos de ses compatriotes, se cabre le père. Il pactise avec l'ennemi, travaille pour lui, voilà pourquoi il peut circuler à sa guise et forcer les honnêtes gens à se plier à sa volonté. C'est ça que tu veux qu'on dise de nous ? Qu'on pactise avec les Allemands ?

La mère secoue la tête, tout à la fois agacée et désespérée par son mari.

— Si tu avais perdu la tête au lieu de la jambe, on s'en serait mieux sortis.

Le père pousse un juron alors qu'un ressort saute sur la table. Il le rattrape et lui cherche une place dans le mécanisme d'horlogerie.

— De toute façon, il me faut l'accord de maman pour vendre.

— C'est bien pour ça que je veux y envoyer ta fille ! La vieille ne lui refusera pas la vente si c'est elle qui la demande. Pense donc un peu : ça ferait revenir de l'activité sur cette saleté d'île, du passage, des ouvriers, et du monde pour venir au café. Tu te souviens de comment c'était avant ? Depuis la fermeture de la carrière et le début de la guerre, on ne peut pas dire qu'on croule sous les clients.

Léonie devine sans peine le véritable objectif que sa mère poursuit. Elle ne veut que l'argent de la vente, rien d'autre. La vie de la carrière, elle s'en moque. Pourtant cette île à l'agonie aurait bien besoin de voir débarquer de nouveau des carriers pour reprendre vie, comme avant. Cette époque d'effervescence, Léonie ne l'a pas connue. Elle ne parvient pas à imaginer Sainte-Kristen autrement que comme un caillou pelé et solitaire.

Le père relève la tête un instant, et son regard bleu perçant, si pâle qu'il en est presque blanc, vient caresser sa femme. Il pense que si elle n'avait pas dilapidé l'argent du ménage et du café durant tant d'années, il resterait de quoi affronter le malheur en attendant des jours meilleurs. Sa coquetterie, sa légèreté sont les véritables raisons de leur misère. Pourtant, il se tait, son corps mutilé a fait de lui une moitié d'homme et le condamne à souffrir de son infortune jusqu'à la fin.

— Je vais y aller, dit Léonie après un long silence. Je vais parler à grand-mère. Avec cet argent, on s'en sortira. Et puis la guerre prendra bien fin un jour, non ?

Le père acquiesce et sa moustache s'étire dans un brave sourire.

— Si elle accepte, je signerai aussi cette vente, dit-il. Sinon, il n'en sera plus jamais question.

Léonie se force à sourire à son tour. Elle aimerait tant que son père prenne les armes contre sa femme, trouve le courage, ne serait-ce qu'un court instant, de la remettre à sa place, de lui dire qu'elle est méchante, tyrannique et brutale.

— Si je lui apporte quelque chose, ça pourrait l'adoucir, glisse encore Léonie.

— Voilà une idée, dit la mère, reprenant la suggestion au vol. Je vais te préparer quelque chose pour elle.

La mère rayonne, ses yeux brillent de convoitise.

En chemin, Léonie remercie la providence de lui avoir donné une excuse pour sortir des provisions sans attirer l'attention. Andrew doit mourir de faim dans sa cachette.

Les patrouilles allemandes se multiplient, et chaque villageois croisant leur route doit montrer ses papiers. La fouille des maisons et des environs n'a rien donné, pas plus que celle des granges et du moulin, ce qui accentue la nervosité de l'occupant. Les soldats reviennent parfois à l'improviste, fouillent encore sans résultat. La frustration se lit sur leurs visages.

Le froid du matin est poisseux, chargé d'embruns charriés par le vent qui ne cesse de raboter l'île. À force de se faire grignoter ainsi, il n'en restera bientôt plus rien.

Les soldats font toujours une halte au café, le temps de boire un verre, de fumer une cigarette. La patronne n'a pas son égal pour se les mettre dans la poche et les plier adroitement à sa volonté. Ils lui offrent du tabac, du chocolat, s'excusent d'avoir dû fouiller sa demeure. Il faut dire que son allure de walkyrie les rassure, ils sentent à travers elle le doux parfum du pays. Ils rient, ceux qui parlent quelques mots de français en profitent pour se mettre en avant, plaisantent avec les autres clients, évoquent le front par bravade. D'autres boivent en silence, peu enclins à clamer qu'ils n'ont aucune envie d'y retourner, que le front de l'Est, c'est l'enfer, qu'on s'y enlise dans la boue ou la neige, qu'on y meurt de chaud ou de froid, selon la saison. Enfin, ils déposent leurs reichsmarks sur le comptoir, puis chacun remonte le col de son manteau vert-de-gris et la clochette de la porte retentit. Les voilà de nouveau dans le froid, le vent et le sel, fusil à l'épaule, en rang par deux.

Justement, Léonie croise une patrouille, salue poliment, montre ses papiers. Il se met à pleuvoir, une pluie fine et gluante qui transperce les vêtements. Le plus gradé demande pour qui sont les quelques denrées qu'elle tient dans son sac.

— Pour ma grand-mère, qui habite là-bas.

Elle ne peut s'empêcher de penser au conte du petit chaperon rouge et sourit. Son regard ocre, flamboyant, semble réchauffer l'âme des soldats.

Les formalités terminées, Léonie s'élance contre le vent sur la lande, le cœur battant, vers Andrew et la cachette.

Passant près de l'unique champ cultivable de l'île, elle fait un crochet jusqu'aux trois pommiers plantés aux abords, les seuls de Sainte-Kristen. Dès le début de l'automne, leurs fruits tardifs s'épanouissent et alourdissent leurs branches. Ce sont des pommes d'un vert grisâtre avec des nuances de rouge, à la peau épaisse et rugueuse. Elles ne sont pas vraiment sucrées ni juteuses, mais elles font l'affaire. Ici, chacun est libre de les cueillir, les arbres n'appartiennent à personne. Léonie sait qu'elles conviendront à l'Anglais, faute de mieux.

Andrew l'attend depuis deux jours, impatient et affamé. Il la guette, planqué entre les blocs de granit échoués. Son ventre se tord de faim.

Lorsque Léonie apparaît enfin, Andrew file rejoindre la planque et attend sagement. Elle s'arrête à l'entrée de la carrière, devant la grosse chaîne rouillée qui barre l'accès, en travers de la route que les herbes hautes ont reconquise. Léonie s'assure de ne pas être suivie ou épiée, puis entre dans la falaise.

— Bonjour, Léonie, j'ai de bonnes nouvelles, dit Andrew quand elle passe la porte. Ils vont venir me chercher. Ce n'est qu'une question de jours.

C'est la première fois depuis son retour qu'on l'appelle Léonie. Ici, c'est toujours Ninne, ce surnom de petite fille fragile.

— Combien ? demande-t-elle en déposant son sac.

— Je ne sais pas encore, il faut que la marée soit favorable, qu'il n'y ait pas de lune…

— Bien. J'ai apporté de quoi manger, mais c'est difficile d'en avoir plus. J'use de tous les subterfuges imaginables. Je vais avoir besoin d'un miracle.

— Ils sont rares, par les temps qui courent, sourit l'Anglais.

Léonie s'approche de lui, grelottante.

— Sauf si vous aimez les pommes. Et cette blessure ?

— Oh, ça va mieux. Je ne sens presque plus rien.

Elle déballe les maigres provisions, réfléchit un instant.

— Lorsque les secours seront prêts, il faudra qu'on parle du meilleur moyen de les faire accoster.

— La plage ?

— Impossible, elle est truffée de mines et surveillée. Depuis le débarquement en Italie, les Allemands sont sur leurs gardes et renforcent leurs défenses.

— Alors où ?

— Je connais un endroit, le long des falaises. C'est dangereux mais faisable. Je vous le montrerai. Il existe une sorte d'escalier naturel à flanc de rocher. On peut descendre jusqu'à l'océan.

Andrew émet un sifflement admiratif.

— *Thank you*, vous pensez à tout, on dirait.

Il examine le contenu du sac avec convoitise, dispose les pommes sur la table de fortune. Il porte un morceau de lard fumé à ses narines et ferme les yeux, puis redresse la tête.

— *Sorry, I didn't…* Je manque à tous mes devoirs. Vous avez froid.

Léonie hausse les épaules. Elle aime le regarder manger.

— Si, s'entête Andrew, vous êtes toute pâle. Tenez, prenez ma veste et ôtez ce chandail, il est trempé.

Léonie préfère geler sur place que de retirer son chandail, mais, face à l'insistance de l'Anglais, elle finit par céder.

Ses épaules nues dévoilent des clavicules trop saillantes, trop pointues. Instinctivement, elle joint les mains sur sa poitrine. Elle se sent nue, emprisonnée dans son corps qui n'est plus à ses yeux qu'une gigantesque et difforme élongation. Où donc est passée la petite fille aux formes harmonieuses ?

Andrew s'approche et lui dépose sa veste doublée de fourrure sur les épaules. Pudique, Léonie en ferme les pans. L'Anglais s'attarde contre elle, frictionne ses bras pour la réchauffer. Elle se raidit sous le contact, cherche à s'échapper. Pourtant elle est frigorifiée et la chaleur que dégage Andrew est agréable, réconfortante. Il écarte les cheveux de Léonie du col de la veste.

— Ils sont mouillés. Venez vous asseoir près des lampes, ce n'est pas un bon feu mais ça fera l'affaire.

— Vous avez encore de quoi les remplir ?

Andrew soulève un petit jerrican en métal.

— J'ai trouvé ça en fouillant les baraques abandonnées dehors. Il y a de quoi tenir un moment.

— Ce n'est pas prudent de sortir.

Léonie ouvre une gourde de fer-blanc et sert le reste de chicorée dans une timbale qu'elle a ajoutée à son paquetage.

— Tenez, ce n'est pas bon mais ça réchauffe. C'était quand la dernière fois que vous avez bu quelque chose de chaud ?

— Une éternité, répond Andrew, intéressé par le breuvage.

Il grimace à la première gorgée, puis fait claquer sa langue.

— Du bon air, un festin et du café, que pourrait-on demander de plus ? dit-il en riant.

Andrew pose la tasse cabossée et se frotte les mains au-dessus des lampes. Assise sur une caisse, les genoux serrés, Léonie l'observe. Il a l'air serein, en parfaite santé. Elle remarque une fine cicatrice sur sa tempe droite, tout près de son sourcil en accent circonflexe. Lorsqu'il sourit, des petites pattes d'oie se forment au coin de ses yeux.

— Vous n'avez pas froid ? lui demande-t-elle.

— Pensez-vous ! Chez moi, c'est un temps d'été, ce que nous avons là.

Léonie serre la veste contre elle et boit à son tour. C'est une expérience nouvelle pour elle de boire au même gobelet qu'un inconnu. Il la fixe, souriant, une courte mèche tombe sur son front. Andrew semble toujours de bonne humeur, malgré la situation précaire dans laquelle il se trouve. Il plaisante et accepte son sort avec une distance toute britannique.

— Quel âge avez-vous ? demande encore Léonie, piquée par la curiosité.

— Vingt-quatre ans. Et vous ?

— Dix-sept.

Léonie ne peut s'empêcher de transformer l'âge de l'Anglais en nombre de pas. Vingt-quatre, c'est par exemple la distance qui sépare le seuil de la cuisine au bas de l'escalier de sa chambre. Hélas, dix-sept ne correspondent à rien, c'est une mesure tronquée, un fragment inachevé qui ne mène nulle part. Le mauvais âge, se dit-elle. Andrew boit une nouvelle gorgée et grimace encore tant le breuvage est amer.

Léonie penche la tête pour tenter de sécher un peu ses cheveux près du verre brûlant des lampes à pétrole. Andrew croque dans une pomme, le bruit résonne dans la cavité.

— Un peu acide, mais excellente.

— Vous en aurez autant que vous voulez.

Léonie ne sait quoi faire de ses mains, entortille des mèches entre ses doigts. Elle pense à la lettre, à cette place qui l'attend au pensionnat de Caen et qu'elle a refusée. Elle se demande si sa décision n'a pas été un peu précipitée, irréfléchie, car, après tout, elle ignore tout de cet homme et de ses aspirations. Il se bat sans doute pour une grande cause, pour la victoire finale, peut-être même qu'il est prêt à y sacrifier sa vie. Ses propres ambitions sont bien moins glorieuses, elle ne mène aucun combat. La honte la submerge, elle qui ne souhaite qu'un peu de répit, de réconfort, échapper à cette prison de roche érodée. Près de lui, elle prend conscience de la petitesse de ses désirs, de la vacuité de son existence si étriquée, sans horizon. Elle veut soudain grandir, embrasser un destin plus noble, le saisir à bras le corps. Andrew rompt le silence.

— Vous avez l'air triste. C'est à cause de moi ?

Léonie élude la question, il n'y a rien d'intéressant à dire.

— C'est comment chez vous ?

Le visage d'Andrew s'illumine de nostalgie.

— Si vous me lancez sur ce sujet, nous en avons pour la journée.

— Essayez de faire court, alors, je dois partir bientôt.

— Vous êtes un véritable courant d'air. Bon, je me lance, vous l'aurez voulu. Je suis du Dorset, juste de l'autre côté de la mer. C'est très vallonné, avec des prés d'un vert éclatant où l'ombre des nuages file en épousant la terre. Il y a des routes et des chemins bordés de talus, et le long de ses talus courent des murets recouverts de mousse. Le petit manoir familial est à la sortie du village, tout en pierres sombres, avec des cheminées longues et étroites qui pointent vers le ciel. Le jardin y est fleuri à toute saison. L'hiver, il y a tant de brouillard que le paysage disparaît, et si l'on se place derrière une fenêtre, on croit que le monde s'est changé en grosse boule de coton. Certains diraient qu'on s'y ennuie à mourir, moi jamais, c'est question de tempérament.

— Ça a l'air charmant, dit Léonie en serrant le gobelet.

— *You can't imagine. It's absolutely wonderful !*

Léonie aime lorsqu'il parle anglais. Il y a quelque chose de terriblement exotique dans ces simples mots. Son français est parfait, presque trop pour laisser transparaître sa véritable personnalité. Mais, dès qu'il retrouve sa langue maternelle, son visage s'anime, devient plus expressif.

Léonie lui rend sa veste et renfile son chandail humide.

— C'est déjà l'heure, il faut que je parte.

Andrew soupire, la raccompagne jusqu'à la porte.

— J'ai aperçu votre cousin Gus, dit-il avant qu'elle s'éloigne. Il est venu rôder. La prochaine fois, j'irai lui parler.

— De quoi ?

— De ses bâtons de dynamite. Certains suintent et c'est très dangereux. Il faudrait les trier. Et comme je n'ai rien de mieux à faire… Pensez-vous qu'il serait d'accord ?

— Avec lui, on ne sait jamais. Soyez prudent.

— Voyons, je suis un soldat de Sa Majesté ! s'exclame-t-il en riant.

La pluie a cessé alors que Léonie traverse la lande vers la bergerie. Il est temps d'exaucer les vœux de sa mère. Prudente, elle passe à bonne distance de la petite maison d'Émile, en retrait le long du chemin de la carrière, dissimulée derrière de gros bosquets d'ajoncs. Elle semble figée dans la brume matinale, dans un monde où les monstres difformes sont tapis derrière leurs rideaux et attendent. Elle pense à la photographie, à Hector dont le secret lourdement gardé pèse sur ses épaules, comme une menace. Elle tremble à la simple évocation de son nom, se remémorant l'avertissement de sa mère.

La bergerie se découpe dans le matin blafard. Léonie entend le bêlement des moutons serrés les uns contre les autres. La chaleur qu'ils dégagent fait fumer le toit de chaume.

Léonie trouve sa grand-mère assise dans sa bicoque, aux prises avec d'affreuses quintes de toux. Un petit tas de pommes de terre est disposé sur du papier journal.

— Oh, souffle-t-elle, te voilà, Ninne. Tu es trempée, viens donc te réchauffer près du poêle.

Léonie remercie la vieille femme et avance les mains devant la fonte brûlante. Sur sa peau flotte encore l'odeur de l'Anglais. Dans la pièce attenante, le troupeau bêle.

— Il va faire une sacrée tempête la nuit prochaine, dit la grand-mère. Ça, tu peux me croire. Y a pas un oiseau dans le ciel et les bêtes ne sont pas tranquilles.

— Je viens pour voir si tu peux m'arranger une robe, c'est pour le mariage.

— C'est que je n'ai plus mes yeux d'avant. Mais je vais essayer. Et comment va Louison ? Pas trop anxieuse ?

— Oh, sourit Léonie, je ne l'ai jamais vue se faire du mauvais sang. C'est une bonne nature, rien ne l'ébranle.

— Eh bien, tant mieux, parce que le fils Morin, il paraît qu'il tourne vinaigre. Le voilà milicien. A-t-on besoin de gens comme ça ? Je te le demande.

— Elle épouse bien qui elle veut, grand-mère. Son rêve, c'est...

Léonie s'interrompt. C'est difficile d'expliquer à sa grand-mère ce que Louison éprouve pour le soldat allemand, pour Adonis, quels sont les sentiments contradictoires qui l'animent. Une fille doit suivre le choix de ses parents dans ces affaires de mariage.

— Et toi, demande la grand-mère, as-tu des projets ? Vas-tu te marier ?

— Moi ? Plutôt mourir. Ou alors il faudrait que ce soit au moins un prince charmant, ajoute-t-elle en souriant.

La vieille rit avec elle, donne une épluchure de patate à son chien. Léonie sursaute.

— Mais comment ça se fait qu'il soit en vie, celui-là ?

— Vois-tu, ma fille, l'âge a des privilèges. Je leur ai dit, à ces cochons d'Allemands, qu'il m'était indispensable pour mener le troupeau. Et contre la promesse de le garder à l'œil, j'ai pu le sauver. C'est René qui ne rate jamais une occasion de s'en plaindre. Mais qu'est-ce que j'y peux, moi, si le sien a été abattu ? Il était gentil mais couillon, ce chien ! C'est toujours ceux-là qui se font avoir. Tiens, un peu comme ton père…

— Ne dis pas des choses pareilles, s'indigne Léonie. C'est cruel.

— Oh, tu sais, ma petite, la vie ne m'a pas épargnée, j'ai eu mon lot de malheurs. Elle m'a pris mon mari, mon aîné, et m'a rendu ton père avec une jambe en moins.

C'est la première fois que sa grand-mère évoque l'existence de son autre fils et Léonie ne peut laisser passer l'occasion d'en apprendre davantage à son sujet.

— Hector, c'est bien ça ? Comment est-il mort ? J'ai vu sa tombe au cimetière.

— Ce ne sont pas des histoires à te raconter. Je ne vois pas à quoi ça t'avancerait. De toute façon, tu vas bientôt t'en aller et tout ça sera derrière toi. Il faut aller de l'avant.

La vieille se tait, soupire et se lève péniblement pour augmenter le tirage du poêle. Les prunelles jaunes de Léonie flamboient avec plus de détermination que les flammes qui dansent derrière la meurtrière de mica au bas du tube de fonte.

— Ne me fixe pas avec ces yeux-là, reprend la grand-mère. Hector nous a bien fait souffrir. Oh, ça, ton grand-père en a pleuré des jours de pluie avec ce mauvais fils. Il a fait de vilaines choses et le Seigneur l'a puni. Rien que de dire son nom, les larmes me viennent. Heureusement, toi, tu es une bonne fille, gentille et dégourdie. Il n'y a plus rien qui vaille la peine de s'attacher à ce rocher. Rien.

— Il y a toi.

— Ne dis pas de sottises, je serai bientôt partie.

Puis elle étreint Léonie avec une telle force que la jeune fille suffoque.

— Tu ne peux pas encore comprendre, murmure la vieille en reniflant dans ses larmes, mais crois-moi, un jour viendra où tu seras en âge que la vérité te soit dite par les uns ou les autres, les secrets finissent toujours par être révélés. Moi, je n'en ai pas le courage.

Abasourdie, Léonie se laisse tomber sur une chaise alors que la vieille sèche ses yeux et gratifie son nez humide d'un aller-retour de son mouchoir. Puis elle sort la robe du sac que Léonie a apporté et l'examine. C'est une vieille robe de soie noire.

— On devrait pouvoir en faire quelque chose, déclare la grand-mère après une longue inspection. L'ourlet est assez long, en le décousant, ça donnera la bonne longueur.

— C'est gentil à toi, répond Léonie, encore sous le coup de l'émotion. La noce est dans trois jours, ça ira ?

— Bien sûr, ma petite, je ne sors plus guère les bêtes, maintenant. J'ai du temps à ne plus savoir qu'en faire. Il faudra y ajouter un chemisier, un tablier et une coiffe. Je dois bien avoir quelques vestiges dans mes affaires.

— Merci.

Léonie se tait, attrape machinalement le couteau et se met en tête d'éplucher les pommes de terre. Les mains de la vieille sont déformées par l'arthrose et sans doute cette simple tâche la fait-elle atrocement souffrir. Il faut maintenant aborder le sujet de la vente. Elle appréhende la réaction de la grand-mère, peu encline à satisfaire les demandes de sa bru.

— Et au sujet de la carrière, que vas-tu décider ?

La vieille se rassied et les rides de son visage tanné par le sel et le soleil se creusent en une expression soupçonneuse.

— Je me doute que tu te fiches bien de cette carrière. C'est ta mère qui t'envoie aux nouvelles ?

Léonie hoche la tête.

— Ah, elle ne manque pas de toupet. Avec tout ce qu'elle nous a fait voir…

Léonie a soudain envie de pleurer. Elle en veut à sa mère de l'obliger à servir de messagère. Elle voudrait qu'on la laisse en paix, que les adultes règlent leurs affaires entre eux, sans la placer au centre de leurs différends, là où on prend forcément des coups. Elle en reçoit bien assez.

— Allons, la rassure alors la vieille, ne te mets pas dans cet état. Je sais bien que ta mère rêve de mettre la main sur cet argent. C'est écrit sur sa figure de rapace chaque fois qu'on se croise. Le café ne lui a pas suffi. C'est bien pour ça que j'ai refusé la proposition de ce monsieur bien trop élégant pour être honnête. Je fais ça pour ton bien. Ce sera ton héritage. Si je le vends, ta mère bouffera tout en un clin d'œil, et ce n'est pas ton pauvre père qui l'en empêchera. C'est ça que tu veux ?

— Ce que je veux, c'est qu'elle parte.

— Oh, sourit la grand-mère, je vois que tu as bien réfléchi à la question.

— Oui, soupire Léonie. Maman couche avec cet homme, j'en suis sûre. Dès qu'elle aura l'argent, ils fileront ensemble et nous en serons débarrassés.

La vieille réfléchit un moment, avançant et reculant ses lèvres chiffonnées.

— Après tout, déclare-t-elle, si c'est ton souhait, qu'il en soit ainsi. Lorsque tu rentreras, va à la pension dire à ce M. Duval que je vais le signer, son acte de vente. Et qu'il aille au diable.

11

Après trois jours de tempête, les bourrasques balaient encore Sainte-Kristen en perdant de leur force. C'est un nouveau jour terne et humide qui invite à rester chez soi, à calfeutrer les fenêtres pour ne plus entendre le vent siffler lorsqu'il s'engouffre dans chaque logis par le moindre interstice.

Léonie enfile un manteau et sort. Elle meurt d'envie de rejoindre Andrew, mais sa mère lui a ordonné de venir aider au café. C'est aujourd'hui que le maire offre un verre à ses amis avant la noce de son fils et Louison. Autant dire qu'il y aura du monde.

Léonie traverse la grand-rue et descend en direction du port. Elle imagine que ces sifflements qui glissent sur les pavés sont ceux des fantômes des disparus. Sans doute Hector est-il parmi eux ? Léonie se persuade qu'elle le frôle sans le voir alors qu'il rôde près de la maison pour apercevoir son frère. Elle divague et s'en rend bien compte. Cette île a raison des esprits les plus solides.

Léonie s'approche du petit hangar à bateaux, l'atelier du père de Karadeg. C'est ici que travaille le garçon lorsque le temps ne lui permet pas de pêcher. Sur la toiture de bois, l'extrémité d'un tuyau de poêle crache une fumée sombre et nauséabonde.

Léonie pousse la porte et l'odeur de goudron fondu qui empeste l'air lui saute aux narines. Karadeg est là, une cigarette aux lèvres, tournant un bâton dans la pâte noire. Il se redresse, surpris par la visite.

— Salut, Ninne. C'est pas un temps à mettre le nez dehors.

— Je dois aller aider au café, Morin offre un verre.

— Je sais, mais j'ai du travail.

Léonie s'avance parmi les établis, admire les outils soigneusement rangés sur les parois, suspendus à des clous. Le centre du hangar est occupé par une barque à misaine aux courbes élégantes qu'on appelle par ici une péniche. Karadeg l'a couchée sur le flanc pour le calfatage de la coque et l'application du goudron sous la ligne de flottaison. L'intérieur n'est pas ponté et laisse apparaître ses côtes alignées, semblables à un squelette de cétacée. Le bois est lisse, couleur de miel, parfaitement décapé. Le gréement est couché au fond du hangar, ainsi que les rames, au pied d'un empilement de casiers à crevettes.

— C'est ta barque ? demande Léonie.

— Ouais ! répond fièrement Karadeg. Mon père me l'a donnée. Quand j'aurai terminé de la retaper, elle sera comme neuve. J'irai pêcher seul.

— Sois prudent.

Le garçon charge le poêle avec des copeaux de bois et quitte son gruau puant pour caresser la coque de son embarcation.

— Pourquoi tu es venue ?

— J'ai besoin que tu me parles de mon oncle.

— Je t'ai dit tout ce que je sais à son sujet.

— Alors qui en sait plus ? l'interroge Léonie.

Karadeg soupire.

— Ninne, tout le monde ici sait quelque chose, mais tu ne trouveras personne pour t'en parler. Je suis comme toi, j'étais pas né quand il est mort.

— Je suis désolée de t'embêter. Je n'ai pas le droit de te harceler avec cette histoire.

— Ça va, t'excuse pas. J'ai bien essayé de cuisiner mon père, mais ça n'a pas été très concluant.

— Mais il t'a dit quelque chose ? insiste Léonie.

— Il a juste dit que c'était un ivrogne.

— Hector ?

— Ouais, que c'est ça qui l'avait tué.

Karadeg secoue la tête.

— Quand on y regarde de plus près, c'est pas étonnant. Ça fait longtemps que la gnôle et l'ennui tuent plus que les guerres, ici.

Léonie essaie de se figurer cet oncle titubant dans la rue. Aucune image ne lui vient. Un ivrogne, rien de plus ? Elle est terriblement déçue. Elle fait un effort, tente d'imaginer le scénario de sa mort. Une chute depuis la falaise ? Dans l'eau du port ? À la carrière ou dans l'escalier ? C'est absurde. Que peut-il y avoir de si honteux pour qu'une famille décide de le rayer de ses souvenirs ? Ici, les types trop portés sur la bouteille sont nombreux, sans pour autant qu'on taise leur nom à jamais.

Karadeg s'est remis à son ouvrage et remue doucement le goudron fumant. Il soulève le bâton et juge de la viscosité du long fil gluant qui s'étire depuis la surface où crèvent des bulles noires. Du coin de l'œil, il observe Léonie. Il aimerait faire davantage, soulager sa peine. Il l'aime plus que de raison, cette fille mélancolique. Une idée lui vient, aussi absurde que dangereuse.

— Il y a peut-être quelqu'un qui pourrait te renseigner.

— Qui ?

— Non, oublie ça, c'est idiot.

— Qui ? répète Léonie en l'empoignant par les épaules.

— Émile.

Léonie entre au café par la porte de derrière et descend à la cave ranger les bouteilles vides.

La salle est pleine et Adonis, fier de sa carrière naissante sous les auspices du Maréchal, cancane à qui veut l'entendre sur ses exploits de milicien. À l'écouter, on pourrait croire qu'il va sauver la France à lui seul.

— Darnand, c'est quelqu'un ! pérore-t-il, la moustache frémissante.

Dans le café, on approuve.

Le vieux Malgorn, déjà saoul, émet un grognement de désapprobation. Il tend son verre à la patronne d'une main tremblante, chahutée par l'alcool qui lui fait le nez d'une belle couleur cramoisie.

— Tu as quelque chose à dire contre lui ? l'invective Adonis, vexé que l'on doute ainsi du chef de la milice française.

Les autres se taisent, mais Malgorn tient un os et ne veut pas le lâcher. Les Allemands occupent son phare, quelqu'un doit payer pour ça.

— Ton Darnand, il file un mauvais coton, voilà ce que j'en dis.

— Tu ferais mieux de tenir ta langue ! s'énerve le jeune homme. En 14, il a reçu six citations, la croix de guerre, la médaille militaire pour son courage au combat, et il a été fait officier de la Légion d'honneur en 40.

— Gamin, on le respecte tous pour ça, mais le voilà maintenant officier de la SS. Tu peux me dire ce qu'un valeureux soldat français fout dans l'armée allemande ?

— Son engagement avec le Reich est la suite logique de sa carrière ! L'avenir n'est possible qu'avec eux ! Ensemble, nous reconstruirons un monde meilleur. Et toi, tu t'es engagé dans quoi, le vieux ? Je vais te le dire : dans rien. Comment voulez-vous qu'on redresse le pays avec des petites gens de ton espèce, des lâches et des communistes ?

— Allons, intervient le maire en calmant les deux belligérants, inutile de nous déchirer dans un moment pareil, il n'y a ni lâches ni communistes sur notre île. Mon fils, n'oublie pas que tu vas te marier !

La patronne en profite pour ouvrir de nouvelles bouteilles et les verres tintent et se remplissent. Elle virevolte entre les clients et sa seule présence étouffe la querelle.

Si Darnand est bien un héros de 1914 et de 1940, il n'est pas le seul à s'être battu. Le père de Léonie montre sa jambe disparue, d'autres parlent de la longue liste de noms gravée sur le monument aux morts, les fils, les frères, les pères, alignés sous le fier poilu de bronze. Sainte-Kristen a payé le prix du sang et des larmes, plus que bien des bourgades.

Adonis reprend un verre, ce n'est pas raisonnable, qu'importe, il veut remporter cette victoire.

— Heureusement qu'on a des héros comme Darnand pour la gagner, cette guerre, et pour vouloir aujourd'hui redresser la France qui souffre ! Et on le redressera, le pays, malgré les tire-au-flanc et les traîne-la-patte. On leur en fera baver, aux terroristes, à ces salauds de communistes et aux franc-macs !

— Tes Boches, ils la perdront, c'te guerre, comme la précédente, gronde Malgorn en guise de réponse.

— Ah non, s'interpose de nouveau le maire. Par pitié, ça ne va pas repartir !

Le silence retombe sur l'assemblée des buveurs.

Dehors, la fanfare de l'occupant profite d'un premier rayon de soleil pour s'installer sur la place, à quelques mètres du café-tabac, sous la plaque émaillée rouge et jaune de la marque Bouillon Kub. Il y a là en rangs serrés des trompettes, trombones, cors, tubas, clarinettes et percussions. Les enfants curieux se rassemblent autour des musiciens qui n'attendent qu'un geste du chef pour commencer.

Léonie remonte de la cave, portant deux casiers de six bouteilles vides qu'elle va remiser dans le débarras sur l'arrière du café, dans la ruelle de terre battue.

Elle ne jette pas un regard vers la salle bondée et le nuage de fumée qui flotte à mi-hauteur, jetant un brouillard sur les clients. L'idée de Karadeg fait son chemin dans son esprit. Elle doit trouver le courage de se rendre chez Émile, même si c'est bien la dernière chose dont elle ait envie.

La faim la tenaille, il faudra attendre jusqu'au maigre repas du soir. Les premières notes de la fanfare franchissent les toits pour résonner dans le village.

La ruelle est déserte, balayée par les bourrasques qui tourbillonnent.

Un chuchotement attire l'attention de Léonie. Puis une respiration courte, feutrée, provenant de la remise.

Elle dépose son fardeau et pousse doucement la porte. Là, dans l'ombre parmi les casiers vides et les vieux meubles poussiéreux, un couple s'embrasse. Léonie se fige en reconnaissant la silhouette échevelée de Louison. Louison, le rayon de soleil, la palette de couleurs, sa meilleure amie, embrasse le soldat allemand.

Ses mains à lui sont parties à l'aventure sous la robe de la jeune fille et elle semble bien disposée à leur égard. Elle se tortille sans pour autant les repousser, laissant les siennes bien serrées autour du cou du soldat. Elle lui murmure à l'oreille des douceurs que Léonie n'entend pas. Qu'elle est jolie, Louison ! C'est un torrent de lumière, de vitalité. Elle resserre son étreinte, ses doigts se crispent sur la nuque rasée de Dieter. La porte grince, révélant la présence indiscrète de Léonie.

Le soldat se retourne, rouge, décontenancé et penaud. Un instant, Léonie a cru qu'il s'agissait de Hans, mais non, c'est un autre dos vert-de-gris, parfaitement semblable. Il s'avance vers elle, balbutie quelques mots qu'elle ne comprend pas. Il hésite, resserre son ceinturon, cherche son casque égaré sur le sol, rassemble son attirail éparpillé. Il tente alors de voler un dernier baiser à sa partenaire mais elle tourne la tête, gênée.

— File donc ! lui ordonne Louison en rajustant sa robe.

Alors, incrédule, il prend son fusil, sa cartouchière qu'il jette sur son épaule, et sort à la manière d'un enfant pris en faute.

Louison et Léonie restent seules, face à face.

— Ne me regarde pas comme ça ! grogne la rousse encore échevelée.

— Bon sang, rétorque Léonie, tu te rends compte de ce que tu fais ? Adonis est au café, à deux pas d'ici !

— Tu ne vas quand même pas le défendre ? Tu ne peux pas le voir ! Dieter est doux, attentionné, et possède encore mille autres qualités dont ce pauvre Adonis est dépourvu.

— Je n'en doute pas, mais tu dois l'épouser dans deux jours !

Louison termine de reboutonner le haut de sa robe.

— C'est facile pour toi de juger, tu ne sais pas ce que c'est que l'amour. On ne peut pas vivre sans amour.

— Inutile d'être méchante avec moi. Je suis ton amie.

Un silence s'installe. Léonie prend conscience que cette aventure est bien plus sérieuse qu'elle ne l'avait imaginé. Elle cherche ses mots, voudrait convaincre son amie que c'est une folie, une voie sans issue. On pourrait pardonner une amourette, mais pas un Allemand. Tout le village va lui tourner le dos, la considérer comme une pestiférée. L'île est bien trop minuscule pour tolérer l'égarement d'une jeune fille. Sa famille et elle vivraient dans la honte jusqu'à la fin de leurs jours. C'est un bagne, et Léonie est bien placée pour le savoir. Elle est convaincue que, si la roche s'ouvrait en deux à l'instant, on verrait jaillir de la crevasse les flammes de l'enfer.

Il est temps que cette guerre finisse, que les soldats ennemis rentrent chez eux et que meure cette aventure sans lendemain.

— C'est décidé, Dieter veut m'emmener en Allemagne, reprend Louison. Quand la guerre sera terminée. On va se marier.

— Mon Dieu, Louison !

— Moi aussi je pourrai alors quitter cette île. Il n'y a pas de raison que je reste coincée ici alors que toi…

Léonie secoue la tête.

— Alors que moi quoi ? J'ai eu l'occasion de partir, mais je suis restée.

— C'est toi qui m'as mis en tête ces idées d'évasion. Et tu voudrais que je renonce maintenant que l'occasion se présente ? Je dois la saisir.

Léonie ne sait plus quoi penser. Est-elle véritablement à l'origine des espoirs délirants de Louison ? Est-elle responsable de cette situation ? Dès qu'il changera d'affectation, Dieter l'oubliera. Tout ce qu'il veut, c'est tuer l'ennui, ce terrible ennui qui engourdit chaque esprit de ce caillou décharné où chacun garde les yeux rivés sur l'horizon vide en nourrissant l'espoir que quelque chose va surgir et les délivrer. Mais rien ne surgit jamais, ce ne sont que des rêves, des chimères.

— J'aime sincèrement Dieter, murmure Louison, les larmes aux yeux. De toute mon âme.

Léonie enlace son amie. Elle sent sa détresse, son cœur généreux et complètement perdu qui bat dans sa poitrine.

— Calme-toi. Les choses peuvent s'arranger. Si c'est ton choix, alors tu dois le suivre.

Léonie sait que ses paroles de réconfort ne pèsent pas lourd comparé au séisme que produirait la fuite de Louison vers l'Allemagne. Pourtant elle les prononce avec conviction. Tout le monde a droit au bonheur, peu importe qu'on le trouve dans les endroits les plus insolites. Restent les questions pratiques.

— Comment comptes-tu annoncer ça à Adonis ? À tes parents ?

Louison redresse la tête, essuie ses larmes, implorante.

— Je pensais que... Je sais que je t'en demande beaucoup...

— Tu n'es pas sérieuse ? bondit Léonie. Tu veux que je le dise à ta place ?

Louison hoche la tête sans desserrer les lèvres.

— Ce n'est pas possible ! Tu es folle ! crie Léonie.

— S'il te plaît, la supplie Louison, je n'ai que toi vers qui me tourner. Tu sauras quoi dire, tu sauras trouver les mots. Tu es douée pour ça, alors que moi...

— Tu délires ! Adonis me hait. Il m'a fait comprendre que je devais me tenir éloignée de toi, que j'ai une mauvaise influence ! Tu me vois lui annoncer que tu veux le quitter pour te marier avec un Allemand ?

Au même moment, un gamin passe la tête dans la remise.

— Qui c'est qui va se marier avec un Allemand ?

Louison sursaute, puis fond sur lui à grandes enjambées. Elle l'attrape par le bras, le secoue.

— Qu'est-ce que tu fais à écouter aux portes, toi ? Fiche-moi le camp !

Vexé, le gamin se dégage et détale vers le café.

Les deux jeunes filles échangent un regard désespéré. Léonie s'élance à ses trousses. Hélas, le gosse pousse déjà la porte du café en chantant à tue-tête :

— Elle va se marier avec un Allemand ! Elle va se marier avec un Allemand !

Léonie s'arrête sur le seuil. Il est trop tard.

À l'intérieur, elle entend d'abord des rires, des exclamations amusées. Puis le silence se fait. Et la cacophonie reprend de plus belle, on interroge l'enfant, on le presse de questions, on n'y croit pas, on s'emporte. Léonie entend distinctement le bruit sec d'une calotte que le gamin vient de recevoir en pleine figure. Il se met à geindre, puis à crier :

— Elle l'a dit, Ninne, elle l'a dit que Louison allait se marier avec un Boche !

Léonie recule prudemment, referme la porte. Depuis le seuil de la remise, Louison retient son souffle, se cramponne au chambranle.

L'horreur de la situation lui saute au visage, dans toute sa crudité, et le vide de son sang. Sous le regard accablé de Léonie, elle chancelle. C'est une chose de tomber amoureuse d'un Allemand, c'en est une autre d'affronter tout un village. Son supplice ne fait que commencer. De l'autre côté des maisons, sur la grand-rue, la fanfare poursuit son refrain militaire.

Adonis fait irruption dans la ruelle avec le gamin. Ses poings sont serrés à en faire craquer ses phalanges.

Son regard se pose aussitôt sur les deux filles, dont l'air coupable est déjà pour lui un aveu.

Il s'avance. Léonie tente de s'interposer, mais Adonis la repousse sans ménagement contre un mur et continue de marcher vers Louison, dont les genoux tremblent. Le reste des clients déboule, chacun se pressant pour être le premier à assister au spectacle.

— Qu'est-ce que c'est que cette histoire ? demande Adonis à sa fiancée.

Tous sont suspendus aux lèvres de Louison. Chacun attend un démenti cinglant. Une fille de Sainte-Kristen avec un Allemand, ça dépasse l'entendement.

Son silence dure, devient lourd comme le plomb.

— Alors c'est vrai ? insiste Adonis en grinçant des dents.

Son honneur est jeté aux orties, là, devant tout le monde, sans pudeur ni retenue. Ses oreilles rougissent de honte et de rage.

Malgorn titube et ricane :

— Alors, milicien, où qu'il est ton beau discours ? Ça veut redresser la France, mais ça sait pas tenir la drôlesse.

Adonis sort son arme de sa poche et la braque sur le vieux.

— Toi, tu fermes ta grande gueule !

Personne n'a vu venir ce coup-là. C'est la bousculade pour sortir de la ligne de mire. On se pousse, on s'invective pour s'écarter du passage. Il faut chercher Pilvin, qui saura raisonner le dément, après tout, c'est sa charge d'auxiliaire de gendarmerie.

Jamais là quand on a besoin de lui, celui-là !

Un premier coup de feu part. La balle siffle et vient ricocher dans le granit, juste au-dessus de la porte du café. Cette fois, c'est la débandade. La clientèle reflue à l'intérieur, s'enfuit de l'autre côté par la grande porte dont la clochette tinte à s'en décrocher. Dehors, la fanfare est bousculée, les pupitres tombent en cascade, les instruments s'entrechoquent.

Dans la ruelle, Adonis retourne l'arme vers Louison.

— Dis-moi que c'est des mensonges de gosse, tout ça. Dis-le.

Pour seule réponse, la jeune fille se recroqueville, incapable de prononcer un mot.

Léonie s'interpose.

— Baisse ton arme, Adonis, tu vas finir par blesser quelqu'un !

De sa main libre, le garçon s'ébouriffe les cheveux, s'étrangle dans un rire aigu.

— Encore toi, toujours toi ! hurle-t-il, hors de lui. Regarde-la ! Bon Dieu, je t'avais pourtant dit de rester loin d'elle, d'arrêter de lui fourrer des idées malsaines dans la tête !

Il se penche pour apercevoir Louison, ratatinée derrière Léonie.

— C'est elle, hein, c'est ça ? C'est elle qui t'a poussée à faire cette bêtise ? Tu peux me le dire, tu peux tout avouer.

— Arrête, murmure enfin Louison. S'il te plaît, Adonis, tu me fais peur.

— Je te fais peur ? Oh, tu fais bien d'avoir peur, nom de Dieu. Tu fais bien !

Adonis s'interrompt, baisse son revolver. Il semble désorienté, plus dangereux encore que d'ordinaire.

— Je t'en prie, Adonis, reprend Léonie, pose ton arme, on va discuter de tout ça calmement.

— Discuter ? Je devrais t'écraser. Tu es nuisible. Je l'ai toujours su. Le malheur s'accroche à toi et c'est contagieux.

— Elle est simplement amoureuse d'un autre homme, elle a fait son choix. C'est difficile à accepter, mais facile à comprendre, tu ne crois pas ?

Adonis fait un pas en avant, l'arme de nouveau braquée sur les deux filles.

— Je veux l'entendre de sa bouche ! Pas de la tienne ! Je veux qu'elle s'explique, qu'elle demande pardon !

Derrière lui, des soldats allemands débouchent du café par la petite porte et le mettent en joue. Hans est à leur tête.

— Déposez votre arme !

L'ordre claque.

Adonis se retourne un instant vers les soldats.

— Je règle un différend entre futurs époux, ça ne vous regarde pas.

— Dernière sommation !

— Nous sommes dans le même camp, s'emporte Adonis. On chasse la racaille, les traîtres et les terroristes !

Adonis fait encore un pas vers les filles, traque le regard de Louison.

— Adonis ! l'implore Léonie. Baisse ton arme ou ça va mal finir. Fais-le pour Louison, elle va avoir besoin de toi après tout ça.

— *Achtung !* crie Hans.

Aussitôt, le son sec des culasses résonne dans la ruelle. Les soldats ont le doigt sur la détente, prêts à faire feu.

Le milicien fait volte-face, les dévisage froidement. Ils sont parfaitement immobiles, attendant l'ordre de tirer. Leurs visages ne laissent transparaître aucune émotion.

Adonis se décide enfin à lâcher le revolver. Il le jette à terre avec mépris. À peine l'arme a-t-elle touché le sol que les soldats se ruent sur lui et le maîtrisent.

— Doucement, grogne-t-il, j'appartiens à la milice du Maréchal ! Nous sommes du même côté !

Léonie pousse un soupir de soulagement alors qu'Adonis s'éloigne, encadré par la patrouille.

Hans s'approche de la jeune fille.

— C'est courageux ce que tu as fait. T'interposer comme ça entre un homme armé et l'objet de sa colère…

— Louison n'est pas un objet, c'est ce que tu peux dire à tes camarades trop empressés de prendre un plaisir facile.

— Je suis sincèrement désolé, répond Hans, je vais convoquer Dieter pour lui faire la leçon.

— Et lui ? demande Léonie en désignant Adonis d'un coup de menton.

— Il va être enfermé à la caserne. Puis nous le remettrons aux autorités dès demain par bateau pour qu'elles décident de son sort.

— J'espère qu'il ira en prison.

Hans allume une cigarette, tire une longue bouffée de fumée qu'il exhale dans un jet vaporeux.

— En des temps normaux, il irait tout droit. Mais nous ne sommes pas en des temps normaux, n'est-ce pas ? Il sera certainement remis en service avec un simple blâme. Ils ont besoin de types comme lui, des agressifs, des fanatiques. Nous avons les mêmes chez nous, en Allemagne.

— Et ça ne te fait rien ?

— Bien sûr que si. Mais ce sont ceux-là qui nous gouvernent. Enfin, peut-être plus pour longtemps.

Léonie fronce les sourcils, intriguée.

— Que veux-tu dire ?

— Partout, nos troupes reculent. La victoire a changé de camp. Nous allons plonger dans une longue période d'agonie. Ça doit te ravir.

— Pas du tout. Je hais la guerre, je hais ce qu'elle vous force à faire.

— Ah, tu n'imagines pas ce que je serais prêt à donner pour être assis à côté de toi à la terrasse d'un café. Moi sans uniforme, toi dans une jolie robe… On parlerait littérature, poésie. Tu me donnerais la main. Tu ne me mépriserais plus, et moi, je serais amoureux.

Léonie rougit. Hans la couve de son regard bleu, franc et limpide. La mère passe alors la tête hors du café et crie :

— Et ces casiers, ils vont se ranger tout seuls ?

Léonie salue Hans d'un geste discret et ramasse les casiers restés en vrac sur le sol de la ruelle.

Louison est en larmes, toujours appuyée au chambranle de la porte de la remise.

— Rentre chez toi, lui murmure Léonie. Je viendrai te voir dès que ma mère en aura fini avec moi.

— Qu'est-ce que je vais devenir ?

— Calme-toi, tout ça sera vite oublié. Il y a d'autres garçons que ces deux-là. Va, maintenant.

Dès que Léonie retourne au café, sa mère l'attire à l'abri des regards et l'empoigne :

— Qu'est-ce que tu fiches avec cet Allemand ? Toi aussi, tu couches avec un soldat ?

— Non ! se récrie Léonie. Ce n'est pas moi qui couche avec n'importe qui !

La mère s'assombrit brutalement, tout son être irradie de colère.

— Tu oses me parler sur ce ton ? Petite garce !

La mère lève la main, mais son geste est interrompu par le père qui apparaît en claudiquant à l'autre bout du petit couloir de service.

— Qu'est-ce qui se passe encore, ici ?

— Rien qui te concerne, tonne la mère, furieuse.

— M. Duval est arrivé, il vient de chez ma mère et elle a donné son accord. Il souhaite nous parler de la vente. Je lui dis de repasser plus tard ?

Le temps d'un battement de cils, la mère retrouve son calme, lâche sa fille et rajuste à la hâte les épingles de son volumineux chignon.

— Je vois que tu as réussi à persuader ta grand-mère. Mais tu ne perds rien pour attendre, petite insolente.

Et elle s'éloigne d'un pas conquérant vers la grande salle.

Léonie s'adosse au mur, haletante. Son père se fend d'un sourire contrit, de ceux que l'on adresse à un condamné. Puis il s'éloigne à son tour.

Léonie en profite pour s'échapper et retourne à la maison.

Dehors, sur la petite place pavée du village qui s'est vidée, René arrache les mauvaises herbes qui grignotent le pied du monument aux morts. Au-dessus de lui, deux soldats pétrifiés, bras croisés et adossés à un court et massif obélisque de granit, regardent l'horizon. Demain, l'armistice ne sera pas fêté pour la quatrième année consécutive. Si les Allemands en ont interdit les commémorations, ils ne peuvent interdire l'entretien des monuments.

Enfin, pour le moment, se dit René en grattant délicatement le joint du trottoir.

Léonie a allumé la radio et met la table. Son père ne va pas tarder à rentrer. Il faut encore essorer les draps qui trempent dans une bassine, chercher des branchages et un peu de bois sec sous l'appentis derrière la maison. Soudain, quelqu'un gratte au carreau.

Léonie se retourne et aperçoit le visage de Gus.

Le cœur battant, elle se rue sur la fenêtre et l'entrouvre.

— Qu'est-ce que tu fais là ?

Gus a sa tête des mauvais jours. Il jette des regards inquiets vers la rue.

— Il faut que je te parle, dit-il.

— Je te croyais fâché contre moi. Tu veux entrer ?

— J'ai pas le temps. C'est au sujet de ton Anglais.

Léonie tressaille. Il a dit *son* Anglais, comme si elle était responsable de sa présence.

— Entre !

Léonie referme la fenêtre et fait entrer Gus dans la cuisine. Elle est furieuse de voir ce grand imbécile se mêler de ses affaires. Gus regarde une dernière fois la rue par les carreaux et baisse la voix.

— Il m'a chargé de te dire qu'il a besoin de te voir. Ça me dit rien qui vaille.

— Mais depuis quand tu lui parles, bon sang ? Je t'avais dit de rester à l'écart. C'est mon problème, pas le tien !

— Je garde un œil sur lui. C'est pour ton bien, Ninne. Dieu sait quels emmerdements il va nous attirer.

Léonie croise les bras et le dévisage d'un air sévère. Gus veut bien faire, elle le sait. À sa manière, il la couvre d'attentions, se dévoue pour lui éviter les pires ennuis et reste vigilant, bien que son obsédante chasse au trésor accapare le plus clair de son temps. Malgré ça, Léonie est en colère. Elle voudrait être la seule à protéger Andrew, à faire en sorte qu'il puisse quitter l'île vivant. Ce serait une belle revanche sur cette saleté de rocher. Au lieu de ça, il va se confier au premier venu !

— Qu'est-ce qu'il veut ? demande-t-elle.

— Te parler de toute urgence. C'est ce qu'il a dit.

— Et pourquoi il ne vient pas lui-même ?

— Parce qu'il sait pas où tu habites, bon Dieu ! Et c'est pas moi qui vais lui dire. Tu crois que ce serait malin de le laisser se promener dans les rues par les temps qui courent ?

Léonie baisse la tête. Bien sûr que c'est stupide ! Andrew a simplement trouvé le seul messager à sa disposition.

Elle attrape un quignon de pain et le tend à Gus.

— Dis-lui que je viendrai cette nuit et donne-lui ça.

— Comme tu veux, répond Gus. Mais il en aura pas besoin. Je lui ai déjà donné quelque chose à manger. Ta mère va finir par s'apercevoir qu'il manque de la nourriture.

— Merci de t'occuper de lui, tu n'es pas obligé de le faire.

Gus dépose le pain sur la table, balance ses bras immenses avant de fourrer ses mains dans ses poches.

— C'est pour toi que je fais ça, Ninne. Il faut que tu sois prudente.

— Je te promets de l'être. Et maintenant file. J'ai beaucoup à faire.

Gus esquisse un pâle sourire et sort. Il enfourche sa bicyclette et s'élance dans la grand-rue.

12

La nuit tombe tôt en novembre, même à l'heure allemande. Léonie attend son père qui va rentrer d'un instant à l'autre. Elle entend déjà le grincement de la porte de la cour, et le bruit sec des béquilles sur les pavés.

Léonie retire la soupière de la cuisinière et la dépose sur la table. Le coucou sonne sept heures alors que son père entre et accroche sa casquette ainsi que sa veste sur le portemanteau en humant l'air.

— Hmmm, ça sent bon ici !

— Assieds-toi, la soupe est toute chaude.

Léonie jette un œil au cadran du coucou. Elle voudrait que la mécanique s'emballe, que les heures défilent aussi vite que des minutes pour rejoindre Andrew. Elle imagine déjà ce qu'il va lui dire, lui parler de la date de son départ. Elle pressent les adieux sans effusions de deux inconnus que le hasard a réunis le temps d'une poignée de jours. Et chacun poursuivra son chemin.

— Il reste peu de clients ce soir, ta mère ne tardera pas à fermer.

Léonie aimerait répondre qu'elle s'en moque mais préfère se taire. Son pauvre père n'a pas besoin qu'on ajoute à son éternelle tristesse. C'est sûr que, avec le scandale provoqué par Louison, la fête qui précède la noce a dû en prendre un coup. Il a fallu remiser quelques bouteilles.

— Quelle sale histoire pour ton amie Louison, reprend l'infirme en nouant sa serviette autour de son cou. Son père est furieux, et je ne te parle même pas du maire. Son pauvre fils est détenu au phare. Quel malheur !

— Adonis est un sale type. Il ne mérite pas une fille comme Louison.

— Es-tu en train de la défendre ?

— Je dis juste que je la comprends, c'est différent. Pourquoi n'aurait-elle pas droit à autre chose que cette voie toute tracée ?

Le père la dévisage un instant, puis tend son assiette creuse.

— L'amour est un sentiment bien capricieux, n'est-ce pas ? ajoute-t-il en approchant l'assiette de son nez. Tu as mis un peu de lard ? Tu sais comme j'aime ça.

Léonie acquiesce. Il n'en reste presque plus mais elle se tait.

— Il y a tant de raisons d'être triste, reprend le père en avalant sa soupe à grand bruit. Demain, nous ne pourrons même pas fêter dignement l'armistice. Nos morts vont finir par croire qu'on les a abandonnés.

— On n'aura qu'à allumer des bougies à l'intérieur.

— C'est une bonne idée, et on mettra un petit drapeau au-dessus de la cheminée.

Ils mangent un moment en silence. L'infirme essuie les grumeaux qui restent accrochés à sa moustache. Il sourit.

— Ta mère était d'une humeur massacrante après l'incident, puis ce M. Duval est venu me faire signer l'acte de vente qui s'accompagne d'une coquette somme. Je ne l'avais pas vue aussi heureuse depuis bien longtemps. Figure-toi qu'il avait des billets plein un sac.

Il marque une pause, le temps de déguster une cuillerée de soupe.

— Je ne suis pas très fier d'accepter cet argent. On se demande d'où il le sort. Enfin, on dirait que la guerre en enrichit plus d'un. Et si ça peut redonner le sourire à ta mère… J'ai fait porter sa part à ta grand-mère. Le reste est au café. Je ne sais pas comment tu t'es débrouillée pour qu'elle accepte aussi facilement.

— C'est sans doute parce qu'elle paie mes études. Pourquoi vous ne m'en avez jamais parlé avant ? Combien de choses importantes vous me cachez encore ?

— Ce n'est pas un secret, rétorque le père.

— Alors pourquoi ne pas me le dire, tout simplement ?

— J'ai attendu l'occasion et elle ne s'est pas présentée, voilà tout. Il n'y a pas plus de mystère.

Léonie soupire. Elle n'en croit pas un mot. Tout remonte à Hector, elle en a la certitude.

Le père se ressert une louche, cherche à puiser au passage un petit morceau de lard et quelques fèves.

— Monsieur le curé m'a fait part de ton refus. Tu tiens vraiment à rester ici avec ta mère ? J'avoue n'y rien comprendre. Tu ne veux plus le bachot ?

Léonie aussi aimerait comprendre. Pourquoi ne pas s'enfuir, prendre ses jambes à son cou ? Qu'attend-elle au juste de l'Anglais ? Elle l'ignore encore, mais pour rien au monde elle ne raterait le rendez-vous de cette nuit.

— J'ai quelque chose à faire, répond-elle gravement. Ensuite, je m'en irai.

— Ce doit être rudement important.

— Ça l'est.

Le père sait qu'il n'en apprendra pas davantage. Il savoure son fond de soupe, gardant le précieux morceau de lard pour la fin.

Pour la première fois depuis son retour, Léonie est heureuse que le coucou égrène les heures, la tenant éveillée malgré la fatigue. Sa mère est rentrée tard, et longtemps elle a entendu son père claudiquer d'impatience sur ses béquilles, puis le silence est retombé. Il est temps de se vêtir.

Dehors, il fait noir et froid. Léonie compte ses pas pour s'orienter et se donner du courage. Il n'est pas question d'allumer une lampe.

Elle traverse la lande, un châle serré sur ses épaules. Elle marche en silence, s'accroupit dans les broussailles à chaque bruit suspect. Au loin, au-delà des falaises, l'océan se déchaîne, se fracasse contre la roche dans des explosions d'écume. La houle se creuse, et à la crête des vagues se dressent des crinières blanches.

Léonie se sent idiote de courir ainsi en pleine nuit. Dans quelques heures, quelques jours tout au plus, Andrew sera parti pour toujours.

Quatre cent quatre-vingt-quinze, quatre cent quatre-vingt-seize…

Ses pieds foulent un sol plus meuble, celui du chemin de la carrière. Elle pivote sur la gauche et reprend un nouveau compte.

Un, deux, trois…

Pourquoi reviendrait-il ? Une fois parti, Andrew reprendra le cours de son existence, s'en ira vers d'autres missions, d'autres lieux. Il n'est ici que par accident.

Trente-six, trente-sept…

Comment vont-ils se dire adieu ? En se serrant la main ?

Léonie devine la maison d'Émile sur sa droite bien qu'elle ne puisse en distinguer la silhouette. Sa seule crainte est de voir surgir le monstre, comme lorsqu'elle se promenait avec son père, fantôme lugubre et effrayant coiffé d'une cagoule.

Elle presse le pas.

Soixante-neuf, soixante-dix…

Il est encore temps de faire demi-tour. Elle inventera un mensonge, dira qu'elle n'a pas pu venir, qu'il fait trop froid.

Elle marche encore.

Cent cinquante-sept, la voilà devant la chaîne qui barre l'entrée de la carrière. De nuit, l'endroit est terrifiant. Léonie entend la roche se fissurer, des craquements résonnent entre les parois. Et si Gus avait raison ? Et si un bloc de granit se détachait et l'écrasait ? Elle a peur.

Son cœur accélère, il faut retrouver la porte dissimulée, se faufiler entre les pierres immenses et menaçantes. Elle écarte les bras, de part et d'autre ses mains frôlent les pierres.

Elle trouve la porte, s'arrête sur le seuil. À cet instant, elle ignore si elle va trouver le courage d'entrer. Il est encore temps de rebrousser chemin. Lentement, ses pieds reculent. Elle ne veut pas entendre la nouvelle du départ de l'Anglais, pas maintenant, pas comme ça, dans un trou creusé sous la falaise.

La porte s'ouvre et Léonie reste là, surprise et immobile.

— Il m'a bien semblé vous entendre. Gus m'a passé le message.

Andrew se tient sur le seuil, à contre-jour, à peine éclairé par la faible lueur des lanternes. Toute sa silhouette est soulignée par un trait de lumière.

— Vous n'entrez pas ?

Léonie sourit et parvient à bouger. La porte se referme derrière elle. Il fait meilleur que dehors dans la cavité. Elle reste debout, détaillant chaque objet comme si elle le voyait pour la première fois.

— Je suis désolée d'arriver si tard et, en plus, je viens les mains vides.

— Ne vous tracassez pas pour ça, sourit l'Anglais. Vous faites déjà tellement… Cette guerre vaut bien pour moi quelques sacrifices.

Sur la petite caisse qui fait office de table, Léonie remarque une carte de l'île grossièrement tracée au crayon sur une large feuille de papier.

Elle s'approche et comprend que l'espion a lui-même dessiné une carte approximative de l'île. Elle lui adresse un regard de reproche.

— Il a fallu que vous sortiez beaucoup pour établir une telle carte. Vous allez me rendre folle.

— Il faut savoir prendre des risques. Mais, rassurez-vous, je suis extrêmement prudent.

— Jusqu'au moment où ils vous attraperont, réplique Léonie. Et qu'arrivera-t-il alors ?

Elle regrette son ton un peu trop sec, peu amical. Andrew ne semble pas l'avoir remarqué et se penche sur la carte, l'air soucieux. Léonie observe son dos, puis la carte par-dessus son épaule.

— Lorsque vous aurez terminé de me réprimander, nous pourrons parler de la raison pour laquelle je vous ai demandé de venir.

— Pardon, répond Léonie, c'est juste que je suis inquiète.

Andrew se redresse, la saisit par les épaules pour la rassurer.

— J'ai une importante nouvelle. J'ai reçu l'ordre de faire sauter le radar.

Léonie accuse le coup et se laisse choir sur une caisse. Elle le voit déjà monter à l'assaut du cantonnement ennemi où plus d'une centaine d'hommes sont stationnés. C'est de la pure folie ! Andrew est aussi calme et détendu que s'il venait d'annoncer un événement d'une grande banalité.

— Vous ne partez plus ? balbutie-t-elle.

— Pas avant d'avoir rempli la mission. Ce radar détecte nos avions très tôt et laisse le loisir à la chasse ennemie de les abattre.

— Et comment comptez-vous faire ?

— Des renforts arriveront bientôt. C'est à ce moment que je vais avoir besoin de vous.

— Besoin de moi? s'étrangle la jeune fille.

— Vous m'avez parlé d'un endroit où accoster sans être repéré. Il va falloir me l'indiquer sur la carte. D'ailleurs, vous seriez très aimable de me dire si j'ai fait des erreurs de topographie. Chaque détail compte dans ce genre d'opération.

Léonie saisit la carte rudimentaire, fait appel à sa mémoire pour y traquer d'éventuelles erreurs.

— Le chemin du phare passe plus loin de la plage, dit-elle en posant son doigt sur le trait symbolisant la route. Il bifurque plus tôt dans les terres.

Andrew se penche, son front se barre de rides soucieuses. Concentré, il suit les indications de Léonie, amende ses tracés, reprend une courbe, déplace un relief. La séance dure plusieurs minutes. Enfin, il pose son crayon et regarde son œuvre avec une satisfaction presque enfantine.

— C'est plus fidèle ainsi, déclare la jeune fille.

— Merci, répond l'Anglais. Trop d'imprécision aurait pu nous coûter cher.

Léonie réfléchit un instant, puis demande:

— Vos amis arriveront de nuit?

— Oui, ce qui rendra leur débarquement périlleux. Je vous tiendrai informée dès que le moment aura été choisi.

Il laisse flotter un silence puis ajoute:

— Je suis désolé de vous embarquer dans cette aventure imprévue et dangereuse. Je n'ai, hélas, pas d'autre choix. *Do you trust me?*

Léonie hoche la tête. Elle le connaît à peine et, pourtant, elle a toute confiance en lui. Elle pourrait se bander les yeux et s'abandonner entre ses mains.

— Je ferai tout pour vous tenir éloignée des combats s'ils ont lieu. Ensuite, vous n'aurez qu'à nous guider sur la falaise et tout sera terminé.

— Et si ça tourne mal ? s'inquiète Léonie en braquant sur Andrew ses pupilles incandescentes.

— *My God !* Quel défaitisme. Vous, les Français, êtes trop cérébraux. Vous pensez trop, vous chicanez, vous imaginez le pire... Ça entrave gravement votre faculté d'action. Nous autres, Anglais, sommes moins intelligents, nous ne voyons pas le danger, c'est pour ça que nous fonçons tête baissée.

— C'est de la témérité ou de l'inconscience ?

Andrew rit de bon cœur.

— Sans doute les deux, mais, dans des moments aussi terribles que ceux que nous traversons, c'est indéniablement une force. C'est cette même force qui a vaincu les ambitions allemandes sur l'Angleterre. Notre détermination est sans faille. Nous sommes un peuple qui croit en Dieu, à la monarchie et à ses forces vives. Tout le contraire de vous, ajoute-t-il avec un sourire malicieux.

Andrew replie sa carte et la range dans la poche arrière de son pantalon. Puis il ouvre la valise de la radio portative.

— Je vais vous apprendre à vous en servir. Au cas où il m'arriverait malheur. Vous allez voir, c'est très simple. D'abord, mettez le casque.

Léonie écoute avec attention les instructions de l'Anglais, enregistre dans sa mémoire les actions nécessaires au bon fonctionnement de l'appareil.

Andrew se frotte les mains pour les réchauffer sans lâcher Léonie des yeux.

— Ne me regardez pas comme ça, dit-elle après un silence.

— Et comment je vous regarde ?

— Intensément. Je préfère quand on me survole…

Leurs mains s'effleurent, leurs doigts se mêlent, puis Andrew attire Léonie et l'embrasse.

Surprise, elle se raidit, lutte de peur de céder trop rapidement. Ce que tu peux être émotive ! fulmine-t-elle intérieurement alors que la langue de l'Anglais cherche la sienne. Ses jambes sont agitées de tremblements, se dérobent, ses mains pendent bêtement le long de son corps sans trouver quoi faire. Celles d'Andrew l'étreignent, l'empoignent. Il se colle contre Léonie, la serre dans ses bras. Elle sent ses forces l'abandonner, c'est Andrew qui la maintient debout alors qu'elle cesse la lutte, se hisse sur la pointe des pieds puis quitte le sol. Elle garde les yeux fermés, les lèvres entrouvertes, ses lèvres qu'elle déteste, trop fines, trop pâles. Le souffle de l'Anglais longe sa joue et descend jusque dans son cou. Elle frissonne. La bouche remonte, lui mord le menton. Les salives se mélangent. Les mains d'Andrew sont parties à l'assaut de la peau de Léonie, sur son dos, ses hanches, ses fesses. Les paumes effleurent ses côtes et elle grimace l'espace d'un instant lorsqu'un doigt passe sur un ancien hématome encore sensible. Sa robe tombe au sol dans un léger froissement. Elle est presque nue, ses joues s'empourprent et c'est sa langue qui cherche celle de l'homme. Elle l'étreint, l'agrippe par la nuque et le couvre de baisers. Sa culotte roule sur ses cuisses et aussitôt Léonie sent la morsure du froid, ses fesses se couvrent de chair de poule et, l'instant d'après, les mains chaudes et rassurantes d'Andrew la caressent. Haletante, elle est soudain soulevée de terre, emportée vers la toile du parachute et déposée en douceur. Les flammes des lampes tremblotent, vacillent au passage des deux amants, projetant des ombres mouvantes sur les parois brutes. Ils sont nus tous les deux, emballés dans la soie blanche qui crisse au rythme de leurs mouvements, brûlant leurs coudes et leurs genoux. Léonie pense alors aux caisses de dynamite entassées au fond de la cavité. Elle se moque bien qu'elles puissent exploser. Elle ouvre enfin les yeux et plonge son regard dans celui d'Andrew.

Roulés dans la toile, ils se dévisagent en silence. La pénombre de la cavité protège Léonie, laissant deviner les contours de son corps plutôt que de le montrer dans toute sa crudité. D'ordinaire, elle déteste qu'on la scrute, qu'on la détaille aussi franchement. Le sentiment de plénitude qui l'envahit au contact d'Andrew est tout à fait nouveau et délicieux. Elle se sent si légère, comme flottant sur une mer de coton, qu'elle en oublie la triste monotonie de son existence. Andrew tend les bras vers elle et l'enlace. Ils roulent sur le côté. Léonie remarque des petites cicatrices sur le torse de l'Anglais. Chacun explore l'autre et découvre des imperfections, des blessures qui sont comme une histoire contée au fil de l'épiderme. Léonie se laisse happer par ce tourbillon d'abandon et d'oubli, dans ce temple du silence sous la falaise où craquent les pierres au-dessus de leur tête.

C'est la première fois que Léonie peut observer un homme entièrement nu et s'étonne de ne pas en éprouver davantage de gêne. Andrew sourit, couché sur le flanc. Léonie attrape le blouson fourré et l'enfile. Elle respire l'odeur d'Andrew sur le col alors que l'Anglais enfouit sa tête dans la chevelure de Léonie qui boucle de bonheur.

— Si votre avion n'avait pas été abattu, nous ne nous serions jamais rencontrés.

— Non, c'est vrai.

Elle vient de faire l'amour avec lui et ne parvient pas encore à le tutoyer. Sans doute a-t-elle besoin de maintenir un peu de solennité, de ne pas faire tomber toutes les barrières d'un coup. Andrew écarte un pan du blouson d'aviateur et dépose un baiser sur le ventre de Léonie.

— Vous croyez au destin ?

Comme il ne répond pas, elle poursuit :

— Vous savez, cette impression que le hasard met quelque chose sur votre route. Comme un signe. C'est un peu puéril sans doute…

Elle rougit et reprend :

— Vous devez me prendre pour une folle, ou pour une gamine morte d'ennui en quête de sensations.

Andrew ne dit rien et se glisse le long du ventre de Léonie, ses joues râpeuses la font frissonner. Il la respire et l'embrasse, fait le tour du nombril avec un doigt.

— Vous pensez à ce que vous ferez après la guerre ? demande-t-elle.

— Il faudrait déjà qu'elle finisse.

— Sérieusement, insiste Léonie, vous y pensez ?

Andrew redresse la tête, roule sur le côté en entraînant la jeune fille qui se retrouve allongée sur lui.

— Non, je vis dans le présent. Le reste viendra de lui-même, non ?

Léonie acquiesce et se blottit contre lui, pose sa tête sur sa poitrine et se laisse bercer par sa respiration lente et régulière. La fatigue l'emporte rapidement.

Lorsqu'elle s'éveille, Léonie est d'abord désorientée. Elle sursaute en se découvrant nue couchée contre un homme.

— Quelle heure est-il ? demande-t-elle.

Andrew ouvre un œil, attrape sa montre.

— Cinq heures vingt.

Léonie se lève en un éclair.

— Il faut que je parte.

Elle fouille l'immense parachute, cherche sa robe, ses sous-vêtements, ses souliers, tous éparpillés dans les replis de la toile. Andrew la regarde en plissant les yeux, amusé par la scène.

— *You're so beautiful*. Pourquoi ne pas rester encore un peu ?

— Je ne peux pas.

Il se lève, s'emboîte dans le dos de Léonie et l'enlace pendant qu'elle reboutonne sa robe.

— Qu'y a t-il de si urgent ? Il fait encore nuit noire dehors.

Léonie s'embrouille, les boutons ne sont pas alignés, elle recommence. Elle s'assied sur la caisse, enfile ses chaussures.

Andrew croque dans une pomme.

— Bientôt, nous ferons sauter ce radar ennemi.
— Il y aura des morts ?
— Quand Dieu a dit d'aimer les hommes, je ne crois pas qu'il parlait des Allemands.

Andrew l'embrasse encore. Léonie cherche à se dégager, déjà rattrapée par l'angoisse de rentrer à la maison et d'y trouver ses parents attablés pour le petit déjeuner. Elle n'ose imaginer l'embarras dans lequel elle se mettrait !

L'Anglais lui barre la route, l'attrape par les hanches, par la taille, l'attire à lui. Il promet de la laisser filer en échange d'un dernier baiser. Comment le lui refuser ?

Léonie s'élance sur le sentier qui serpente entre les blocs de granit semblables à des sentinelles oubliées et quitte la carrière que la nuit digère encore. Au loin résonne le grondement de l'océan.

Léonie se laisse submerger par des émotions inconnues. Des gestes d'affection, des caresses, elle ne se souvient pas d'en avoir jamais reçu. Elle les a attendus, avidement espérés ! De son père, de sa mère, mais rien n'est jamais venu. Et, en quelques heures, elle en a reçu plus que dans toute sa vie. Une force nouvelle s'éveille en elle, un brasier qui grossit et la consume de l'intérieur. Pourquoi est-ce arrivé ainsi, avec cet inconnu ? Elle l'ignore, mais, après cette nuit, plus rien ne sera jamais pareil. Et ça l'effraie. Elle n'est pas certaine de vouloir grandir, de devenir femme. Ça lui semble aussi désagréable que de rester coincée dans ce corps trop grand, trop long pour elle, qui se transforme à son insu.

Léonie repense aux mots de Louison : on ne peut pas vivre sans amour. Mais elle ignore encore ce qu'est véritablement l'amour. Elle se demande si c'est l'acte lui-même qu'elle vient d'accomplir et qui la laisse avec davantage de questions que de réponses, ou le sentiment étrange qu'Andrew fait désormais partie de sa vie. Il s'en ira bientôt, c'est inéluctable. Comment parvenir à l'accepter ?

Est-ce que c'est ça, l'amour, un mélange de douleur et de plaisir ?

Déjà, les oiseaux s'éveillent, sentant poindre l'aube blafarde chargée d'embruns. La journée s'annonce morose, et se terminera plus tristement encore.

En passant non loin de la maison d'Émile, Léonie entend le son mélancolique d'un accordéon. Elle imagine l'homme hideux, assis sur les marches de sa maisonnette, les doigts agrippés à l'instrument. Elle presse le pas.

Cernée par le petit muret suintant, la maison d'Émile se découpe sur la lande. Léonie arrête de marcher.

L'homme est assis sur les marches, enveloppé dans une capote de soldat de la Grande Guerre. Une lanterne éclaire faiblement le seuil.

Surmontant sa peur, Léonie quitte le sentier et descend vers la maison.

Émile ne bouge pas, il la regarde simplement pousser la porte du jardin et s'avancer à pas lents, mesurés.

— Je savais que tu finirais par revenir, dit l'homme en chuintant.

Léonie esquisse un sourire poli sans pouvoir détacher les yeux du visage de son interlocuteur. Une vive émotion l'envahit à mesure qu'elle se perd dans ces replis de chair, ce fouillis de visage à demi recomposé où scintillent des pièces métalliques. L'émotion assaille Léonie, une larme coule sur ses joues creuses, une larme de soleil qui trace un rond mouillé sur la première marche de la maison.

— Je vais enfiler ma cagoule, c'est préférable.

— Non, répond Léonie. Vous n'avez pas à vous cacher.

Les traits d'Émile se déforment dans ce qu'elle imagine être un sourire.

— Viens t'asseoir près de moi, Ninne. Je peux t'appeler Ninne ?

Léonie hoche la tête et se recroqueville sur les marches plus qu'elle ne l'aurait souhaité. Sous les plis du manteau, elle remarque que l'homme a revêtu son vieil uniforme, des médailles pendent à sa poitrine. Pour parler, Émile doit ouvrir la plaie qui lui sert de bouche plusieurs fois avant de parvenir à articuler un mot. Ça produit d'atroces gargouillements mêlés à des cliquètements.

— Je suis heureux que tu aies choisi ce matin pour venir me voir. Car aujourd'hui est un jour particulier.

— L'armistice ?

— Exact. Tu es vive d'esprit. C'est une grande qualité.

Il dépose l'accordéon derrière lui et interroge Léonie :

— Sais-tu jouer de cet instrument ?

— Pas du tout.

— Dommage, répond Émile, car je ne pourrai, hélas, te l'enseigner.

Ses yeux sans paupières errent un instant sur la lande hérissée de grands ronciers.

— Comment va ton protégé ?

Léonie sursaute et balbutie :

— Qui ?

— Le soldat que tu caches, gargouille Émile.

Il cherche ses mots puis reprend :

— Rien ne m'échappe ici, tu dois t'en douter. Je suis un fantôme, un peu comme ton ami, et les fantômes se reconnaissent quand ils s'aperçoivent. Mais rassure-toi, ton secret est bien gardé avec moi. Je hais ces Boches au-delà de tout ce que tu peux imaginer.

Émile cliquète et, par pudeur, détourne la tête jusqu'à ce que le bruit cesse.

— Toutes mes excuses, mais je ne suis jamais parvenu à maîtriser ce qui me reste de muscles sur ce visage effrayant. Va chercher la photographie, celle que tu regardais avec tant d'émotion la dernière fois, tu sais… Elle n'a pas bougé.

Léonie se lève et passe la porte, laissant Émile seul sur les marches.

L'intérieur lui fait le même effet que la première fois où elle est entrée. Tout est net, en ordre, chaque objet est à sa place, comme dans une maison inhabitée. Ne manquent que les draps blancs recouvrant les meubles. D'une main tremblante, elle saisit le cadre et sort sur la pointe des pieds.

— Oui, dit Émile lorsque Léonie reprend sa place à ses côtés, tu as bien fait de venir aujourd'hui.

Il prend le cadre et montre un soldat du doigt.

— Là, c'est moi. Ou plutôt c'était. Je t'avoue que nous étions fatigués lorsqu'il a fallu prendre la pose. On en a vu de toutes les couleurs dans ces saloperies de tranchées.

— Et les deux autres en avant du groupe, avec vous ?

— Là, c'est Achille, ton père, et là, ton oncle Hector. C'est pour ça que tu es venue, pour que je te parle de lui, c'est bien ça ? Ton père savait que cette histoire finirait par revenir sur le tapis. Il y a des choses qu'on ne peut effacer.

Léonie se penche sur la photo, cherchant dans ce visage aux pommettes saillantes, un peu flou, quelque chose qui éveillerait en elle un souvenir, une impression. Rien ne se produit. Tous les hommes se ressemblent, jusqu'aux moustaches qui terminent d'uniformiser les soldats harassés. Ils sont tendus, fixent l'appareil braqué sur eux comme le canon d'un fusil.

— Qu'est-ce que vous pouvez me dire sur lui ? Pourquoi personne ne veut m'en parler ?

— C'est une sale histoire, Ninne, une sale histoire. Mais si personne ne veut te la dire, moi je vais le faire. Je me le suis juré dès que tu as passé le seuil de cette porte il y a quelques mois.

Le visage de la jeune fille s'illumine. Émile prend une grande inspiration.

— Nous avons été mobilisés presque en même temps, au début de 1917, dans une compagnie tellement saignée par les combats qu'il fallait d'urgence trouver de nouveaux gars à envoyer se faire trucider. Avant de partir, ton grand-père m'a fait venir à son bureau et il m'a dit : Émile, veille sur mes fils, ils ne sont pas faits pour la guerre. Et tu sais quoi ? J'ai eu la faiblesse de promettre. Là-bas, on en a pris pour notre grade. Chaque jour, les obus pleuvaient sur nous comme la grêle. On a eu des jours de répit, ça oui, à l'arrière, pour se requinquer… Mais y avait pas moyen d'y couper, chaque fois, fallait y retourner. C'est à la fin novembre que ton oncle Hector a disparu après une rude journée où on est montés en ligne à l'aveugle. Notre artillerie tirait trop court et celle des Boches visait juste. On était pris entre deux feux. À la fin, y avait tellement de cadavres qu'on ne pouvait pas les compter.

— Disparu ? l'interrompt Léonie, hagarde.

— Oui, disparu. On a supposé qu'il était mort, qu'il gisait quelque part déchiqueté, enseveli sous la boue. Ton père a pleuré ce jour-là. Puis il a perdu sa jambe en 1918, un peu avant la fin des combats. Il n'a pas eu de chance, ce pauvre Achille. Quant à moi…

Il s'arrête un instant, claque de la mâchoire avant de poursuivre :

— J'ai eu le visage arraché par une explosion. Je me suis réveillé plusieurs jours plus tard dans un hôpital. J'y suis resté trois ans avant de revenir ici.

— Je comprends, murmure Léonie.

— À l'hôpital, on se sentait bien entre fracassés, personne ne nous jugeait sur nos gueules de traviole. C'était un monde feutré, comme un cocon. On avait tous un truc qui clochait.

Léonie réprime un hoquet. Émile lui pose une main sur l'épaule.

— Mais il a bien fallu retourner au civil, comme on disait dans ce temps-là. Alors je suis allé voir ton grand-père pour qu'il me donne une place. Et il l'a fait. André, c'était un homme bon. Il ne m'a pas jugé sur ma figure. Il n'a pas non plus fait allusion à la promesse que je n'avais pas tenue de veiller sur ses fils. C'est à la même période que j'ai retrouvé Achille, rentré quelques mois plus tôt. Après son amputation, il avait été envoyé dans un hôpital à Rochefort où il était resté dix mois en convalescence. On est tombés dans les bras l'un de l'autre, nous, les estropiés !

Émile s'interrompt, pris d'une quinte de toux qui le secoue jusqu'aux os. Il s'essuie la bouche d'un revers de manche.

— Puis, un jour d'octobre 1920, voilà que ton oncle Hector descend du bateau. On attendait des outils, je peux te dire que ça nous a fait un choc. Ta grand-mère, surtout, en est tombée à la renverse, il a fallu qu'on la ranime sur le quai ! Tout le monde pleurait.

— C'est incroyable…

— Ça oui, un vrai miracle. Hector, il a raconté qu'il était prisonnier des Allemands.

— Tout ce temps ?

— Moi aussi, ça m'a fait drôle. Je sais que ce n'était pas facile de rentrer, qu'il fallait se débrouiller seul, qu'on était ensuite interrogé par les services de l'armée et tout le bazar. Mais tout de même, un an après le retour de tous les autres prisonniers…

— Il aurait menti ?

— Personne n'a posé de questions, personne ne voulait savoir. Hector était rentré et c'est tout ce qui comptait… Moi, je crois qu'il ne voulait tout simplement pas revenir après tout ça. Cette guerre a laissé des traces sur chacun d'entre nous. Les siennes étaient à l'intérieur.

Émile se racle la gorge et poursuit son récit.

— Il n'était plus le même, Hector. Il a bien repris sa place à la carrière auprès de ton grand-père, il avait ses deux jambes et pouvait encore aider. Mais les choses étaient différentes d'avant la guerre et il ne pouvait pas le supporter. Il restait des heures sans bouger, à regarder dans le vide.

Émile s'arrête, sort une flasque de sa poche et boit une longue rasade.

— Je ne sais pas si je dois te raconter la suite.

— Vous le devez ! réplique Léonie sans même réfléchir. Il faut que je sache. Personne ne veut rien me dire à son sujet.

Émile braque sur elle ses pupilles luisantes, deux globes enchâssés dans des replis de chair molle.

— C'est ta mère qui est la cause de tous ses malheurs.

— Ma mère ?

Léonie frémit à la seule évocation de la Gorgone.

— Oui. Lorsque ton oncle est rentré, ta mère avait déjà épousé Achille. Mais son cœur penchait du côté d'Hector. Depuis son arrivée sur l'île, avant la guerre, il en avait toujours été ainsi. Elle les a bien fait tourner en bourrique, les frères Roussel ! Malgré tout, Hector avait sa préférence et ton père l'avait accepté sans rien dire. Mais puisqu'un seul était rentré de la guerre, c'est celui-là qu'elle avait épousé. Point final. Ton oncle, c'était pas le mauvais gars avant tout ça, mais, après son retour, il a commencé à boire plus que de raison. Il négligeait son travail, faisait des crises à la carrière, s'engueulait avec tout le monde. Des fois, il disparaissait pendant des jours sans rien dire. Tes pauvres grands-parents ne savaient plus quoi faire pour le ramener dans le droit chemin. Les deux frères s'affrontaient souvent, je jure que j'en ai été le témoin. Achille en voulait à Hector d'être rentré de la guerre en un seul morceau, il était plus utile que lui à la carrière et n'attirait pas la pitié. L'autre était au supplice de savoir ton père marié à cette femme qu'il aimait plus que tout.

Léonie est suspendue aux lèvres d'Émile. Elle commence à comprendre les raisons du silence obstiné de sa famille au sujet de cet oncle tiraillé par ses démons.

— Et, un matin de mars 1926, on l'a retrouvé, ce pauvre diable d'Hector, noyé dans l'abreuvoir des bêtes, à la carrière.

— On a su ce qui lui était arrivé ?

— C'est René qui est venu faire les constatations d'usage. Juste à côté de l'abreuvoir, il a retrouvé une bouteille d'eau-de-vie presque vide. Hector, c'était pas rare qu'il soit saoul à plus savoir son nom. À mon avis, cette nuit-là, il a trébuché pour finir la tête la première dans l'abreuvoir et il s'y est noyé. Les bureaux étaient vides à cette heure, personne n'aurait pu lui porter secours.

— C'est horrible de finir ainsi, dit Léonie dans un souffle.

— Ninne, je suis navré de te causer tous ces tourments, mais, à mon avis, il est aussi bien où il est. C'était plus une vie pour lui. Il faut avoir été au front pour comprendre ces choses-là. Toi, tu es courageuse, je le vois bien. Tu surmonteras cette épreuve.

Léonie soupire, étire les bras machinalement. Cette histoire l'a retournée. Elle avait imaginé tant de choses sur le silence entourant son oncle, des aventures romanesques, des naufrageurs ou des pirates, des mystères orientaux, quelque chose d'original ou de terrible, qu'il faut taire à tout jamais. Et elle hérite d'une sordide histoire d'alcoolique noyé dans un abreuvoir. La déception la saisit et s'entortille autour de son cœur.

— Merci beaucoup, Émile, pour votre franchise, j'avais vraiment besoin d'entendre cette histoire, même si elle n'est pas à la hauteur de ce que j'en attendais.

— Tu pourras en faire ce que tu veux maintenant. Quant à moi, il est temps que je tire ma révérence.

Léonie se lève et efface les plis de sa robe.

— Une dernière chose, lui dit Émile alors qu'elle s'éloigne. Je voulais te féliciter pour avoir caché l'Anglais. Rares sont les personnes qui auraient pris tant de risques pour venir en aide à un homme recherché.

Il coasse un rire.

— Je t'avais tout d'abord prise pour une fille sans cervelle, je m'étais trompé. Pardonne-moi.

— Merci.

Léonie accompagne sa réponse d'un petit geste d'au revoir. Émile répond par un salut militaire.

— Je ne me suis jamais senti aussi bien, conclut-il. Adieu !

En traversant le village dans la grisaille de l'aube, Léonie doit s'écarter pour laisser passer un camion allemand en route vers le port. À l'arrière, sous la bâche, elle aperçoit Adonis, encadré par deux soldats. Leurs regards se croisent. Les yeux du milicien sont noirs de colère. Léonie sait qu'il la juge coupable de ce qui lui arrive. Comme si Louison n'était pas capable de faire ses propres choix ! Puis, soudain, elle pense à Andrew et entrevoit ce que peut être l'amour. C'est d'abord un regard, ce regard qui ne la juge pas, qui se pose sur elle avec douceur, avec appétit aussi. Andrew ne voit pas en elle la petite fille triste de Sainte-Kristen, celle qui reçoit des coups, pour qui l'on éprouve de la pitié ou de l'indifférence. Elle est unique à ses yeux, et c'est pour elle un fait inédit.

Il est sept heures passées lorsque Léonie entre par la porte qui donne sur l'arrière de la maison. Son père est déjà debout car elle entend des bruits familiers, une cuillère qui tinte dans un bol, le crochet que l'on suspend à la cuisinière et qui cogne contre la fonte, le choc des béquilles sur les carreaux de ciment. Léonie connaît les lames qui grincent dans l'escalier et regagne sa chambre en silence.

En fin d'après-midi, au café, les hommes rassemblés pour boire un verre à la victoire de 1918 ont revêtu leur costume du dimanche. On les prive de cérémonie officielle, mais rien ne les empêche de garder une place au fond de leur cœur pour cet événement particulier. La joie est double, car la patronne offre une tournée générale pour fêter le contrat qui entérine la vente de la carrière à M. Duval, qui trône au centre des convives, brandissant le précieux papier. Malgré les réticences, l'étranger a conquis les habitants, grâce surtout à la promesse lucrative de nouveaux emplois. Grâce à lui, la vie pourrait reprendre.

Exceptionnellement, Léonie a été mise à contribution pour aider ses parents à célébrer les deux événements. Elle sillonne la salle entre les tables, portant un plateau chargé de verres, passe le coup de chiffon, débarrasse, le tout sous le regard d'épervier de sa mère. Léonie sait ce qu'il lui en coûterait de commettre une maladresse.

Duval dévore la patronne des yeux, à tel point que ça en devient gênant pour les autres clients. Il allume une cigarette, en offre à la ronde, puis sort de son portefeuille un gros billet de cent francs qu'il dépose sur le zinc. La patronne le fait aussitôt disparaître dans la caisse.

— Ninne ! crie la mère. Va donc chercher d'autres bouteilles !

Léonie file sans attendre. Derrière le comptoir, l'infirme est sur son trente et un, vêtu d'un costume sobre.

Le père Anselme entre alors, et on le taquine un peu au sujet de la noce qui n'aura pas lieu.

— Eh ben, monsieur le curé, c'est encore pas aujourd'hui qu'on entendra sonner les cloches ! s'écrie un habitué.

Le père Anselme écarte les bras et regarde vers le plafond.

— La jeunesse ! dit-il, philosophe.

Il est temps de changer de sujet, car le père de Louison et le maire sont là, chacun à une extrémité du comptoir histoire de ne pas envenimer les choses. Le premier a sur les bras une fille qui fricote avec un Boche, le second a vu partir son fils entre deux gendarmes.

Si l'on s'amuse un peu, la joie semble pourtant empreinte de mélancolie. Personne n'ose braver l'humiliation de l'interdit, personne ne se risque à marcher jusqu'au monument aux morts, là où sont gravés tant de noms de familiers qui n'en sont pas revenus, là où gît l'honneur de tous les soldats.

Personne, sauf Émile, qui remonte alors la grand-rue, solennel et martial, cintré dans son uniforme, brandissant le drapeau de son régiment. Quelqu'un l'aperçoit derrière les carreaux, et tous se précipitent sur le seuil du café. Dans la rue, une haie se forme sur son passage. On se bouscule, on n'en croit pas ses yeux, on l'applaudit, on l'encourage.

Léonie lâche le casier qu'elle remonte de la cave, accourt elle aussi et se fige. Pauvre Émile ! Elle comprend ce qu'il avait en tête le matin même. Il a décidé d'en finir, de quitter la scène sur un dernier acte de bravoure !

Émile va tête nue, montrant à tous son visage lunaire. Il la garde droite, sa gueule cassée, vissée sur sa destination.

Une patrouille allemande surgit, l'invective, tente de l'arrêter. Les soldats hésitent, tant la détermination du poilu les prend de court. C'est qu'il a de l'allure, l'Émile ! La foule siffle. Le sous-officier qui commande la troupe se ressaisit, range ses hommes au pas de course en travers de la rue, barrant la voie vers le monument aux morts.

Émile n'hésite pas, ne tremble pas non plus, il avance droit sur eux, les bouscule, force le passage. Les soldats répliquent, le ceinturent et l'immobilisent, face contre terre. La foule grossissante s'indigne, gronde, lance des injures. Émile se débat, se traîne vers le monument malgré le poids des assaillants. Les soldats encore debout, débordés, épaulent leur fusil. Une autre patrouille arrive en renfort. Il faut contenir la foule, empêcher l'ancien combattant d'atteindre son but.

Le maire et René sortent de la cohue et s'interposent pour éviter que l'incident ne dégénère. Les villageois se calment, la tension retombe. Mais aucune négociation n'est possible au sujet d'Émile.

Il est fusillé le soir même loin des regards. Son corps est rendu le lendemain au père Anselme pour les obsèques, car le malheureux n'a pas famille.

13

L'arrivée de décembre engourdit Sainte-Kristen et sa population. Même les patrouilles allemandes se font plus rares. On voit parfois passer des soldats, emmitouflés dans leur manteau, une écharpe nouée autour de la tête protégeant les oreilles. On les voit aussi au café, mais ils restent à l'écart, assis à une table dans un coin, ne se mêlant plus beaucoup à la population depuis l'exécution d'Émile. Ils sentent la rancune dans chaque regard.

Ce 30 novembre, c'est l'anniversaire de Léonie. À la maison, on le lui souhaite du bout des lèvres et c'est déjà terminé. Dix-huit ans, c'est quelque chose ! Léonie s'étonne même d'y être parvenue indemne. Tant de colères de sa mère auraient pu mal tourner… Mais elle est plus vivante que jamais.

Léonie a revu Andrew cinq fois depuis la nuit qu'ils ont passée ensemble. Souvent, ils ont refait l'amour, souvent à la hâte, souvent sans même se déshabiller. Léonie sait que le moment tant redouté approche, qu'ils vont devoir se séparer, mais aucun n'ose aborder le sujet. C'est comme un autre monde dont ils ne veulent rien savoir. Ils ne vivent que pour leurs brèves étreintes qui trompent la monotonie grisâtre de l'île. Ils s'aiment le temps d'un baiser et c'est déjà beaucoup.

Même Gus ne vient plus rôder autour de la cachette. Chaque habitant est préoccupé par le manque de combustible. On consume avec parcimonie tout ce qui peut brûler, même des racines, des taillis, des briques de tourbe séchée, tout ce qu'on peut arracher à l'océan.

Le père de Léonie a décidé de sacrifier les quelques meubles encore entassés dans la remise, et quelques casiers à bouteilles. Il a chargé sa fille de débiter le tout à la hachette, lui n'a pas le cœur de le faire. Il faut ensuite rapporter les morceaux dans la carriole et les entasser au sec.

Dehors, les flaques ont gelé, la terre s'est couverte de givre craquant sous les sabots. L'île prend des allures de Sibérie. Et, tout autour, l'océan sombre et tumultueux lance ses vagues glaciales à l'assaut du sable terne.

Le soir, dans la maison, on se serre autour de la cuisinière. Les carreaux de la pièce ruissellent de buée derrière les rideaux de dentelle.

La jeune fille écoute à peine la radio qui distille des chansons mièvres entrecoupées d'invectives d'Henriot, la voix de la collaboration. Le père est obnubilé par son coucou qu'il surveille d'un œil suspicieux.

Léonie s'interroge sur ses parents depuis que le pauvre Émile lui a révélé les secrets de sa famille. Elle cherche dans leur comportement la clé de mystères enfouis. Plus elle y réfléchit, plus elle s'aperçoit qu'elle ne sait rien de ce qui les unit. Y a-t-il eu seulement de l'amour entre eux à un moment de leur vie ? Jamais elle ne les a surpris échangeant un baiser, une caresse, ou le moindre signe de connivence, d'affection. Son père n'a pour son épouse que des regards d'animal fidèle, et ne reçoit en retour qu'indifférence et mépris. Ils agissent comme deux étrangers piégés sous le même toit, rongés par les regrets et enchaînés par les remords. Oh, elle connaît sa mère, sa beauté inaltérable, mais aussi sa froideur, sa dureté de pierre précieuse. Cette femme n'était sans doute pas faite pour partager la vie d'un mutilé... Léonie redoute pourtant d'aborder encore l'histoire de son oncle, qui lui apparaît maintenant comme la blessure originelle. Elle tremble par avance de la réaction de sa mère, se remémorant ses paroles prophétiques : prononce encore son nom et je te tuerai.

La mère, qui raccommode l'emmanchure d'un beau manteau de lainage grège doublé d'écossais, sent peser sur elle le regard de sa fille. Depuis le départ de Duval quelques jours plus tôt, la femme est morose, irascible. Le manque de lumière ajoute à son agacement. Elle se penche vers la lampe, le dé à coudre au bout de l'index, elle tire l'aiguille d'un coup sec. Elle trouve Léonie différente depuis quelque temps, et ça l'irrite davantage. Méfiante, elle cherche à percer les raisons de ce changement de comportement qui lui met les nerfs à vif. Dès que leurs yeux s'affrontent, ceux de Léonie fuient vers la fenêtre. L'aiguille entre dans la doublure, glisse. La mère se pique. Une goutte de sang perle aussitôt et elle porte son doigt à sa bouche. Elle se lève, jette le manteau sur le dossier d'une chaise.

— Puisque tu veux tant mettre le nez dehors, va donc me rincer les draps.

— Mais il fait presque nuit, réplique Léonie d'une voix blanche.

— Et alors ? se moque la mère en lui mettant le panier dans les bras. Tu n'as plus cinq ans !

Léonie jette un regard de suppliciée à son père, qui se tourne vers son épouse.

— Elle ne pourrait pas s'en charger demain ?

— Ne prends donc pas systématiquement sa défense, elle n'est pas en sucre ! Il ne tient qu'à elle de ne pas traîner en route.

Le père abdique. Léonie se tait. Elle sait que sa mère n'a pas digéré les mots brièvement échangés le jour où Louison et son Allemand ont été découverts. Ce n'est pas la vente de la carrière qui changera quelque chose... Son regard terrible, furieux, a transpercé sa fille aussi sûrement qu'une lame. La mère se repaît des tortures qu'elle inflige. Il faut sortir.

Le vent s'est levé, charriant des paillettes de givre, couchant tout sur son passage. L'aubépinier a perdu son feuillage et, avec lui, toute sa majesté. À l'extrémité de quelques branches, des baies pourrissantes pendent encore. Maigre et piteux, l'arbre nu s'agrippe dorénavant à la terre de la cour et ploie sous les bourrasques. Léonie s'engage dans la grand-rue en direction du lavoir. Le froid lui mord les chairs. C'est une meute à ses trousses, les crocs claquent, se plantent dans ses mollets, les griffes lacèrent ses joues pâles. Les ténèbres montent depuis l'horizon et dévorent le paysage.

Une femme croise le chemin de la jeune fille, baisse la tête et s'empresse de disparaître dans son logis. Un volet claque.

Une couche opaque s'est formée à la surface du petit bassin cerné d'un muret trop ras pour freiner le vent. De fines bulles emprisonnées courent sous le miroir gelé. Léonie s'agenouille sur la margelle et, armée d'une pierre, frappe la surface pétrifiée pour la disloquer. Les fragments de glace s'éparpillent comme des éclats de verre.

Léonie serre les dents lorsqu'elle plonge les mains dans l'eau glacée. Elle s'agite, ouvre et ferme les doigts déjà engourdis sur le linge pour en extraire le savon. Si la tâche n'est pas parfaitement exécutée, il faudra recommencer. À intervalles réguliers, Léonie fait une pause, joint ses mains devant sa bouche et souffle dessus une haleine tiède. Rien ne parvient à les réchauffer, les frotter ne fait qu'accentuer la douleur. Elle retient ses larmes encore un peu.

Les mains rouges et crevassées, Léonie reprend le chemin de la maison.

Des soldats emmitouflés lui proposent de la raccompagner. Elle refuse d'abord, mais finit par céder devant leur insistance et leur sollicitude. L'un d'entre eux lui tend son écharpe de grosse laine, un autre lui jette une capote sur les épaules, un troisième lui prête ses gants. On lui porte même son panier.

— *Danke*, dit-elle dans un souffle.

C'est bien l'unique mot d'allemand qu'elle connaisse.

L'étrange équipage remonte la grand-rue à pas lents vers le petit portail de la cour et Léonie les salue d'un triste sourire. Elle rend les affaires et récupère son panier. Léonie a du mal à en tenir les poignées d'osier tant ses mains sont douloureuses. Puis les soldats s'éloignent dans la nuit à peine trouée par leurs lampes torches, tapant du pied pour se désengourdir les jambes.

Sa mère la guette derrière les carreaux et n'a rien manqué de la scène. Sa colère n'est pas encore rassasiée et, avant même que Léonie ait franchi les quelques mètres qui la séparent de la porte, celle-ci s'ouvre à la volée.

— Mademoiselle a besoin d'une escorte pour rincer du linge ?

Léonie entre. La porte claque derrière elle.

— Viens par ici, montre-moi tes mains.

Léonie dépose le panier où le linge mouillé s'est changé en pierre sous l'effet du froid. Elle s'aperçoit alors que son père n'est pas là. Et elle a peur d'être seule avec sa mère.

— Elles sont vraiment crasseuses ! À croire que tu n'as pas frotté avec autant d'entrain que tu aurais dû. Approche !

La mère s'en va vers l'évier et empoigne un flacon d'eau de Javel.

— Viens ici ! On va les nettoyer pour de bon.

Léonie tremble, ses pieds restent cloués au sol, incapables de se mouvoir. Pourquoi ne pas refuser tout net une nouvelle torture ? Elle est presque aussi grande que sa mère maintenant, hélas, ça ne change rien. Elle se sent minuscule, rabougrie, son cerveau régresse au point qu'elle a de nouveau quatre ans. Il lui suffirait pourtant de passer son chemin, de monter l'escalier et de s'enfermer dans sa chambre. Mais elle ne bouge pas.

— Tout de suite ! s'impatiente la furie.

Alors les membres se mettent en branle, lentement, avec la pesanteur d'un autre monde.

Léonie tend ses mains gonflées d'engelures. Le liquide envahit les crevasses, s'insinue dans les blessures, aiguillé par sa propre viscosité. La douleur insoutenable que provoque la brûlure enfle, remonte le long des bras de Léonie, se répand dans tout son corps. Armée d'une brosse, la mère frotte vigoureusement les mains de sa fille, jusqu'aux poignets. Le sang se mêle à l'eau de Javel et goutte dans l'évier. Le barrage des larmes cède et Léonie pleure. C'est une rivière qui prend naissance dans ses yeux jaunes et qui charrie toute sa peine jusqu'au fond de la vasque. Aucun son ne sort de sa bouche.

Le père paraît sur le seuil de la cuisine. Il est rouge de colère, sa mâchoire tremble.

— Qu'est-ce qui se passe ici ? demande-t-il.

— Occupe-toi donc de ce qui te regarde, rétorque la mère en jetant la brosse dans l'évier.

L'infirme se campe sur ses béquilles, bombe le torse.

— Va donc te coucher, Ninne.

Léonie s'écarte de sa mère qui a relâché son étreinte et monte.

Au rez-de-chaussée, une violente dispute s'engage. Léonie entoure ses mains de mouchoirs et s'endort, bercée par le bourdonnement sourd des répliques ricochant contre le plancher.

Léonie est réveillée par le coucou qui sonne onze heures avec une exaspérante régularité. La maisonnée est enveloppée de silence, à peine troublé par le grondement lointain de l'océan. Puis un autre bruit attire l'attention de la jeune fille. Le son mat d'un gravier qu'on jette sur ses carreaux.

Aussitôt, ses pensées quittent l'engourdissement du sommeil. Elle comprend que le moment tant attendu est arrivé. Son esprit se met en ordre de bataille, son corps suit sans renâcler.

À la fenêtre, elle aperçoit Andrew, la tête levée vers elle.

Il l'attend.

Elle s'habille en hâte, descend l'escalier en évitant les marches qui grincent. Déjà, elle jette une pèlerine sur ses épaules et sort. Il est trop tard pour reculer.

Le visage noirci à la suie, Andrew se laisse guider par la jeune fille. Ils évitent le village, s'engagent sur un chemin derrière les maisons, longent l'église, le cimetière et débouchent sur la lande. Andrew allume une petite lampe torche sur laquelle il a tendu un chiffon pour en atténuer la puissance du faisceau. Léonie se retourne.

— Pas de lumière.

— Et comment va-t-on faire pour se diriger ?

— Faites-moi confiance.

L'Anglais éteint sa lampe à contrecœur.

Léonie guide Andrew sur le sentier de la corniche. Peu importe l'obscurité, il lui suffit de compter ses pas pour se diriger.

Loin en contrebas, le vacarme du ressac résonne contre les falaises. À cet endroit, une anfractuosité laisse entrevoir un passage à flanc de roche qui descend à la verticale jusqu'à une crique rocheuse.

— C'est là, dit Léonie.

Andrew regarde sa montre dont les aiguilles sont phosphorescentes.

— Ils ne devraient plus tarder.

Tous deux scrutent l'étendue noire et écumante. Léonie cherche les doigts de l'Anglais, les frôle.

— Vous n'avez pas peur ?

— Si, bien sûr.

Léonie, elle, est morte de trouille. Ses jambes flageolent, son pouls s'accélère, une salive au goût amer inonde sa bouche. Pour se rassurer, elle voudrait embrasser Andrew, ou plutôt elle attend qu'il se manifeste, qu'il fasse le premier pas. Un signal lumineux troue la nuit.

— Les voilà. Attendez ici, je vais les chercher, puis vous nous guiderez à travers la lande.

Andrew s'écarte et s'approche du chemin accidenté, se tourne vers la jeune fille.

— Êtes-vous bien certaine de vouloir continuer ? l'interroge-t-il.

— Oui.

— Vous n'y êtes pas obligée, vous en avez déjà beaucoup fait.

— Ma décision est prise. Je vous aiderai.

Andrew sourit.

— Bien, j'y vais.

Aussitôt, Andrew s'engage dans le passage escarpé à flanc de falaise. Léonie le regarde s'éloigner jusqu'à ce que les ténèbres l'avalent, puis elle s'accroupit entre des rochers et attend, guettant une éventuelle patrouille allemande.

À la suite d'Andrew, six hommes vêtus de combinaisons sombres remontent le chemin. Ils ont aussi le visage noirci et tiennent leur arme serrée contre leur poitrine.

Ils ont davantage l'allure de brigands que de soldats, remarque Léonie. Ils sont jeunes, déterminés.

Le commando fait cercle autour d'elle.

— À présent, c'est à vous de nous guider jusqu'au radar.

Les autres ne semblent pas comprendre un mot de français car aucun ne réagit.

— *Come on, boys*, leur dit Andrew en emboîtant le pas de Léonie.

La petite colonne traverse la lande jusqu'au fort où Léonie a prévu une halte. Depuis les remparts, Andrew observe aux jumelles le phare qui balaie l'horizon de son puissant faisceau lumineux. À une trentaine de mètres du bâtiment, sur un promontoire rocheux, le radar allemand dresse son treillis métallique vers le ciel. C'est un modèle de type Freya, une grande structure carrée, composée d'un réseau d'antennes monté sur un axe qui permet de l'orienter.

L'entrée du camp est fortement éclairée grâce aux générateurs. En plus des gardes, deux patrouilles circulent à intervalles réguliers autour du camp.

— *Dogs*, dit un soldat en pointant le maître-chien de la patrouille.

Andrew et ses hommes quittent les remparts et redescendent dans la cour délabrée. Il prend Léonie par les épaules.

— Vous avez couru assez de risques comme ça. Vous nous attendez ici. Si ça tourne mal, rentrez chez vous. Si nous ne sommes pas revenus dans une demi-heure, rentrez chez vous.

— Mais je peux aider !

— Promettez, répond Andrew.

Léonie baisse la tête. Le reste du commando s'impatiente. L'un d'eux désigne la montre à son poignet.

— *Hurry up. Let's go now.*

Dès que les soldats ont franchi la poterne, Léonie grimpe sur les remparts. Le cœur serré, elle voit la troupe traverser furtivement le fouillis d'ajoncs en direction du camp. Puis elle ne distingue plus rien.

Léonie ne peut s'empêcher de compter. Six cents mètres à parcourir, presque à découvert, six cents enjambées au bas mot, sans doute un peu moins au pas de course. Puis ce sont les secondes qu'elle égrène avec une régularité de métronome.

Dix minutes déjà se sont écoulées et rien ne se passe. Elle distingue une patrouille qui longe les hauts grillages hérissés de barbelés encerclant les baraquements. Un chien aboie puis se tait.

Vingt minutes passent et l'angoisse de Léonie devient insoutenable. Elle s'agite, change de point d'observation, arpente le chemin de ronde, ne prenant même pas garde aux éboulements qui balafrent la muraille. Les ronces déchirent le bas de sa robe.

Quarante-trois minutes se sont écoulées. Où est-ce quarante-deux ? Elle ne sait plus et s'embrouille. N'y tenant plus, elle descend des remparts en courant, traverse le pont branlant et jaillit sur la lande. L'angoisse lui donne des sueurs froides, son cœur est sur le point d'éclater.

Et soudain, ils sont là, tout le commando, courant vers elle.

Au même moment, une explosion déchire la nuit. La boule de feu monte vers les ténèbres en s'enroulant dans un nuage de fumée.

— Il faut faire vite ! crie Andrew.

Derrière eux, une sirène retentit, accompagnée de cris d'alarme. Les puissants projecteurs campés sur les miradors illuminent la lande. Puis des aboiements fusent. Les chiens sont lancés à leurs trousses.

— Par ici ! ordonne Léonie.

Le commando lui emboîte le pas à vive allure et s'engage dans le fort. Andrew la retient par le bras.

— Qu'est-ce qu'on va faire là-dedans ? C'est une ruine, un piège ! Il faut le contourner !

Le reste des hommes s'arrête, inquiet.

— Ayez confiance.

Léonie écarte les chapelets de ronces et montre l'entrée dissimulée du tunnel. Elle se prépare une fois encore à affronter ses peurs d'enfant.

Tous s'engouffrent dans le boyau, dévalent l'escalier et débouchent dans le tunnel. L'inquiétude est à son comble.

— Traduisez à vos hommes : en courant, compter quarante-trois foulées, sauter et continuer sans s'arrêter. Personne ne doit arrêter de courir, c'est très important. Croyez-moi, ça nous fera gagner du temps sur nos poursuivants. Ici, les chiens ne passeront pas.

— J'espère que vous savez ce que vous faites.

— Traduisez, le temps presse !

Haletante, Léonie montre l'exemple et s'engage la première dans le tunnel. Sans se retourner, elle s'élance dans le boyau.

Derrière elle, les pas des autres résonnent à intervalles réguliers. Tous courent à l'aveuglette.

Quarante et un.

Quarante-deux.

Quarante-trois…

Léonie bondit, sent la présence du gouffre sous ses pieds suspendus. L'instant d'après, elle touche le sol, glisse et continue sa course sans s'arrêter pour ne pas gêner le suivant.

Soudain, elle débouche du tunnel dans les herbes hautes et s'écarte du passage.

Un à un, les hommes du commando font irruption sur la lande.

— Je n'avais encore jamais fait une chose aussi stupide, dit Andrew. Vous êtes folle à lier.

Léonie accepte le compliment et guide le groupe vers sa destination dans une course éperdue.

Loin derrière eux, les chiens et leurs maîtres se perdent dans les vestiges du fort.

S'aidant du grondement de l'océan pour se diriger, Léonie rattrape le sentier longeant les falaises. Elle se retourne et n'aperçoit au loin que quelques points lumineux.

— On les a semés.

Le groupe reprend son souffle. Le plus dur est fait.

Trois minutes plus tard, tous dévalent le sentier escarpé pour rejoindre l'embarcation dont le puissant moteur rugit. C'est à peine si on l'entend dans le tumulte des vagues.

Andrew s'arrête, laissant ses camarades poursuivre leur descente.

— C'est ici que nos chemins se séparent. Sans ton aide, on n'y serait pas arrivés. Merci. Va te mettre à l'abri.

Léonie reçoit les mots de l'Anglais avec d'autant plus de violence que c'est la première fois qu'il la tutoie. La séparation est brutale, loin de ce qu'elle a imaginé.

— Vous partez ?

— Il le faut, Léonie.

Désemparée, elle chancelle et s'accroche à la paroi. Elle veut crier sa douleur. Elle voudrait le retenir encore un peu, rien qu'un instant, une seule seconde de plus dans ses bras. Andrew l'enlace. Malgré ses mains qui la font souffrir, elle s'agrippe à lui, le serre de toutes ses forces. Une voix pressante crie :

— *Andy, we have to go right now ! Andy !*

Andrew part à reculons.

— Je reviendrai.

Puis il se retourne et s'élance dans le sillage du commando.

Léonie reste là, adossée à la roche, immobile et abasourdie alors que l'embarcation s'arrache au ressac et s'éloigne dans les creux de la houle.

Andrew n'est plus là. Il faut fuir.

Elle se met en marche, d'abord sans but précis. La confusion qui l'anime, les pensées qui l'assaillent sont un poids terrible qui l'empêche d'avancer. Elle trébuche, se relève. Au loin, les voix surexcitées des soldats allemands ne lui font pas peur. Elle s'en moque. Elle veut mourir. Qu'ils la capturent et la fusillent ! Elle ferait une martyre idéale, la pauvre petite Ninne ! Quelle sortie théâtrale digne d'une tragédie !

Oui, il faut fuir, plus rien ne la retient sur cette saleté de caillou.

Elle se lance dans une course folle, se précipite au village, le clocher a sonné la demie de deux heures. Léonie est résolue à partir, elle doit s'arracher à cette terre aride où ne s'épanouit que la tristesse.

La voilà contre le mur du cimetière qu'elle longe jusqu'au presbytère. La maisonnette du père Anselme jouxte le mur de l'église, abritée des plus fortes bourrasques. C'est le cœur de la nuit, mais Léonie s'en moque. Elle frappe contre la porte à coups de poings, et tant pis si ça ravive la douleur dans ses phalanges à vif.

Une lumière vacillante s'allume, des pas résonnent dans l'entrée. La clé tourne dans la serrure et la grosse trogne du curé apparaît. Il écarquille les yeux de surprise.

— Ninne ?

Le colosse tire sa robe de chambre vers son menton, passe la tête à l'extérieur pour voir si la jeune fille est accompagnée. Il craint un accident, un décès survenu en pleine nuit.

— Tu es seule ? Qu'est-ce qui se passe ? Tu as vu l'heure ?

Léonie tremble de tous ses membres, souffle sur ses doigts gelés.

— Entre !

Le curé referme la porte derrière elle, l'invite à le suivre au salon. La maison est plongée dans l'obscurité, seule la lampe qu'il tient à la main dévoile le mobilier à mesure qu'il avance. Le feu est éteint et, ici comme dehors, le froid est tranchant. Léonie s'assied face au père Anselme. Il croise les mains sur son ventre et observe la visiteuse d'un air grave.

— J'ai réfléchi, dit-elle tout à trac, je veux partir. Je veux aller à Caen.

— Ah, Ninne, tonne le curé, c'est bien ce que je craignais d'entendre en te voyant sur le seuil ! Hélas, ce n'est plus possible, on ne t'a rien dit ?

— Comment ? s'étrangle Léonie. Pourquoi ?

— Mais parce que la place qui t'était réservée a été attribuée à une autre. Enfin, mon enfant, ton refus était si catégorique qu'il m'a paru juste d'en faire profiter quelqu'un d'autre. Ne me fais pas maintenant regretter ma charité.

— Mais enfin, qui ?

Léonie s'est brusquement levée. C'est presque un cri qu'elle a poussé, un cri d'angoisse et de désespoir. Elle sent le piège se refermer, elle est au fond du puits où l'eau noire et silencieuse l'entraîne vers les profondeurs. Le père Anselme, navré, extirpe son imposante carcasse du fauteuil où il s'est assis.

— Louison, lâche-t-il en soupirant.

Léonie a la tête qui tourne, elle étouffe malgré le froid polaire. Impossible de rester un instant de plus dans cette maison. Elle bouscule tout sur son passage, se rue sur la porte qu'elle ouvre à la volée et se jette dans les ténèbres. Le curé se précipite à ses trousses, appelle, s'époumone, mais rien n'y fait. Elle a disparu.

Léonie court encore malgré le froid redoublé qui lui ronge les os. Seules ses jambes ont encore la force de vivre et redoublent d'ardeur. Elle n'a plus qu'une idée en tête : faire sauter la cachette, effacer de sa mémoire les traces de son amour à la fin si brutale, si injuste. Elle veut jeter les lampes allumées sur les caisses et faire s'ouvrir en deux les murs de la carrière. Ce serait un sacré beau feu d'artifice ! Des morceaux de Ninne éparpillés aux quatre vents !

Tout s'effondre, son esprit veut mourir, mais son corps s'accroche à la vie, la tirant malgré elle vers son salut.

Les phares de deux camions déchirent la nuit. Léonie se jette derrière un talus. Les patrouilles déboulent de tous côtés, lui barrant la route de la carrière. Elle doit renoncer à son plan, trouver un moyen de s'esquiver. Elle a soudain peur d'être capturée, d'être questionnée ou, pire, torturée.

Elle rampe en arrière, se fond dans les taillis. Elle ne peut pas rentrer chez elle. L'instinct de survie l'électrise. Il ne lui reste qu'une solution pour éviter d'être prise et elle doit faire vite.

14

Léonie contourne les patrouilles, traverse la lande criblée de trous. Le cousin Gus n'a pas ménagé sa peine depuis la dernière fois qu'elle est venue. Les cavités se sont multipliées au point de faire ressembler cette partie de l'île au sol lunaire. Elle gagne le chemin pour éviter de se casser une jambe. La lumière d'une chandelle brille derrière la petite fenêtre penchée.

Frigorifiée, elle frappe à la porte. Gus ouvre et la laisse entrer avec des yeux ronds d'étonnement. Léonie est grelottante et à bout de forces. Il tire un tabouret contre le poêle encore tiède et y assied sa cousine.

— Toi aussi, t'as entendu ce boucan tout à l'heure ? demande-t-il, encore ensommeillé. On aurait dit que ça venait du phare.

— Éteins la lumière.

— Et qu'est-ce que tu fais dehors à c't'heure ? C'est encore ta mère ?

— Éteins cette lumière, par pitié !

Gus obtempère et mouche la flamme entre ses doigts.

— Je peux coucher ici ?

— Bien sûr que tu peux. Je vais dormir par terre.

Alors que Léonie s'affale sur l'unique couche, Gus s'allonge sur le sol et se couvre d'un vieux manteau.

— Tu ne veux vraiment pas me dire ce qui se passe ? insiste-t-il. C'est ton Anglais de malheur ?

N'obtenant aucune réponse, il se retourne en grognant.

Bien qu'exténuée, Léonie ne trouve pas le sommeil. Ces dernières heures semblent appartenir à un rêve. Comment a-t-elle pu être aussi naïve ? Elle se donnerait des gifles. Elle se sent trahie, humiliée par la fuite précipitée d'Andrew. Qu'avait-elle imaginé ? Ce départ était pourtant écrit, elle l'avait toujours su. L'espion n'avait fait que tirer parti de son accident, et porté un coup à l'ennemi avant de s'évanouir dans la nuit. Il n'était pas resté pour elle, pour ses beaux yeux ocre, ça non ! Il n'avait fait que son devoir. C'est ce que n'importe lequel d'entre eux aurait fait : utiliser au mieux ses atouts. Et Léonie ne lui avait servi que de soutien, un petit pion sur un échiquier.

Elle s'endort.

Le bruit d'un moteur enfle sur le chemin. Léonie sursaute, hagarde. Des coups répétés sur la porte l'éveillent complètement. Un tumulte provenant de l'extérieur secoue la charpente. Il fait encore nuit. Quelle heure peut-il être ?

— Gus ! Ouvrez ! Gus !

Déjà aux aguets, le cousin se redresse et va ouvrir alors que les coups redoublent.

Les soldats allemands investissent la masure, fouillant de leurs lampes les moindres recoins. Gus et Léonie sont poussés dehors sans ménagement et alignés contre le mur, sous la menace de deux armes.

L'unique pièce est vite inspectée et les soldats ressortent, excédés, sur leurs gardes.

Léonie reconnaît Hans parmi eux, posté à l'entrée. Elle garde les yeux baissés, évitant de croiser son regard.

L'officier commandant lui dit quelques mots dans sa langue et Hans s'avance pour les traduire.

— Avez-vous vu des terroristes ? Savez-vous quoi que ce soit ?

Gus secoue la tête :

— On sait rien de ce qui se passe. On dormait.

— Et toi, Ninne ? insiste Hans. Rien ? Tu es bien loin de chez toi.

— Rien du tout. Gus l'a dit, on dormait.

Il traduit les réponses à l'officier qui ne cache pas sa colère. Les jambes écartées, les mains dans le dos dans une posture martiale, il toise les deux insulaires avec mépris. Hans revient vers Léonie, qui ne parvient pas à maîtriser ses tremblements.

— Un acte odieux de sabotage a été perpétré cette nuit. Il nous faut les coupables !

Il s'interrompt, puis reprend :

— Je me demande ce que tu fais là. Ce n'est pas normal. Qu'est-ce que tu fais là ?

Dans un sursaut de lucidité, Léonie tend alors ses mains suppliciées dans le faisceau de la lampe. Hans grimace.

— Qui a fait ça ? C'est l'explosion ? Tu as manipulé des explosifs ?

Excédé, l'officier s'approche, arrache une lampe torche des mains d'un soldat et en braque le faisceau sur les doigts de Léonie.

— C'est ma mère. Avec de l'eau de Javel. C'est pour ça que je suis venue me réfugier ici cette nuit.

Hans hésite, puis traduit de nouveau ce qu'il vient d'apprendre. L'officier regarde les mains tendues, rouges et crevassées.

D'un geste méprisant, il repousse la jeune fille contre le mur et aboie des ordres.

La patrouille motorisée disparaît sur le chemin.

Gus observe Léonie du coin de l'œil, renifle, crache et rentre.

Il remet un carré de tourbe dans le poêle et pose une bouilloire cabossée à chauffer.

— T'as quelque chose à voir avec tout ça ? Ou ton Anglais ?

— Gus, s'il te plaît, pas maintenant.

— J'ai quand même le droit de savoir quand je risque ma peau ! Je t'avais prévenue qu'il apporterait que des ennuis, ce Rosbif.

— Gus ! s'écrie Léonie, au comble de la colère.

D'un air las, le cousin répond :

— Après tout, c'est ton affaire. Oublions ça.

Puis il regarde les mains de la jeune fille.

— Bon Dieu ! dit-il en se frottant les joues. C'est quand même pas humain de faire ça !

Gus se met à tourner dans la pièce, agitant frénétiquement ses longs bras maigres.

— Je vais aller y dire deux mots, à ta mère, je le jure ! Ça peut plus durer ! Ton grand-père serait encore de ce monde, il l'aurait déjà fait mettre en cabane.

— Je vais bien, répond Léonie. J'ai juste besoin de me reposer.

Gus aimerait se rendre utile, la consoler, la rassurer, mais il ne sait comment s'y prendre. La tristesse de Léonie est si profonde qu'il est désemparé. Lui, le solitaire, n'est pas doué pour les discours.

Après avoir mis une racine de chicorée à tremper dans l'eau bouillante, il sort un mouchoir de sa poche qu'il déplie délicatement :

— Regarde !

Une vieille pièce de monnaie, usée et rongée par les ans, trône au milieu du carré de tissu.

— Tu vois, je l'ai déterrée hier. Elle est belle, hein ? T'es la première à qui je la montre. Ça va leur en boucher un coin au village ! Gus, il est pas si fou qu'il en a l'air !

Ses yeux enfiévrés scintillent bien davantage que la pièce. Léonie se penche sur le trésor.

— Gus… C'est une pièce de deux centimes.

— C'est un début ! s'exclame le cousin. Un bon début.

Léonie soupire.

— Tu as lu la date ? 1890. Cette pièce n'a pas plus de cinquante ans.

— D'accord, d'accord, poursuit Gus, infatigable. C'te pièce n'est pas de Napoléon, mais quand même ! Si j'en ai trouvé une, je vais en trouver d'autres ! Il est là, mon trésor, je le sens…

Léonie sourit. La candeur de son cousin est désarmante. Cette malheureuse pièce de monnaie, elle le sait, n'est en rien la promesse d'un trésor. Ce n'est au mieux que du combustible qui vient nourrir l'obsession délirante du pauvre Gus.

Après avoir bu l'infâme mixture, qui malgré tout la réchauffe, Léonie se rendort en imaginant les façons dont Andrew a terminé son voyage. Est-il rentré à bon port ? Fête-t-il sa victoire entouré de ses compagnons d'armes ? Pense-t-il seulement à elle, abandonnée une fois encore à son triste sort ?

15

Léonie reste deux jours prostrée dans la masure sans bouger. C'est à peine si elle touche aux repas que Gus lui prépare. Elle reste allongée, immobile, les yeux dans le vague, son sommeil irrégulier n'est bercé que par le bruit des coups de pioche qui résonnent dehors sur la caillasse.

Louison en pension ! Léonie aurait dû l'envisager après son refus et s'y préparer. Elle ressasse son erreur de jugement, recroquevillée sur la couche, près du poêle. Jamais elle n'aurait dû écarter si vite la proposition du père Anselme, c'était une folie. Tout ça pour un inconnu qui a pris la fuite. L'aventure de Louison avec un soldat allemand n'allait pas rester sans suite. C'est bien sûr pour l'éloigner de l'île que ses parents ont demandé conseil au père Anselme pour couper court aux ragots. Léonie enrage, car ce qui est une punition pour son amie était pour elle l'unique salut. La voilà maintenant seule et prisonnière de Sainte-Kristen.

Léonie doit rentrer chez elle.

La brume s'est enfin levée sur un ciel bleu un peu pâlot, mais qui donne du baume au cœur après des jours de grisaille impénétrable.

Léonie rassemble ses vêtements, s'habille pour affronter le froid et sort.

Gus la regarde passer sans un mot.

Elle n'a pas parcouru deux cents mètres qu'une patrouille l'arrête et la contrôle. Elle écoute à peine les soldats, se contente de tendre ses papiers, de les remettre dans sa poche. Eux ont les traits tirés et font leur travail avec rudesse. C'en est fini de fraterniser avec la population.

Léonie arrive au croisement, là où se dresse le calvaire. Prise d'une envie irrépressible, elle tourne à gauche et court à la carrière. Elle entre dans la cavité et allume une lampe.

La présence d'Andrew y est encore vive. La caisse retournée qui lui servait de table est toujours là, sur laquelle reposent les maigres reliefs de son dernier repas, quelques miettes et un bocal vide. Léonie cherche une lettre, un mot laissé à son intention. Elle ne trouve rien. Peut-être a-t-il été pris par le temps ? La valise radio aussi est encore là, attendant un message. D'une main hésitante, Léonie met le casque sur ses oreilles et branche le micro. Elle se souvient du commutateur qu'il faut tourner pour mettre le contact. L'aiguille du cadran oscille.

— Allô ? Allô ?

Le silence lui répond, terrible, angoissant.

— Quelqu'un m'entend ? Andrew ?

Elle reste ainsi de longues minutes à écouter sa propre voix résonner dans la cavité suintante. Puis elle coupe le contact.

Andrew n'est pas là. Sa voix grave, empreinte d'ironie, s'est tue. A-t-il jamais eu l'intention de rester à l'écoute, de se préoccuper du sort de la pauvre Ninne ?

Déçue, elle range la radio et s'enroule un moment dans la toile de parachute.

Il est presque midi lorsque Léonie arrive au village. Elle ne prend pas garde au rideau baissé devant les fenêtres du café.

Dès qu'elle entre dans la cour, Léonie comprend qu'un drame se joue. Sa mère se tient droite sur le seuil de la maison, dans son manteau grège, coiffée d'un élégant chapeau que la jeune fille ne lui connaît pas. Elle tient une valise à la main. Des éclats de voix fusent par la porte ouverte.

Léonie s'avance prudemment, croise le regard sévère de sa mère.

— Tiens ! La voilà, celle-là. C'est bien le moment de montrer ta vilaine figure…

— Qu'est-ce qui se passe ?

— Reste en dehors de ça, ce ne sont pas des affaires qui te concernent.

À l'intérieur, deux hommes s'insultent violemment.

— Elle ne partira pas, espèce de salaud ! hurle l'infirme cramponné à la table.

— Pauvre imbécile, rétorque l'autre, ce n'est pas à toi d'en décider. Elle a fait son choix.

Léonie reconnaît aussitôt la voix de Duval.

Un bris de verre résonne.

Bravant l'ordre de sa mère, Léonie se précipite vers la maison. À peine a-t-elle franchi le seuil de la cuisine qu'elle voit son père jeter une assiette au visage de Duval. Celui-ci réplique en saisissant une bouteille et en la fracassant sur le crâne de l'estropié. Le sang coule sur le carrelage, le père s'écroule dans un vacarme de chaises renversées.

Duval se jette alors sur lui et l'étrangle. Léonie pousse un cri terrible et saute sur le dos de l'étranger. Elle le mord, le griffe de toutes ses forces.

Duval se dégage, se relève en chancelant.

— Foutez le camp ! hurle Léonie en brandissant un tesson acéré. Foutez le camp ou je vous ouvre le ventre !

L'homme recule, effrayé.

— Garde-le donc, ton pauvre éclopé de père.

Puis il sort à reculons.

Léonie se précipite sur son père, son pauvre père qui gémit, le visage couvert de sang. Elle le tire, le hisse, redresse une chaise pour l'y asseoir. L'infirme pèse lourd, c'est un fardeau pour sa fille qui peine à le relever. Il s'assied de travers, sa jambe valide cherche un appui. Léonie écarte les cheveux gluants, cherche la plaie. Lui balbutie, s'essuie le front à l'aide d'un mouchoir. L'entaille est bénigne mais saigne abondamment.

— Plus de peur que de mal, murmure-t-il.

Puis il ajoute, les yeux dans le vague :

— Qu'elle parte donc ! On n'a pas besoin d'elle. Elle ne sait que faire souffrir, on dirait qu'elle n'en a jamais assez.

Puis il pleure. Il pleure sur son mariage, terrible malentendu. Il aimerait retenir ses larmes devant sa fille, ça ne se fait pas de se répandre ainsi, sans pudeur ni fierté. Mais il n'a plus ni l'une ni l'autre. L'amertume se lit sur son visage, un masque qui ne l'a jamais véritablement quitté depuis son retour des tranchées. Il éprouve de la rancœur contre l'absurdité de cette demi-vie. On leur avait promis la considération de tout un peuple après la victoire. Quelle farce ! Rien n'est jamais venu. On a érigé des monuments, distribué un pécule, des médailles et puis plus rien. Il pleure. Son chagrin est comme une corde à son cou et, dès qu'il s'éloigne du piquet qui le retient, le nœud se resserre et l'étrangle.

Léonie recule, commence à ramasser les chaises, les éclats éparpillés. C'est encore elle qui se retrouve au ménage, à réparer, à redresser, à nettoyer.

Elle sent la haine qui la frappe avec une violence sauvage. Elle se met à haïr cette île plus encore, l'océan et le vent, elle hait ce paysage sec et lugubre brûlé par le sel jusqu'au moindre caillou. Mais, par-dessus tout, elle se surprend à haïr les hommes et leur saleté de faiblesse. Elle en veut à Andrew, elle le maudit de s'être évadé sans elle, presque comme un voleur, la privant d'une scène d'adieu digne de ce nom. Elle hait son père larmoyant, incapable d'un peu de courage, d'un peu de volonté, et qui se noie dans son chagrin. Elle hait Duval, qui s'en est pris à un infirme et qui lui vole sa femme. Oh, elle ne regrettera pas sa mère. Qu'elle aille au diable dépenser l'argent de la carrière !

L'après-midi même, sous un soleil qui ne parvient pas à réchauffer la terre, la mère et son amant quittent l'île à bord d'un vapeur allemand sous le regard ahuri des badauds.

Le lendemain, c'est au tour de Louison de s'embarquer sur le voilier venu décharger quelques provisions, des journaux du continent et un peu de courrier. Sa crinière d'ordinaire éblouissante est sans éclat, son visage est si pâle que les taches de rousseur s'y évanouissent. Elle est vêtue d'une sorte de capeline sombre. On dirait qu'elle part au couvent. Le père Anselme l'accompagne, tête basse, un air de profond recueillement gravé sur son visage rougeaud. Il porte la valise et, parfois, la jeune fille disparaît complètement derrière sa gigantesque silhouette. Tous deux s'avancent, raides et solennels, dépassent les dernières maisons et débouchent sur l'esplanade portuaire qui va mourir au bord du quai. Pas question pour les parents de laisser partir Louison sans chaperon. Sait-on jamais ce qu'elle pourrait faire en arrivant ? Elle serait bien capable de filer Dieu sait où ! Une fois que le colis sera livré à la porte du pensionnat de Caen, ils seront rassurés. Pas avant.

De loin, Léonie assiste à la scène et s'enfuit. C'est une trahison intolérable. Comment le père Anselme a-t-il pu céder sa place sans l'en informer ? Elle enrage, son cœur se serre dans sa poitrine. Impossible pour elle de pardonner, de s'élancer vers son amie pour la rassurer sur ce qui l'attend là-bas, en pension. Elle ne trouve pas les mots.

C'est elle qui devrait monter sur ce bateau, pas Louison ! C'est elle qui devrait recevoir cette récompense. C'est d'autant plus injuste que Louison monte à bord comme un condamné promis à l'échafaud. La passerelle ploie sous la carrure du curé. Le petit Gaspard est à bord et attrape la main de Louison.

Aux yeux de Léonie, tout ça n'a aucun sens.

Adossée à un mur, elle étouffe. La voilà prisonnière avec son père, coincée entre l'horizon de plomb et l'océan déchaîné.

16

L'hiver s'étire sous un ciel gris et uniforme. Rien ne vient troubler la monotonie des jours qui passent dans une semi-obscurité. Tout comme l'océan, la lande a perdu ses couleurs, et les oiseaux se blottissent sous les ronciers pour ne pas crever de froid. Les passages des bombardiers sont plus fréquents et le vrombissement de leurs hélices ne fait plus lever les yeux.

La colère des Allemands s'estompe à mesure qu'ils s'épuisent en fouilles infructueuses et interrogatoires inutiles. Personne sur l'île ne sait rien, le village est à l'opposé du phare et, avec un vent contraire, c'est à peine si l'explosion du mois dernier a été entendue. L'occupant n'a eu d'autre choix que de conclure à un coup porté par un commando venu par la mer. Mais quelque chose en eux a changé. Ils ne viennent plus au café échanger des politesses, ceux que l'on croise ont le visage fermé, ils gardent leurs distances avec la population. Ils semblent inquiets, et en sont d'autant plus dangereux. Sur les ondes, on minimise autant que possible les revers militaires de l'occupant, mais plus personne ne peut ignorer les rumeurs en provenance de toute l'Europe. On se bat en Italie, en Russie, partout les Allemands reculent. Ils s'épuisent.

Pourtant, du matériel arrive avec lenteur chaque semaine pour la reconstruction d'un radar, plus grand, plus puissant aussi. En voyant passer les camions, Léonie se demande si le coup d'éclat d'Andrew et de ses camarades aura servi à quelque chose.

Le père Anselme est rentré de Caen et apporte un matin une lettre de Louison pour Léonie. L'échange est bref, elle ne se sent pas encore capable de parler avec lui. Une fois qu'il est parti, elle jette l'enveloppe au feu. Les regrets ne servent à rien et les mots de Louison ne sauraient détourner Léonie de la solitude où elle s'enfonce.

Sur la longue plage, des enchevêtrements de poutrelles sont venus s'ajouter aux mines et aux barbelés qui défigurent déjà le paysage. Les vagues se jettent sur les trépieds d'acier sans en entamer la solidité. À marée basse, on peut apercevoir les algues et les coquillages agglutinés à leur base.

Léonie dépérit, à l'image de son père qui boit plus que de raison. Souvent, elle doit le traîner jusqu'à son lit et l'y coucher. L'infirme ne mange guère, ses joues se creusent et son regard délavé ne trouve plus la force de s'accrocher au concret. Il divague. Lorsque le temps le permet, il trouve encore la force de claudiquer jusqu'au port et attend des heures durant le bateau qui n'arrive pas. Chaque jour, il répète les mêmes gestes. Il remonte le coucou, s'assied à la table, ouvre son couteau, l'essuie et le place près de son assiette, puis noue la serviette autour de son cou comme un enfant. Le rituel est immuable. Léonie, ça lui met les nerfs à vif.

Dans de courts moments de lucidité, l'infirme gémit, pleure en silence.

— Elle reviendra… Elle revient toujours.

Léonie bout de colère devant ce pitoyable spectacle. N'a-t-il donc aucune dignité ?

— Après ce qui s'est passé, rétorque-t-elle, excédée, ça m'étonnerait ! Enfin, papa, cet homme t'a blessé ! Que ce serait-il passé si je n'étais pas intervenue ?

— Oh ça… Ce n'est pas la première fois que ça arrive.

Léonie lève un sourcil agacé alors que son père soupire en remontant la manche de sa chemise.

— Tu vois cette estafilade ? C'est le résultat d'un coup de couteau donné par un de ses amants.

Il exhibe sa fine cicatrice comme un trophée.

— Et celle-ci, poursuit-il en pointant son arcade sourcilière, une chope de bière !

Léonie se renfrogne :

— J'ai toujours cru que c'étaient des blessures de guerre.

— Pas du tout. Tu étais trop petite pour t'en souvenir, voilà tout. Elle reviendra. Elle est toujours revenue.

Il conclut chaque discussion de cette manière, avec cette sentence d'expert qui laisse sa fille sans voix.

L'argent manque, et le moindre achat chez la mère Le Créac'h devient une épreuve. L'argent. Un autre sujet que le père refuse obstinément d'aborder.

Léonie le presse de réagir, de réclamer son dû, le prix de la carrière envolé. Mais l'infirme élude, renâcle et se ferme, alors qu'il ne reste au fond du porte-monnaie que quelques centimes frappés de la francisque, quelques pièces de vilaine ferraille, ternes et sans valeur.

Souvent, Léonie fait de longues promenades solitaires, et ses pas la mènent invariablement à la corniche. L'Angleterre est là, quelque part en face des falaises où nichent les oiseaux marins. Léonie descend par le sentier à flanc de paroi. La houle est comme un ventre qui se creuse et se gonfle au rythme du ressac. C'est ici qu'Andrew a embarqué.

Debout sur un rocher, bravant les vagues puissantes, elle voudrait que l'océan se pétrifie, que la glace le change en miroir scintillant. Alors elle pourrait traverser cette banquise, s'échapper pour ne jamais revenir.

Mais la mer est pour Sainte-Kristen un geôlier des plus implacables. Elle donne et reprend à sa guise, tout se plie à sa volonté, à croire que sa puissance égale celle de Dieu.

Tout commence et finit à l'océan.

Alors Léonie remonte, s'en va du côté de chez sa grand-mère. Elles restent face à face, à peler des légumes rachitiques, à boire une tasse de jus amer. Le plus souvent, aucune ne parle. Il n'y a pas de mots pour décrire la vie de Sainte-Kristen en hiver.

Léonie allume chaque jour la radio portative. La lumière illumine le petit cadran, et son aiguille tremblote. C'est le seul signe de vie qu'elle reçoit car le casque sur ses oreilles reste muet. Elle cherche des excuses, se rassure. Il n'y a rien de grave, Andrew doit être occupé. Peut-être est-il en mission, quelque part, au péril de sa vie ?

Elle lui parle, fait les questions et les réponses. Quel temps fait-il à Londres ? Pluvieux. La guerre sera-t-elle bientôt terminée ? Oui, bientôt. Y a-t-il des bourgeons sur les buissons du jardin ? Quelques-uns, ils sont un peu en retard cette année.

Puis, de semaine en semaine, elle espace ses visites à la carrière. Une fois encore, l'idée lui traverse l'esprit de se faire sauter avec ce qui reste de dynamite. Plus de six mois la séparent d'une éventuelle place en pensionnat pour la rentrée prochaine. Un an sans scolarité. Un gouffre au fond duquel elle perd le goût de la lutte. Le père Anselme sera-t-il seulement disposé à lui retrouver une place ? La mort serait si simple, et sans doute peu douloureuse, une explosion, c'est une mort instantanée. La souffrance, elle l'a suffisamment endurée pour ne pas la souhaiter au moment de mourir. C'est une jeune fille ordinaire qui n'a rien d'héroïque. Pas comme Émile. On ne retrouverait d'elle que des parcelles de son corps, vaporisées par la déflagration.

Elle s'empare de la toile de parachute, la roule en boule et l'attire à ses narines. Il reste encore un peu de l'odeur de son amant, presque rien, et, chaque fois qu'elle respire la soie blanche, ses souvenirs olfactifs prennent le relais et prolongent la sensation de plaisir. Parfois aussi elle s'enroule à l'intérieur et s'imagine en mariée devant le parvis de l'église, avec sa traîne vaporeuse et les demoiselles d'honneur. Même Louison est là, avec un bouquet.

Léonie se trouve idiote et infantile, jette la toile dans un coin. Qui voudrait épouser une affreuse fille squelettique ?

Chaque jour qui passe, buvant son désespoir, le père répète en secouant la tête :

— Ce n'est pas ta faute, Ninne, ce n'est pas ta faute.

Cette phrase, Léonie ne peut plus la supporter. Ne pouvant poursuivre Andrew de sa colère, lui faire part de son immense dépit, il ne lui reste que son père pour se défouler. Elle devine que, derrière ce refrain seriné à l'envi, se cache une autre vérité.

— J'ai pourtant toujours eu l'impression de vous déranger. Je n'ai jamais eu de place dans ce foyer, pas la moindre. Un mot gentil ? Jamais je n'en ai entendu. Toi, tu restes toujours en retrait comme si j'avais la peste. L'as-tu une seule fois dans ta vie empêchée de me faire du mal ? Elle m'a toujours haïe. Tu vois, je n'arrive même pas à l'appeler comme le font les autres enfants avec leur mère.

— Maman.

Le mot est lâché par le père, qui garde les yeux vissés sur son verre. Pour Léonie, ce simple mot la fait saigner. Qui pourrait nommer ainsi son propre bourreau ?

— Ta mère est plus malheureuse que toi, reprend l'infirme.

— Comment peux-tu dire une chose pareille ? Quoi qu'elle fasse, tu prends toujours sa défense ! C'est insensé.

— Si elle souffre, c'est entièrement ma faute, pas la tienne. Elle s'en prend à toi pour m'atteindre, c'est plus fort qu'elle. Il faut lui pardonner, tu sais ? Toi, tu auras toujours une place dans mon cœur, ma Ninne.

— Mon pauvre papa ! Tu ne m'as jamais dit que tu m'aimais, tu ne me l'as jamais montré ! J'ai beau réfléchir, je ne me rappelle aucun mot, aucun geste de ta part. Je les ai pourtant attendus, espérés ! Oh, tu ne peux pas savoir à quel point. J'en suis souvent morte de chagrin. J'ai même prié, oui, prié ! J'aurais fait n'importe quoi pour un regard de toi, pour un geste de tendresse, même insignifiant ! Mon pauvre papa ! As-tu jamais ressenti de l'amour pour moi ? Dis-moi, quelle fille aurais-je dû être ? As-tu seulement un souhait, un rêve me concernant, au fond de cette carcasse que tu traînes comme un fardeau ? Oui, j'aurais voulu que tu sois fier de moi, que tu montres un peu d'admiration. Je me serais contentée d'un compliment, un tout petit aurait suffi à me rendre heureuse.

Le père écoute, les yeux dans le vague.

— Oh, je suis injuste avec toi, papa. Mais puisque je n'ai jamais rien eu à attendre de ta femme, j'ai reporté tous mes espoirs de petite fille sur toi. J'ai grandi, et te voilà comme toujours, immobile et silencieux, incapable de la moindre émotion.

Léonie va à la fenêtre, tire machinalement le rideau pour regarder la cour. Des bourgeons sont apparus sur le grand aubépinier. Plus de deux mois déjà qu'Andrew est parti. Le temps s'étire à l'infini.

— J'ai longtemps pensé que la guerre t'avait changé, meurtri, comme ce pauvre Émile et tant d'autres. Que les horreurs que tu avais vécues là-bas s'étaient enracinées en toi. Je ne te juge pas. Personne ne peut imaginer ce que vous avez enduré au front. C'est votre secret. Puis j'ai eu vent de l'existence de ton frère Hector. Et alors, petit à petit, j'en suis venue à imaginer une autre possibilité, une autre source à ta tristesse incurable.

— Ne parle pas de lui, il est enterré et c'est mieux ainsi.

— Il a bien dû souffrir, lui aussi, pour finir la tête au fond d'un abreuvoir.

Le père se redresse et scrute sa fille.

— Oui, je sais tout maintenant. Il a bien fallu que je me débrouille pour apprendre la vérité à son sujet.

— Et qui donc t'en a parlé ?

— Émile. Le jour même où il est mort. J'étais chez lui tôt le matin. Il jouait de l'accordéon. En discutant avec lui sur les marches de sa maison, j'aurais dû deviner qu'il avait prévu d'en finir. Ça m'a surprise qu'il décide tout à coup de soulager sa conscience. Tu devrais en faire autant.

— Qu'est-ce qu'il savait, Émile, des rapports entre mon frère et moi ? Il ignorait ce qui s'est réellement passé.

— Et que s'est-il passé de si grave pour que ça nous empoisonne la vie à ce point ?

Le père se tasse de nouveau, rentre les épaules.

— Je te l'ai déjà dit, ce ne sont pas des choses qui te concernent. De toute façon, on n'y peut plus rien changer. Il est mort et enterré.

— Et pas une fois tu ne t'es rendu sur sa tombe.

Léonie s'assied en face de son père, étend ses bras vers lui par-dessus la table.

— Quelle faute ai-je pu commettre pour que tu n'aies pour moi que des regards à faire pleurer les pierres ?

Le père tourne la tête, refusant la discussion. Léonie soupire.

— Tu ne veux pas répondre ? Pauvre papa. Tu attaches plus d'importance à ton coucou qu'à ta fille.

Soudain, le père se dresse, empoigne ses béquilles et claudique jusqu'au coucou, qu'il décroche et jette à travers la pièce. Le petit chalet de bois se brise sur le mur et les débris s'éparpillent sur le ciment de l'évier.

— Je me fous de cette mécanique capricieuse ! Presque chaque jour, depuis ton retour, il se dérègle !

Léonie fond en larmes et serre son père dans ses bras.

— Papa, pauvre papa ! dit-elle en sanglotant. C'est ma faute, c'est ma faute !

Et le père reprend :

— Ne dis pas ça, Ninne, ce n'est pas ta faute.

Plus tard dans l'après midi, Léonie file à la carrière. Elle veut parler à Andrew, lui dire sa détresse, sa colère. Cette fois, elle en est certaine, il va répondre. Patiemment, elle attend dix-huit heures et tourne en rond dans la cachette, comptant ses pas. Deux heures et six mille neuf cent soixante-huit pas plus tard, elle s'assied et tourne le commutateur. Une fois encore, l'appareil reste muet. Pire, la lumière faiblit, l'aiguille agonise, les crachotements parasites des récepteurs se taisent. Rendue folle de rage face au silence de l'appareil, Léonie le jette depuis la corniche et le regarde rebondir contre la paroi rocheuse, se déchiqueter et enfin tomber dans les vagues.

Le lendemain, elle va traîner du côté du quai où des soldats et leurs paquetages attendent le bateau. Karadeg ne cache pas sa joie de voir tous ces vert-de-gris quitter l'île. Pâles et silencieux, ils regardent le vapeur qui les emmènera bientôt loin d'ici s'engager dans le chenal. Deux chasseurs à nez jaune passent à vive allure dans un vrombissement de tonnerre.

— Ninne ! s'écrie Karadeg en faisant de grands gestes.

Puis il accourt auprès d'elle, les cheveux en bataille, le sourire aux lèvres.

— C'est beau, hein ? dit-il en désignant la troupe d'un mouvement du menton. J'suis pas mécontent de les voir foutre le camp.

— C'est seulement une partie d'entre eux, répond Léonie.

— Ça me va.

Il renifle et reprend :

— Dis, j'ai ramassé des coquillages sur la plage, si t'en veux, je peux t'en donner.

— Tu es fou, et les mines ?

Karadeg bombe le torse.

— Je sais où elles sont maintenant, ça risque rien. Et puis, c'est ça ou crever de faim, pas vrai ? T'auras qu'à passer chez moi tout à l'heure. Des couteaux, des bigorneaux, des coques, y a qu'à choisir !

Léonie lui dépose un baiser sur la joue.

— Tu es le plus gentil garçon que je connaisse.

— Ah ben, merde alors, s'écrie Karadeg en se frottant la joue, faudrait que j'aille à la pêche plus souvent !

Alors que le garçon s'éloigne d'une démarche de matador, Léonie remarque la présence de Dieter parmi le détachement en partance. Son barda à ses pieds, le fusil à l'épaule, il cherche Louison du regard et ignore qu'elle ne viendra pas.

Léonie l'observe. Il a l'air sincèrement malheureux. Elle pourrait presque le prendre en affection si elle ne voyait pas à cet instant un vert-de-gris plutôt qu'un garçon pas tout à fait sorti de l'enfance et déjà soldat. Même mort de trouille dans son uniforme, en partance pour un front ou un autre, il reste un ennemi. Léonie envie tout de même Louison pour son incontestable pouvoir d'attraction. Dieter semble prêt à se jeter à l'eau pour elle, ça crève les yeux. Il attend, guette l'esplanade et la grand-rue dans l'espoir de la voir paraître. Il pourrait déserter pour cette rousse pétillante.

Andrew éprouve-t-il la même chose pour Léonie ?

Un coup de sifflet retentit et les soldats se redressent, se mettent en rang. Ils embarquent en silence, envient ceux qui restent.

Une fois que le navire appareille avec son chargement d'âmes, Hans s'approche de Léonie. Elle est mal à l'aise car les quelques villageois présents regardent le couple avec suspicion. Depuis que Louison a commis l'impardonnable, ils imaginent que chaque jeune fille de l'île est susceptible de suivre son exemple.

— Bonjour, Ninne. C'est triste, n'est-ce pas ?

— Quoi ?

— Ces jeunes gens, je les connais tous. Ils partent se battre à l'est. Ils ne reviendront pas et ils le savent. Ne dis rien à ton amie, ça ne ferait que l'attrister davantage.

— Et toi ? l'interroge Léonie. Tu ne pars pas ?

— Pas cette fois. J'ai eu de la chance. Je ne sais pas combien de temps elle durera. Je ne suis pas certain d'être né sous une bonne étoile.

— Personne ne peut l'être.

— C'est juste.

Il allume une cigarette.

— La fin de cette guerre est inéluctable. Nous allons perdre. Comment pourrait-il en être autrement ? Les armées du monde entier vont déferler sur nous. Avec un peu de chance, je serai fait prisonnier, puis je rentrerai chez moi. Peut-être alors que, quand tout sera terminé, je pourrai t'inviter au restaurant, te faire la cour... C'est très français, ça, faire la cour.

Léonie ne répond rien. Hans vient de rouvrir la blessure laissée par Andrew et, bien sûr, elle ne peut se confier à l'ennemi.

Soudain, le père Anselme jaillit de la grand-rue au pas de course. Il est rouge, essoufflé.

— Ninne ! Ninne ! Viens vite !

Elle quitte Hans sans un au revoir et suit le colosse.

Sur le chemin de la maison de sa grand-mère, Léonie écoute le curé lui exposer la triste nouvelle.

— Ta grand-mère est au plus mal. Elle passera avant demain, je le crains. Elle m'a demandé d'aller te chercher au plus vite.

— Et papa ?

— Elle n'a demandé que toi. Elle m'a dit vouloir soulager sa conscience avant de monter au ciel.

17

Le père Anselme reste dehors, tandis que Léonie entre dans la masure plongée dans la pénombre. De chaque côté de la porte, de jeunes pousses de ronces d'un vert tendre, aux épines encore souples, s'entremêlent en désordre. Dans la bergerie, les moutons s'agitent.

La vieille femme est étendue sur son lit, raide, pâle, un chapelet entortillé entre ses doigts noueux croisés sur sa poitrine. Les volets sont fermés, les rideaux tirés. Aucun bruit ne vient troubler sa respiration haletante, irrégulière. À cheval sur le bras d'un fauteuil, la robe depuis longtemps retouchée attend toujours la noce qui ne viendra plus. La grand-mère soulève une paupière qui retombe aussitôt.

Léonie lui prend la main et s'assied sur l'unique chaise installée au chevet de la mourante.

— Pourquoi papa n'est pas là ? murmure Léonie.

— Ma petite Ninne, c'est à toi que je veux parler avant de partir. Ton père et moi, voilà bien longtemps que nous nous sommes tout dit. Quel âge as-tu déjà ?

— Dix-huit ans.

— Oui, c'est ça, dix-huit, approuve la grand-mère en hochant doucement la tête. Un bien bel âge.

Elle se tait un moment, cherchant à retenir encore un peu de ce souffle qui s'échappe.

— Je dois..., reprend la vieille, je dois te dire certaines choses. J'ai trop longtemps repoussé ce moment. Je vais bientôt me trouver face au Créateur et je veux pouvoir le regarder en face. Et puis ton grand-père m'attend. Serre bien ma main, car je ne sais pas si je vais trouver la force. C'est si difficile.

— Ça ne fait rien, l'interrompt Léonie, ça va passer, tu me le diras un autre jour.

La grand-mère sourit et ferme les yeux.

— Je dois te dire la vérité sur ton oncle. Demain, il sera trop tard.

— Je sais déjà pour Hector, son malheur, et comment il est mort.

La vieille fait alors un effort pour se tourner vers sa petite-fille, les pupilles écarquillées. Elle sonde le visage de Léonie puis se laisse retomber.

— Je vois bien dans tes yeux que tu ne sais rien. Sinon...

Elle s'interrompt de nouveau.

— Ah, siffle la vieille, Hector était un bon garçon, tout comme ton pauvre père. C'est ta mère, le malheur de notre famille, et plus encore le tien, car tu portes chaque jour cet injuste fardeau. Je te demande pardon.

— Pardon ? Pourquoi ?

— Pour ce que tu as enduré à cause de nous, et pour ce que je vais te révéler.

Léonie est parcourue d'un frisson glacé. Elle respire à peine.

— Tu es bien assez grande pour apprendre la vérité.

Elle prend une longue inspiration, puis s'immobilise. Léonie hésite, se penche sur le corps à l'agonie. Puis, soudain, la respiration reprend.

— Ta mère est arrivée un peu avant la guerre. Elle accompagnait des musiciens de Paris venus jouer pour le bal du 14 Juillet. Dans ce temps-là, le bal, c'était quelque chose, avec la carrière et tout ça. Cette fille a tout de suite tourné la tête des gars. Une beauté pareille, on n'avait jamais vu ça par ici. Ton père et ton oncle n'étaient pas les derniers à lui courir derrière. Du coup, elle a commencé à venir à la carrière et à la maison. Elle n'est pas repartie avec l'orchestre. Elle a même chanté dans le café quand il appartenait encore à Gustave. Même les gosses collaient le nez à la fenêtre pour la regarder. Le charme de ta mère a quelque chose de surnaturel. Mes fils l'intéressaient, et surtout l'aîné. Ton oncle, je le revois encore, tout fier de sa prise quand elle venait dîner. Et le pauvre Achille, mortifié, faisant bonne figure.

La vieille tousse violemment, une vilaine toux sèche à lui peler la gorge. Léonie en profite pour reculer. Elle ne sait plus si elle veut savoir. L'ignorance est parfois préférable à la vérité. Son instinct lui dit que ce chemin est obscur, qu'elle doit se lever et sortir, ne rien entendre de ce qui va suivre et qui ressemble déjà à un chemin de croix, ce même chemin qui remonte du port vers la maison, celui sur lequel elle ne cesse de compter ses pas. Mais la grand-mère la retient par la main, la serrant fermement dans la sienne pour être bien sûre que Léonie écoutera, de gré ou de force.

— Ils voulaient se marier. Puis il y a eu la guerre. Les garçons sont partis. Ta mère est restée mais nous ne nous entendions pas. Elle était envieuse et manipulatrice. Hector l'aimait tant que ton grand-père n'a pas eu le courage de la flanquer dehors. Il lui a même donné un travail de secrétariat, pour les commandes et la paperasse. Pourtant, il l'a surprise une fois à voler de l'argent dans son bureau. Elle disait qu'on ne la payait pas assez. Sois gentille, donne-moi donc de l'eau.

Léonie tend le verre posé sur la table de nuit.

— Quand Achille est rentré sans son frère, ta mère s'est jetée sur lui, malgré sa jambe en moins ; il valait mieux marier un estropié qui hériterait un jour de la carrière. Tout à son bonheur, ton père l'a épousée. Mais on savait tous que ta mère, c'est Hector qu'elle préférait. Alors tu penses, lorsqu'elle l'a vu débarquer alors qu'on le croyait mort… Il arrivait trop tard et il en a été très affecté. Ton père, lui, était trop heureux pour s'apercevoir de la tristesse de son frère. Tu vois ? Tous les éléments du drame se mettaient en place sous notre nez et on ne pouvait rien y faire. Nos enfants se sont doucement mis à se détester, et ta mère soufflait sur les braises. Elle donnait des espoirs à Hector tandis qu'elle méprisait Achille. Ce mariage, c'était une bêtise.

— Arrête, pauvre papa, c'est affreux ce que tu me racontes.

La vieille ne semble pas avoir entendu la supplique de Léonie et poursuit son récit :

— Moi, je savais ce qui se tramait, ma chérie. Ta mère couchait avec Hector bien plus qu'avec ton pauvre père. Mais, pour Hector, c'était trop difficile à supporter. Il s'est mis à boire, et ton père à se recroqueviller. Ça ne pouvait plus durer. Ton oncle arrivait en titubant, incapable de mettre un pied devant l'autre. Il se disputait avec tout le monde au travail, avec son père, avec son frère. On vivait en enfer.

Elle tousse, se racle la gorge. Ça fait un bruit sinistre et caverneux. La vieille reprend :

— Et, une nuit, une violente querelle a éclaté entre mes fils, au bureau, à la carrière. Hector voulait s'enfuir avec ta mère et il était allé le dire à ton père. Un coup dur pour Achille.

La grand-mère pousse un gémissement tant Léonie serre sa main dans la sienne.

— Tu me fais mal…

— Pardon, s'excuse Léonie.

La vieille se détache un instant de l'étreinte, le temps de rouler son mouchoir en boule et de s'essuyer le bout du nez.

— C'est ce soir-là qu'Hector est mort.

— Noyé dans l'abreuvoir, Émile me l'a dit.

— Ça, Ninne, c'est ce qu'on a décidé de faire croire après le terrible malheur… Ils se sont battus comme deux chiens, prêts à s'entretuer pour ta mère. Quand ton grand-père est arrivé, alerté par les cris, il a trouvé Achille, appuyé contre le bureau, une masse de carrier à la main. Par terre, Hector gisait mort. Ton grand-père était fou de douleur, mais il refusait de perdre deux fils la même nuit. Alors il s'est armé de courage, mon pauvre André, et a traîné Hector dehors. Tu imagines la suite. Il l'a déposé la tête la première dans l'abreuvoir et il a ajouté une bouteille vide pour accréditer la thèse de l'accident. Hector avait glissé, son crâne avait heurté le rebord. C'est ce mensonge qui a scellé le destin de notre famille.

Léonie a froid dans cette pièce sombre et mal éclairée. Elle vit un cauchemar éveillé et ne sait quand il prendra fin car la grand-mère détourne le visage et reprend :

— Ta mère sait tout, elle a deviné dès l'instant où elle a appris la noyade. Et, chaque jour, elle nous fait payer notre lâcheté. C'est sa vengeance.

La vieille retrousse ses lèvres sèches et grimace sans que Léonie sache si c'est de la douleur ou de la honte.

— Il me reste une chose à te dire, puis tu t'en iras. Je veux prier avant de monter au ciel.

Léonie acquiesce. La vieille hésite, se tortille sous les draps.

— Achille n'est pas ton père.

Léonie se lève, faisant tomber sa chaise, et se colle dos contre le mur. Elle se bouche les oreilles, ne veut plus rien entendre. Toute sa vie se redessine alors devant ses yeux, s'éclaire sous un angle nouveau. Elle ne veut pas y croire. Tout ça est faux. La vieille soupire.

Léonie s'avance vers le lit qui craque sous la respiration hachée de la mourante.

— Comment sais-tu qu'il n'est pas mon père ? Comment peux-tu en être certaine ?

— Comme j'aimerais en douter, ma chérie ! Mais, crois-moi, aussi pénible soit-elle, c'est la vérité.

— Ce n'est pas vrai, tu mens !

— Non, ma petite Ninne, je le sais car, quand ton père est rentré de la guerre, il ne pouvait plus avoir d'enfant, tu comprends ? Depuis sa blessure, il ne pouvait plus.

Léonie se retrouve sur le seuil sans se rappeler comment elle y est parvenue. Le curé la laisse passer sans rien dire. Elle fuit.

Ses jambes avancent sans destination précise, errent avant de retrouver le chemin de la maison. Au loin, le clocher sonne le glas annonçant l'agonie.

Enfin, Léonie pousse la porte de la cuisine. Son père est attablé et répare le coucou dont les pièces éparses forment un puzzle insoluble.

— Tu sais que grand-mère est en train de mourir ? attaque Léonie.

Le père lève à peine la tête et se replonge dans son ouvrage. Lorsqu'il s'agit de sa mécanique infernale, il est capable de beaucoup d'obstination.

— Tu ne dis rien ? Tu préfères sans doute ton fichu coucou.

— Le père Anselme m'a fait savoir qu'elle ne désirait pas ma présence. Comme tu le sais, ça fait longtemps qu'elle ne veut plus me voir.

Léonie est mortifiée. Elle veut entendre la vérité de la bouche de son père. Elle n'est pas prête à renoncer comme elle le fait d'ordinaire, à le ménager une fois de plus, à le laisser en paix sous prétexte qu'il souffre.

— Depuis que tu as tué Hector ?

Cette fois, le père se redresse et fixe intensément sa fille. Sa moustache frémit. Il se prend la tête dans les mains.

— Alors elle t'a tout raconté... J'ai toujours redouté ce moment, même si je savais que ça arriverait un jour ou l'autre.

— Eh bien, c'est aujourd'hui. Papa, tu dois tout me dire.

Le soir n'est pas encore tombé. Le père se lève, empoigne ses béquilles et désigne le portemanteau d'un coup de menton.

— Aide-moi à m'habiller et sortons faire quelques pas.

Léonie dépose une veste de velours sur les épaules de son père.

Ils traversent la cour et s'engagent dans la grand-rue. Léonie marche lentement, réglant son pas sur celui de l'infirme. Un passant demande si le café sera ouvert ce soir, le père répond que oui, qu'il a besoin d'un moment avant de lever le rideau.

Ils passent devant le monument aux morts puis bifurquent vers l'église.

— Je n'ai jamais voulu ça, dit le père. C'était un accident.

Léonie se tait.

— Hector et moi, on ne s'entendait plus depuis son retour de captivité. Il avait changé. La guerre nous a tous changés. Il disait qu'on l'avait abandonné. Mais comment aurions-nous pu savoir qu'il était en vie ? Les disparus, on les comptait par milliers. Je ne dis pas ça pour me chercher des excuses, tu comprends ?

Il s'arrête, s'appuie sur ses béquilles pour soulager ses aisselles. Il a encore cet air de chien battu, rongé par le remords.

— Et puis il avait ta mère. Comme Hector était officiellement mort, elle m'a épousé par dépit, pour ne pas tout perdre. L'argent de la carrière, ça la mettait à l'abri. J'ai accepté en sachant très bien que je n'étais pas celui des deux qu'elle aimait. Avec ma jambe en moins, c'était un cadeau du ciel, cette noce. J'ai été trop vaniteux et je le regrette. Mais je l'ai toujours adorée, malgré tous ses défauts, et c'est ce qui m'a permis de rester en vie.

Il pleure encore et Léonie lui prend le bras. Ils passent devant le parvis et longent le mur du cimetière. La fille attend les aveux complets, il doit aller jusqu'au bout sans trébucher, sans chercher d'échappatoire.

— Qu'est-ce qui s'est passé la nuit du drame ?

— J'ai surpris mon frère au bureau, il était venu voler de l'argent pour s'enfuir avec ta mère. Il y avait au coffre la paie des ouvriers. Ça faisait une sacrée somme. J'ai voulu l'en empêcher, on s'est battus. Je te jure qu'il voulait ma mort, je l'ai lu dans ses yeux. Mais je me suis défendu, je l'ai frappé à la tête et il est tombé. Bon Dieu, il n'avait pas trente ans. Puis mon père est arrivé et il a tout arrangé. Souvent, je me dis qu'on aurait dû aller voir Pilvin, prévenir la gendarmerie, tout avouer.

— Mais vous ne l'avez pas fait.

— Non, c'est vrai. Tu n'imagines pas à quel point je le regrette. Il n'y a pas un jour où ça ne me hante pas. Mon propre frère…

Ils sont devant la grille du cimetière, en plein vent. Léonie veut entrer, son père résiste. Voilà près de dix-neuf ans qu'il n'a pas franchi cette enceinte.

— Allons lui rendre visite, dit Léonie.

Léonie compte. L'infirme soupire et s'avance. Il claudique entre les tombes misérables, parfois de simples rochers dressés où un nom, une date sont à peine lisibles, et des croix vermoulues, des stèles décorées de coquillages. Trente-six, trente-sept, Léonie le guide vers la tombe d'Hector. Cinquante-deux, cinquante-trois, elle est là. C'est un moment pénible pour le père de se tenir en équilibre devant la sépulture de son frère. Il la découvre pour la première fois. Elle est si petite qu'elle ne lui rend pas hommage. L'émotion le gagne, il chancelle, soutenu par sa fille.

— C'est mon père ? demande enfin Léonie.

Achille pleure en silence, hoche la tête. Il détourne le regard, s'en retourne vers la grille. Léonie dépose un baiser sur la pierre froide et le rattrape.

— C'est pour ça que tu l'as tué, parce que tu savais que l'enfant qu'attendait ma mère n'était pas le tien ?

Le père est dans la ruelle, sur le talus le long du muret, il est essoufflé de s'être hâté de sortir. Son cœur tambourine dans sa poitrine.

— Ce n'est pas ta faute, répète-t-il.

— C'est parce qu'elle était enceinte ? insiste Léonie.

— Je ne l'ai su qu'après. Je te le promets. Et je t'ai aimée dès que tu es née, ça oui. Pour moi, ça ne faisait aucune différence. Mais elle ne l'a pas supporté. Pour ta mère, tu ne seras jamais qu'une plaie à vif. Chaque fois qu'elle te voit, tu lui rappelles Hector et elle perd la tête. C'est pour ça que ta grand-mère t'a éloignée dès que possible. En pension, tu étais hors d'atteinte. Tu comprends ?

Bien sûr qu'elle comprend. Sa vie est bâtie sur un mensonge et elle hésite encore entre la colère et le désespoir.

Le père s'en retourne vers le village pour ouvrir le café, laissant Léonie à la porte du cimetière.

Le lendemain à l'aube, la grand-mère meurt sous le regard bienveillant du père Anselme.

18

Les semaines, les mois passent dans une pesanteur de pierre. Le soleil de début juin réchauffe la lande d'ajoncs dont les fleurs jaunes commencent à faner. L'aubépinier offre cette année-là une floraison exceptionnelle et Léonie fait des bouquets de ses branches qu'elle dépose chaque semaine sur la tombe d'Hector. Ce rituel donne un sens à son existence et dissipe lentement les zones d'ombre de sa naissance. Plus une seule fois l'infirme n'a souhaité évoquer encore le passé. Parfois, il accompagne Léonie au cimetière et dépose une fleur sur chaque tombe, celle de son père, celle de sa mère et, enfin, celle de son frère.

Le retour des beaux jours qui ne cessent de s'allonger redonne de l'espoir à Léonie qui s'en va vers le quai où le bateau accostera bientôt. Comme chaque fois, la population se serre sur le quai, espérant des nouvelles du continent.

Hans est là, à la tête de la patrouille de surveillance. Les soldats font une pause, allument leur cigarette, appuyés à un muret tiède, les manches retournées, le fusil en bandoulière.

Dès qu'il remarque Léonie, Hans s'écarte du groupe pour la rejoindre. Son sourire aux dents étincelantes ne parvient à masquer son regard mélancolique. En quelques pas, il est à la hauteur de la jeune fille. Chacun garde les yeux sur la jetée.

— Bonjour, Ninne, dit-il après un long silence. Tu es très en beauté aujourd'hui.

Léonie hausse les épaules, gênée.

— Je suis venu te dire au revoir, reprend le soldat allemand.

— Tu t'en vas ?

— Oui, demain, avec d'autres camarades. C'est fini pour moi, Sainte-Kristen.

— C'est dommage, répond Léonie. Mais tu dois être heureux. Tu m'as dit un jour ne pas vouloir mourir ici. Mourir d'ennui, sans doute.

Hans rit, ôte son calot pour replacer une mèche blonde.

— Je ne sais pas ce qui m'attend. Je me dis qu'ici, ce n'était pas si mal. J'ai échappé par miracle au front russe, je n'ai pas tiré un coup de feu, et puis j'ai eu la chance de rencontrer la plus jolie Française qu'il m'ait été donné de voir.

— Menteur, rougit la jeune fille. Les permissions à Paris ont quand même plus d'attrait !

— Sans doute, mais ça ne m'a pas vraiment intéressé. À part peut-être les musées.

Léonie le dévisage un instant. Les traits d'Andrew se superposent à ceux de Hans et se mélangent. Elle s'aperçoit alors qu'elle ne parvient plus à reconstituer le visage de l'Anglais. Avait-il une fossette au menton, ou était-ce au coin des lèvres ? Les mois ont effacé les détails pour ne laisser qu'une vague impression, trouble et confuse. Hans remarque que Léonie le fixe intensément.

— Quelque chose ne va pas ?

— Non, rien.

Le bateau pivote lentement pour placer son flanc le long du quai. Les amarres sont lancées. Léonie ne prête aucune attention à la manœuvre tant de fois répétée. Son regard passe au-delà de la jetée et s'accroche à l'horizon. Là, parfois, par temps clair, on peut distinguer le grand phare de l'île d'Ouessant.

Soudain, le brouhaha s'amenuise et s'éteint. La foule silencieuse s'écarte pour laisser le passage à une femme. C'est la mère de Léonie.

Dans un réflexe, la jeune fille saisit la main de Hans et la serre. La walkyrie remonte la haie formée par les villageois, resplendissante dans son tailleur haute couture.

Léonie lâche la main de l'Allemand.

— Il faut que je rentre.

Puis elle s'éloigne en courant dans la grand-rue.

Léonie attend, postée derrière la fenêtre de la cuisine. Son père est assis, l'oreille collée contre le poste de radio.

Elle n'a rien dit, pas encore. Elle ne sait comment lui annoncer la nouvelle et guette le portail enveloppé dans la grande ombre de l'aubépinier. Dans quelques minutes, quelques instants, sa mère paraîtra devant la petite porte ajourée et entrera dans la cour. Il avait raison de dire qu'elle reviendrait. Elle est toujours revenue de ses escapades avec ses amants. Elle ne parvient pas à s'extraire de sa haine, de cette vengeance remâchée. Sa souffrance doit trouver un exutoire et ses victimes sont enracinées sur cette île.

Là, derrière la fenêtre, Léonie s'interroge sur la réaction de son père lorsque sa femme se présentera à la porte. La laissera-t-il entrer ? Y aura-t-il des cris, des larmes ? Léonie ne sait plus quoi penser. Cette femme a été capable de mener deux frères à se haïr au point de se détruire. Elle mériterait d'être renvoyée par le bateau ou jetée à la mer plutôt que de pouvoir impunément remettre les pieds sous le toit familial. À moins qu'on ne la brûle sur la place du village comme on le faisait jadis avec les sorcières.

Le père redresse un sourcil.

— Quelque chose ne va pas ? Tu n'arrêtes pas de surveiller la cour.

Léonie hésite, les mots lui échappent. Ses mains sont froides malgré la tiédeur de l'air et le soleil de juin ne parvient pas à la réchauffer.

— C'est elle, parvient-elle à articuler. Elle est de retour.

Le père baisse la tête, sa moustache tombe de tristesse.

— Ne la laisse pas entrer. S'il te plaît.

Léonie tressaille, détourne un instant le regard de la grand-rue à l'autre extrémité de la cour.

— Papa, tu ne peux pas me demander ça. C'est à toi de le faire.

— Je n'en aurai pas la force. Toi, tu peux lui résister, tu es grande à présent. Tu sais bien que, sans ton aide, je n'y parviendrai pas. Et si elle franchit de nouveau le seuil de cette maison, tout recommencera.

Léonie est abasourdie par la faiblesse de son père. C'est maintenant à elle qu'il s'adresse pour empêcher sa femme de reprendre sa place auprès de lui. Malgré l'amour qu'elle lui porte encore, Léonie sent monter en elle un profond désarroi. Hector, Émile, Andrew, sa grand-mère, tous l'ont abandonnée. Il ne lui reste que son pauvre père et sa redoutable mère, qui vient de franchir la barrière blanche.

Sa mère traverse la cour à pas lents et Léonie ne peut s'empêcher de compter ses foulées. Sept, huit, neuf, elle entre dans l'ombre de l'aubépinier.

Vingt-cinq, vingt-six, ses talons aiguilles tintent sur les pavés.

Quarante et un, quarante-deux…

Léonie prend peur ; dans un instant, la Gorgone poussera la porte. Elle se détourne de la fenêtre, traverse la cuisine et file par la porte de derrière, laissant son père affronter seul le retour de son épouse.

Elle s'enfuit par la fenêtre alors que les premiers éclats de voix résonnent dans la cuisine.

Dans le ciel s'amoncellent des nuages de plomb annonciateurs d'orage.

Léonie arpente les falaises l'après-midi durant sous la pluie battante. Les éclairs frappent au hasard, zébrant le ciel noir de lézardes aveuglantes, et les violentes rafales chassent devant elles des tourbillons de feuilles arrachées aux buissons épineux.

Trempée, Léonie finit par se réfugier dans la cachette creusée dans les flancs de la carrière. L'endroit a été nettoyé, sans doute par Gus, car il ne reste que des caisses vides. Même les bâtons de dynamite ont disparu, ainsi que les souvenirs du passage d'Andrew.

Léonie s'affale contre la paroi rocheuse. Le retour de sa mère la glace d'effroi. Jamais elle n'avait imaginé la chose possible. Elle s'en veut d'avoir mal interprété les propos de son père. Elle avait d'abord cru qu'il voulait qu'on le plaigne, qu'on s'apitoie sur son sort, que sa fille le console en lui disant : pauvre papa ; que les gens du village chuchotent : cette bonne femme lui en fait voir, au pauvre Achille.

Léonie comprend maintenant qu'il n'appelait pas de ses vœux le retour de sa femme. L'infirme ne caressait pas un rêve, il ne faisait que prédire la fin inéluctable de cette nouvelle escapade, attendant avec résignation de replonger une fois encore en enfer. Son épouse n'en aurait jamais fini avec lui, le meurtrier de son amant, de son seul véritable amour. Elle ne le laisserait jamais en paix, ne lâcherait pas sa proie. La femme ne partait que pour mieux revenir, laissant son mari et sa fille dans l'angoisse de l'attente, se délectant du bonheur éphémère que son absence suscitait. Léonie serait pour toujours l'otage de cette terrible vengeance.

Cette situation n'est plus tenable. Léonie ne se sent plus la force de continuer, de subir plus longtemps la haine vengeresse de sa mère. Sa décision est prise : elle doit l'affronter.

Lorsque Léonie arrive chez elle, la pluie a cessé. L'orage roule plus loin sur l'horizon, laissant derrière lui des débris de lande éparpillés jusque dans les ruelles du village. Un torrent de boue dévale encore la grand-rue en direction du port. Léonie patauge dans les flaques, toute cette eau lui donne la nausée. Un instant, elle regarde discrètement par la fenêtre de la cuisine. Son père est assis à la table, la tête entre les mains. Sa mère est debout, bras croisés, et le toise avec mépris. Le supplice a déjà commencé. Léonie rassemble son courage et pousse la porte.

— Tiens, la voilà, celle-là, dit la mère. Tu tombes bien. Tu vas me faire le plaisir de nettoyer tes chaussures pleines de boue avant de te mettre à la vaisselle. Il était temps que je revienne. Il y a du laisser-aller. Tout est crasseux. Vous voulez me faire vivre dans un taudis ?

— Par pitié, répond l'estropié, vas-tu te taire ? Je n'en peux plus d'entendre des horreurs.

— Mon pauvre Achille, réplique sa femme, tu n'as pas encore pleuré assez de larmes pour te noyer dedans.

Le père se lève et claudique vers la porte.

— Je vais ouvrir le café, j'ai assez tardé.

D'un bond, la mère le rattrape et s'empare des béquilles. L'infirme chancelle et se cramponne à la table.

— Tu ne vas nulle part.

Il sautille alors jusqu'à sa chaise et se rassied. Ses yeux se mouillent. Léonie est sur le point d'exploser.

— Ne m'as-tu pas assez torturé ?

Le père a cessé de lutter et se fait implorant. Léonie l'observe, le trouve soudain vieilli, abattu, ratatiné, rongé par la culpabilité. Il a rendu les armes. Elle devrait le soutenir, tout faire pour soulager sa peine, pourtant seule lui prend l'envie de le secouer, de le gifler.

— Arrêtez ! hurle soudain Léonie.

Le père et la mère se tournent en même temps vers leur fille. Le premier s'affaisse encore un peu plus sur sa chaise, quant à la seconde, elle reste immobile et cette raideur a quelque chose de menaçant. C'est la toute première fois que Léonie interrompt une de leurs disputes, et elle se sent comme libérée d'un poids terrible. Les mots se bousculent sur ses lèvres, des mots maintes fois répétés en secret, attendant le jour où ils pourraient enfin jaillir.

— Monte dans ta chambre, ordonne la mère. Je dois d'abord parler avec ton père.

— Je sais que ce n'est pas mon père et je ne bougerai pas d'ici.

La phrase agit comme une déflagration. Un froid polaire envahit la pièce. L'infirme sanglote tandis que la mère suffoque.

— Qui t'a dit ça ? hurle-t-elle.

— Je t'en prie, supplie le père en regardant Léonie, ne dis rien.

Léonie l'étreint un instant. Lui, la gorge nouée, ne parvient plus à articuler un mot.

— Je te demande pardon, papa.

Léonie s'écarte de lui et contourne la table pour se placer en face de sa mère. Elles s'observent dans un épais silence, à peine troublé par les guêpes qui tournent autour du petit garde-manger grillagé. La mère se tient droite, raide, pareille à une gravure guerrière.

— Achille, je te prie de me dire ce qui se passe, et vite !

Lentement, la walkyrie défait les épingles de son chapeau et le pose sur la table, sans lâcher son mari des yeux. Puis elle lève un sourcil vers sa fille.

— Et toi, petite peste, tu as quelque chose à dire ? Ce pauvre Achille manque de courage, comme d'habitude.

— Je n'ai plus peur de toi, maman. Tu vois ? J'arrive même à prononcer le mot. Ce n'est pas par affection, tu t'en doutes. J'ai passé mon enfance à trembler, à vouloir disparaître, devenir invisible rien que pour échapper à un seul de tes regards. J'ai même souhaité mourir. Une petite fille a souhaité mourir à cause de sa mère.

— Tu aurais dû passer à l'acte. Ta seule vue m'est insupportable. Autant que la tienne, Achille.

— Non, je veux vivre, répond Léonie. Je ne suis pas responsable de ce qui est arrivé à Hector. Personne ne l'est.

La mère serre les poings.

— Ne me tiens pas tête. Je te l'interdis !

— C'était un accident. Un terrible accident qui a changé en enfer la vie de cette famille ! Hector est mort, et personne ne pourra le ramener. Pas même ta colère.

La mère se raidit encore. Elle n'a même pas cillé.

— Je t'ai prévenue de ce qui arrivera si tu prononces encore son nom !

— Je m'en fiche. C'est mon père et j'ai le droit de le dire !

Soudain, la mère explose, empoigne un couteau et le brandit.

— Je vais te tuer !

Dans un réflexe de protection, Léonie pivote en croisant les bras devant son visage. La lame pénètre dans son dos, juste au-dessus de son omoplate droite, et l'intense douleur lui arrache un cri atroce. Léonie bouscule la furie qui tombe à la renverse, puis se jette dans la cour.

— Tu es folle, crie le père. Arrête-toi ! Je te l'ordonne !

— Essaie donc de m'en empêcher.

Sa femme le toise avec mépris et sort à la suite de sa fille.

La nuit tombe. Sous le choc, Léonie court vers la lande, la lame du couteau encore plantée dans sa chair. La douleur est insupportable et irradie dans son dos, son épaule.

Essoufflée, elle fait une halte, s'appuie contre un muret. Ses mollets tout comme le bas de sa robe sont couverts de boue. Sa respiration est courte, hachée. Rassemblant son courage, Léonie cherche le manche à tâtons. Ses doigts se referment dessus. Lentement, millimètre par millimètre, elle sort la lame de son dos.

Sa main tremble, et chaque secousse augmente la sensation de brûlure. Le sang tiède s'écoule de la blessure le long de sa colonne vertébrale.

Enfin, la pointe est extraite et Léonie lâche le couteau qui tombe dans un cliquetis de métal sur le chemin.

Derrière elle, la silhouette de sa mère se découpe dans les derniers rayons du soleil. Elle avance d'un pas régulier, déterminée. Léonie se remet en route.

Une auréole sombre s'étale dans son dos autour de la blessure.

Elle compte ses foulées et marche aussi vite que ses forces l'y autorisent. Chacun de ses pas est une souffrance.

La mère marque une pause à l'endroit où Léonie s'est arrêtée, ramasse le couteau et reprend sa chasse.

Léonie a peur. Il est trop tard pour regretter d'avoir provoqué sa mère. Jamais elle n'aurait imaginé qu'elle serait capable de la poignarder avec une telle violence. Sa haine est au-delà de l'imagination, c'est une bête sauvage qu'elle garde emprisonnée tout au fond de son âme, un brasier sans cesse alimenté par la vengeance.

Léonie court, jette de temps en temps un regard en arrière. Sa mère est toujours là, chaque fois un peu plus près. Elle marche d'un pas rapide, sans courir. Ses escarpins raclent les cailloux du sentier.

Il est trop tard aussi pour trouver refuge chez Gus. Jamais Léonie n'atteindra la masure. Sa mère fondra sur elle bien vite. Trop vite.

Alors c'est ainsi que je vais finir, pense la jeune fille en traînant les pieds, épuisée. Je vais être assassinée par ma propre mère, et personne ne viendra s'interposer.

Pourquoi a-t-il fallu qu'elle s'emporte ? Qu'elle jette au visage de sa mère ce qu'elle savait ? Qu'espérait-elle au juste ? Elle avait imaginé une autre issue, toucher le cœur de cette femme blessée, lui faire entendre raison. Pourquoi pas même la voir s'asseoir et s'excuser du bout des lèvres.

Il est trop tard pour regretter. Il faut courir, échapper à la haine de sa mère, à la lame du couteau. Léonie fait une nouvelle halte, ses pieds la font souffrir, la plaie sanguinolente de son dos la fait souffrir, son corps tout entier est une immense douleur. Elle ôte ses souliers, les laisse à même le sentier rocailleux.

Elle court et compte encore.

La forteresse se découpe dans la nuit claire. Léonie reprend espoir. Instinctivement, ses jambes l'ont conduite ici, dans son repaire, le lieu où elle s'est toujours sentie en sécurité. Le souvenir lointain de ses combats imaginaires contre la Gorgone ressurgit et l'assaille. Elle doit rassembler ses dernières forces et les jeter dans la bataille.

Elle ne veut pas mourir.

Léonie court vers la poterne, franchit les douves. Les pas de sa mère résonnent déjà sur le pont. Les planches vermoulues grincent et craquent.

— Viens ici ! crie la mère dont la voix résonne entre les murs lézardés.

Léonie trébuche et tombe sur les pavés disjoints. Ses genoux s'écorchent en heurtant le sol. Sa mère est là, à quelques mètres derrière elle, serrant le manche du couteau entre ses doigts.

Léonie tente de se relever. La brûlure dans son dos est insoutenable et pourtant ses yeux restent secs. Elle pousse un grognement de rage.

— Tu peux crier, ricane la mère, personne ne te viendra en aide.

— Laisse-moi tranquille ! gémit Léonie en se traînant sur le sol. Rien ne ramènera Hector.

— Non, en effet, rien. Mais je me suis juré de vous faire souffrir autant que j'ai souffert. Tous autant que vous êtes, vous m'avez volé ma vie.

Léonie rampe droit devant elle. L'entrée du tunnel est juste là, derrière l'enchevêtrement de ronces. Elle peut sentir l'air frais qui s'en échappe caresser son visage en sueur.

C'est là que son calvaire doit finir.

Elle se lève d'un bond et se jette à travers les ronces. Les épines déchirent sa robe, lui griffent les bras et les jambes. Surprise, la mère ne parvient pas à empêcher sa fille de s'abriter et scrute la bouche sombre sans rien y déceler. Aveuglée par la haine, elle serre si fort le couteau que ses phalanges blanchissent.

— Achille a toujours su que tu n'étais pas de lui, et pourtant il t'a tout de suite considérée comme sa propre fille. Et moi, je devais faire mon deuil, faire comme si rien ne s'était passé ! Peux-tu seulement imaginer ma douleur ? Mais comment oublier qu'il avait tué Hector ? Comment fermer les yeux ?

Elle s'adresse au trou noir et béant du tunnel, devinant au silence qui y règne que sa fille est tapie à proximité, retenant sa respiration.

Léonie est adossée au boyau, sur la première marche de l'escalier. Prise d'un étourdissement, elle presse sa paume contre la plaie. Sa vie s'échappe lentement par la blessure.

— Alors c'est ça ? Plus il m'aimait, plus tu t'acharnais sur moi ?

— Après ce meurtre sordide, sa bonté m'était insupportable, te regarder m'était insupportable ! Chaque fois que je te regarde, je vois Hector et ça ravive la plaie. Tu n'aurais pas dû naître, pas comme ça… Sors de là maintenant et finissons-en ! Je te l'ordonne !

— Viens me chercher.

Léonie s'élance dans l'escalier, dévale les marches deux à deux et débouche dans le tunnel. Ses pieds nus foulent le sol froid. Elle colle ses talons contre la dernière marche.

Un, deux, elle allonge sa foulée.

Sept, huit, neuf, les gravats qui jonchent le sol lui blessent la plante des pieds…

La mère se fraie un passage dans les ronces à grands coups de couteau, puis elle descend l'escalier à son tour.

Vingt-trois, vingt-quatre…

Léonie se tord la cheville. Elle pousse un cri de douleur qui résonne sous la voûte.

La mère est dans le tunnel, au pied des marches. Elle s'élance, court plus vite.

Trente-cinq, trente-six…

Léonie boitille, elle n'est plus certaine du compte, pas plus que de la régularité de ses enjambées. Il est trop tard pour hésiter ou reculer.

Quarante, quarante et un…

Elle sent le souffle de sa mère sur sa nuque.

Quarante-trois.

Léonie s'envole. Son saut est trop court. Dans un réflexe, elle tend les bras, heurte le rebord du trou et s'y cramponne. Ses ongles glissent sur les dalles visqueuses.

Soudain, un choc suivi d'un cri déchirant se répercute dans le tunnel.

Sa mère vient de tomber.

Léonie ne se retourne pas. Son pied gauche trouve un appui et elle se hisse hors du piège.

Ses yeux fouillent le gouffre sans rien apercevoir. L'obscurité est totale. Seule la plainte de sa mère monte de la pénombre et roule en écho dans le tunnel.

Léonie boite vers la sortie, sans se retourner. Enfin, elle débouche sous le ciel étoilé.

Derrière elle la plainte s'est tue.

Léonie fait quelques pas à découvert puis s'écroule dans la bruyère. Ses yeux se ferment.

Elle ne voit pas les coupoles claires des parachutes qui descendent silencieusement vers le sol.

19

D'abord, ce n'est qu'une lointaine rumeur, puis ce sont des voix qu'elle entend, comme étouffées.

Léonie ouvre les yeux.

Elle met la main en visière, s'acclimatant à la clarté du jour. Il fait chaud, des gouttes de sueur coulent dans son cou. Elle est allongée sur un lit de camp abrité sous une toile de tente. Un large bandage enserre sa poitrine et ses épaules. Tout autour, des hommes en uniforme vont et viennent sans lui prêter la moindre attention. Se redressant sur les coudes, Léonie cherche un visage familier. Un homme s'approche alors de son lit. Il s'exprime avec un fort accent anglais.

— *Well, young lady,* comment vous sentez-vous ?

— J'ai mal partout. Qu'est-ce qui se passe ici ?

— Vous êtes dans une antenne médicale. Les gars vous ont découverte sans connaissance près de la zone de parachutage. Une chance pour vous car vous perdiez beaucoup de sang.

— Vous les remercierez pour moi.

— Je n'y manquerai pas.

— Suis-je restée longtemps sans connaissance ?

Le médecin sourit :

— Une journée entière.

Léonie tressaille. Tout lui revient en mémoire d'un seul coup.

— Il faut que je me lève !

— Il serait préférable de rester allongée.

— Non ! C'est impossible ! S'il vous plaît, je dois vraiment me lever.

— Comme vous voulez.

Léonie enfile une chemise militaire. D'autres soldats blessés sont allongés sur des lits pliants. L'un d'eux adresse un clin d'œil à la jeune fille. Le médecin soutient Léonie jusque sur le seuil de la tente. Dehors, le soleil de la fin d'après-midi brûle le petit coin de plage où les Britanniques ont installé leur camp, au pied du phare.

Plus loin, assis contre les rochers, des dizaines de prisonniers allemands hébétés sont sous la garde de parachutistes. D'autres prisonniers descendent le chemin en file indienne, mains sur la tête.

Léonie s'avance sur le sable tiède, perd l'équilibre.

— Je vais vous faire raccompagner, c'est plus prudent, dit le médecin.

— Ça va aller, prétend Léonie. Je peux me débrouiller seule. Merci pour tout.

Hagarde, Léonie foule le sentier qui serpente entre les dunes. Au loin, une épaisse fumée noire s'élève du phare. Sur le chemin, elle croise d'autres parachutistes en faction qui la saluent poliment. Elle ne comprend pas encore ce qui se passe, quels événements ont été déclenchés, ce que ces soldats font là, à sillonner les chemins de Sainte-Kristen.

Dans le ciel, de nombreuses escadrilles font route vers le continent.

Léonie pense à sa mère. A-t-elle succombé à sa chute ? Peut-être est-elle en train d'agoniser, le corps brisé sur les rochers au fond du gouffre... Elle veut retourner sur le lieu du drame, pourtant, une force inconnue la retient. La douleur de la lame enfoncée dans sa chair est encore vive. Léonie éprouve l'étrange sensation que toutes ses émotions l'ont quittée par cette plaie. Son cœur est sec de tout sentiment à l'égard de cette femme, ses yeux n'ont plus de larmes à verser. Une page s'est tournée.

Léonie se détourne alors du chemin de la forteresse et bifurque vers le village.

Plus loin, elle aperçoit des corps immobiles dans le fossé. Des uniformes vert-de-gris, raides, couverts de mouches. La vision de ces cadavres abandonnés, figés dans la mort, lui donne la nausée. Déjà, leur peau s'assèche et se tend, épousant le relief saillant des os. Les orbites sont vitreuses, les joues creuses, l'épiderme cireux, tanné comme du cuir. Dans leur bouche, les gencives sont racornies et leurs dents semblent immenses.

Hans est parmi eux, couché sur le flanc. Comme dans le poème, il a deux trous au côté. Ses mèches blondes s'agitent sous l'effet de la brise. Ses lèvres sont étirées dans un étrange rictus. Est-ce un sourire ? Léonie préfère le croire.

— Hé, ça alors ! Ninne !

Elle se retourne. C'est Karadeg qui s'avance, tenant en joue un soldat allemand. Le garçon brandit fièrement un fusil de chasse de gros calibre.

— Celui-là, mon père l'avait planqué dans la grange. Il était temps de le sortir.

Le soldat s'arrête, gardant les yeux baissés. Il tremble.

— Dis donc, reprend Karadeg, tu sais pour ta mère ? Les Anglais l'ont retrouvée ce matin dans le tunnel en fouillant le fort à la recherche de Boches. C'est le tunnel où t'adorais jouer, pas vrai ?

Léonie ne parvient pas à détacher son regard du corps de Hans.

— Si tu veux mon avis, poursuit Karadeg, elle a eu ce qu'elle méritait.

— Elle est morte ? demande-t-elle sans émotion.

— Non, ils l'ont ramenée chez toi en piteux état, mais elle survivra. Elle a la peau dure, ta mère ! Une jambe cassée, deux ou trois côtes aussi, je crois. Tu veux la voir ?

— Non.

— Je me disais aussi, soupire Karadeg.

Léonie redresse la tête et dévisage le garçon.

— Qu'est-ce que tu fais avec une arme ?

— T'es pas au courant ? Les Alliés ont débarqué ! Ils sont en train de botter le cul des Boches. J'aide les Rosbifs à débusquer ceux qui se planquent. Celui-là, je le ramène à leur camp.

Karadeg se penche sur le corps sans vie de Hans, fouille ses poches et en sort un paquet de cigarettes. Remarquant que Léonie le fixe avec insistance, il déclare :

— Il en aura plus besoin.

Karadeg prend une cigarette et l'allume, puis en tend une autre à son prisonnier.

— Tu vois, Ninne, ils vont finir pas foutre le camp d'ici. On va pouvoir reprendre une vie normale.

Léonie hausse les épaules.

Qu'est-ce qu'une vie normale ? Elle l'ignore encore.

Une formidable explosion secoue alors la lande.

Léonie est projetée à terre. Des soldats anglais accourent et se dirigent vers l'origine de la déflagration.

Karadeg bouscule son prisonnier devant lui et emboîte le pas aux soldats.

Lorsque Léonie arrive au sommet de la colline, elle ne voit d'abord que les dos des soldats médusés. Elle se fraie un passage parmi eux et découvre un spectacle désolant.

En contrebas, la maison de Gus a volé en éclats, éparpillant des pierres et des débris de toiture sur toute la lande criblée de trous. Il ne reste rien de la masure.

Allongé dans l'herbe, Gus pousse des hurlements.

Léonie dévale la pente et se jette sur son cousin. Des larmes coulent sur son visage émacié et un peu fou. Léonie écarte les pans de la chemise, cherche des blessures sur le torse, les bras, les jambes, mais ne trouve rien : il semble indemne.

— Gus ! Tu as perdu la tête ?

— C'était dans la maison ! Dans les murs !

Léonie remarque alors que des pièces jonchent le sol autour d'eux. Son cousin en serre une poignée entre ses doigts maigres. Il pleure de joie.

— Je le savais ! Tu vois, Ninne ? Je le savais ! Le trésor !

Il lui tend la main. Ce sont des grosses pièces de vingt francs, en or, avec le profil de l'empereur gravé dessus. Léonie enlace Gus.

— Tu es complètement fou, tu aurais pu mourir.

— Mais je suis pas mort, répond-il en essuyant ses larmes. Je me suis dit : si c'est pas dans le terrain, c'est dans la maison. Alors j'ai pris la dynamite et boum !

Léonie esquisse un sourire. Après des années d'un labeur obstiné, Gus a fini par mettre la main sur son trésor.

— Que vas-tu faire de tout cet argent ?

— Peut-être racheter la carrière, la remettre en activité.

— C'est un magnifique projet.

— Merci. Tes grands-parents ont été bons avec moi. Je leur dois bien ça.

En se relevant, Léonie est prise d'un étourdissement. Les parachutistes se sont rapprochés et la soutiennent.

— T'es blessée ? demande Gus en remarquant la tache sombre qui est apparue dans le dos de la chemise.

Léonie se redresse et sourit.

— Ce n'est rien. Je t'assure, je me sens parfaitement bien.

Léonie prend le chemin du village. Partout des drapeaux français pendent aux fenêtres, caressés par le vent du large dans la torpeur de juin. Il y a comme un air de fête qui souffle sur Sainte-Kristen.

Léonie fredonne. Un sentiment nouveau, puissant, jaillit du fond de son être. C'est de la joie, un immense bonheur qui l'enveloppe tout entière jusqu'à l'étouffer. Elle a des rêves plein la tête, et la vie devant elle pour les réaliser. Dans la rue, les habitants discutent avec les libérateurs, chacun s'exprimant avec de grands gestes. La barrière de la langue n'entrave pas la liesse générale.

Sa décision est prise. Léonie s'en va. Elle part rejoindre Andrew de l'autre côté de la Manche, elle s'y installera avec lui, y reprendra ses études. Il est temps de quitter pour toujours les rives du malheur. Elle en a maintenant la certitude, ce qu'elle éprouve pour l'Anglais, c'est bien de l'amour. Pour la dernière fois, elle regarde le grand aubépinier de la cour, pour la dernière fois, elle sent le parfum de ses fleurs. Elle n'a plus peur du puits.

Sans un mot, elle monte dans sa chambre et boucle sa valise. C'est drôle comme tout tient dans ce petit bagage.

Lorsqu'elle redescend, son père est debout dans la cuisine, il l'attend. Par la porte entrouverte de la chambre, au bout du couloir, on entend s'échapper la lourde respiration de la mère. Léonie détourne les yeux.

— Tu ne veux pas savoir au moins comment elle va ? demande l'infirme.

— Non.

Le père désigne la valise d'un haussement de sourcils.

— Où vas-tu aller ?

— Je ne sais pas encore. Je vais peut-être essayer de rallier l'Angleterre… Pourquoi pas m'y installer, je verrai bien.

— Tu reviendras me voir ?

— Je ne sais pas. Ça m'étonnerait.

Il serre sa fille dans ses bras puis l'écarte de lui pour la regarder. Pour une fois, il retient ses larmes.

— Eh bien, va, le bateau n'attendra pas ! Et donne-moi des nouvelles.

Elle l'embrasse et sort, descend la grand-rue.

Des soldats admiratifs sifflent sur son passage. C'est vrai qu'elle est belle, Léonie, dans sa robe à fleurs. Ses longues jambes la portent vers le quai et, pour la première fois, elle ne compte pas ses foulées. Ses prunelles brillent comme deux soleils.

Composition :
Soft Office – 5, rue Irène Joliot-Curie – 38320 Eybens

Achevé d'imprimer par GGP Media GmbH, Pößneck
en novembre 2014
pour le compte de France Loisirs,
Paris

N° d'éditeur : 79447
Dépôt légal : septembre 2014

Imprimé en Allemagne